沈阳文化丛书

初国卿　主编

山水形胜

初国卿　刘非子　著

沈阳出版发行集团
沈阳出版社

图书在版编目（CIP）数据

山水形胜 / 初国卿，子非刘著 . -- 沈阳：沈阳出版社，2024.4
（沈阳文化丛书 / 初国卿主编）
ISBN 978-7-5716-3453-7

Ⅰ . ①山… Ⅱ . ①初… ②子… Ⅲ . ①散文集 - 中国 - 当代 Ⅳ . ① I267

中国国家版本馆 CIP 数据核字（2023）第 195080 号

出版发行：沈阳出版发行集团 | 沈阳出版社
（地址：沈阳市沈河区南翰林路10号 邮编：110011）
网　　址：http：//www.sycbs.com
印　　刷：辽宁泰阳广告彩色印刷有限公司
幅面尺寸：170mm × 240mm
印　　张：17.5
字　　数：230千字
出版时间：2024年4月第1版
印刷时间：2024年4月第1次印刷
选题策划：张　闯
出版统筹：张　闯　赵长伟
责任编辑：赵秀霞　张　晶
封面设计：杨　雪
版式设计：R润泽文化
封底篆刻：孙熙春
责任校对：邵彤彤
责任监印：杨　旭
法律顾问：张宝兰

书　　号：ISBN 978-7-5716-3453-7
定　　价：148.00元

联系电话：024-24112447
E - mail：sy24112447@163.com

“沈阳文化丛书”编委会

编委会办公室

瀋陽文化叢書

总序

文化是一个国家、一个民族的灵魂。党的十八大以来，习近平总书记深刻把握新时代历史方位，以坚定的文化自觉、宏阔的历史视野、深远的战略考量，创造性提出了一系列新思想新观点新论断，形成了习近平文化思想。中共沈阳市委深入学习贯彻习近平文化思想，扎实推进文化强市建设，加快打造区域文化创意中心，沈阳市展现出独有的文化风貌和文化魅力。

沈阳是闻名遐迩的历史文化名城，拥有11万年的人类活动史，7200多年的人类生活史，2300余年的建城史，勤劳、勇敢、智慧的沈阳人民创造了璀璨夺目的历史文化，斯文在兹，底蕴深厚。沈阳是一座英雄城市，在中国共产党领导下，沈阳英雄儿女为了国家独立、民族解放、人民幸福不屈不挠、奋起抗争，谱写了可歌可泣的壮丽诗篇。新中国成立后，沈阳人民担当奉献、开拓创新，积极投身社会主义革命、建设和改革的宏伟事业，创造了共和国历史上数百个“第一”。沈阳作为辽宁“抗日战争起始地、解放战争转折地、新中国国歌素材地、抗美援朝出征地、共和国工业奠基地、雷锋精神发祥地”重要承载地而名载史册。新时代以来，在以习近平同志为核心的党中央坚强领导下，沈阳聚焦建设国家中心城市、在辽宁打造新时代“六地”中当好排头兵，顽强拼搏、砥砺前行，全面振兴其时已至、其势已成、其兴可待。

2022年9月，中共沈阳市委决定编纂“沈阳文化丛书”（以下简称“丛书”），旨在探求历史源流，提炼文化精髓，彰显城市魅力，赓续城市文脉。沈阳市政协荣膺此任，市政协党组高度重视，组织编委会成员深入学习习近平文化思想，弘扬社会主义核心价值观，严把意识形态关，认真研究丛书内容、结构、体例等。参编人员辛勤工作，钩沉史料，斟酌推敲，精心打磨，倾力为读者提供内容翔实、鲜活生动的高质量文化丛书。

丛书共10卷，采取文化散文体例，撷取精粹，探幽穷赜，全方位、多角度描绘沈阳历史与现实、艺术与人文、民俗与风貌，深入挖掘丰富内涵和时代价值，彰显了沈阳海纳百川、开拓进取的城市品格。其中，《名城沧桑》萃取沈阳先人筚路蓝缕、上下求索的文化记忆，记录城市变迁，张扬人文风骨；《峥嵘岁月》以凝重的笔触书写烽火硝烟的年代和英勇抗争的传奇，为英雄立传，为信念放歌；《名家风流》记述沈阳历史上重要人物、重要事件，尽展名士风范，彰显爱国情怀；《铁流百年》实录沈阳百年工业文明的铿锵步履，赞美沈阳人民主人翁的秉性、勇立潮头的天性、精工细作的品性，弘扬劳模精神、工匠精神；《山水形胜》描绘沈阳山川多娇、钟灵毓秀，触摸山水灵性，品味城市意蕴；《沈水文韵》赏鉴地域文学史、艺术史之精品力作，汲取文本精华，滋养城市文心；《建筑风华》让历史吟咏凝固的音乐，展现多元气象，熔铸城市性情；《市列珠玑》敷陈沈阳都市商业史、市井民俗史，呈现生活场景，尽显城市繁华；《巷陌至味》氤氲人情味、烟火气，记述围炉煮酒的饮食文化，盛邀四季客来；《物华天宝》讲述名物藏珍和民族瑰宝的前世今生，展现雍容气度，见证文化辉煌。相信这部丛书能够更好地以文化人，以文育人，传承文化基因，坚定文化自信，给奔跑的沈阳以智慧和力量，奋力谱写中国式现代化沈阳新篇章。

丛书编纂得到了省委宣传部、省委党史研究室、市委宣传部和沈阳出版社等省市部门、单位的热情帮助和鼎力支持，丛书编委会表示衷心的感谢和诚挚的敬意！丛书的出版是沈阳文化建设的一件大事。我们要认真学习贯彻落实习近平文化思想，坚定文化自信，坚持守正创新，在新的历史起点上更好担负起新的文化使命，推进文化繁荣，建设文化强市，续写无愧于先贤、无愧于时代、无愧于后世的文化新篇。

文章千古事，得失寸心知。尽管编委会做出了很大努力，但由于时间和水平所限，丛书不免有缺点和不足，敬请指正。

沈阳市政协主席 于云利

2024年4月

引言

半入的山与穿城的河

天眷盛京，维沈之阳，山河郁浩，作观万方。

鸿蒙初辟，19 亿年前的某一天，沈阳的夜空，晴朗无云，繁星闪烁，穹窿下的大地幽邃而静谧。忽然，一个发光的物体从遥远的太空飞来，进入大气层后，不停地翻滚、膨胀，与空气剧烈的摩擦让它在空中炸裂，巨大的光球中分散出无数的小火球，犹如盛开在夜空中绚丽的烟花，灿然地奔向厚重的大地。临近地面，这些亮点已经变成巨大火球，猛烈砸下。天地间亮如白昼，片刻后震撼宇宙的轰鸣传遍这片无人之境。大地在烈烈火光中剧烈震动，一片火海，烧红天宇……直到第二天，所有撞击物质汽化后还都抛射在半空没有落尽，飞溅起的花岗岩石，不知被抛出多少公里。整个太阳辐射都大大减弱，地球温度骤然降低，长时间陷入黑暗，光合作用无法进行，植物与动物大批死亡，许多物种也一道消失。这是一场大到无法想象的撼天动地的陨石雨。无人目睹，无人记录，更无人能准确描述当年发生了什么。在此后的十几亿年中，沈阳这个小小的地球板块，不知几次化身沧海，又有几次浮出水面。五亿年前，沈阳终于再次缓缓升起，到了6500万年前的新生代，逐渐形成陆地。茂密的植物开始覆盖了原野，一些恐龙的继任者，熬过可怕的灾难，开始徘徊在这片陌生的山林之中，沈阳地区终于形成了今天我们所看到的地理地貌和山水形胜。她占据着东北大平原最有利的位置，并孕育了11万年的人类活动史、7200年的人类生活史、2300年的建城史、近400年的都城史和百年建市史。

地理位置上，沈阳市处于中国东北地区的南部、辽宁省中部，在北纬41度11分51秒至43度2分13秒、东经122度25分9秒至123度48分24秒之间。沿着地球自转轴自西向东的旋转方向，在中国大陆，沈阳大约与通化、张家口、呼和浩特、包头、额济纳、哈密、库尔勒、阿克苏、巴彦淖尔等城市在同一个纬度上；以全球为视角，则与吉尔吉斯斯坦的比什凯克，乌兹别克斯坦的塔什干，格鲁吉亚的第比利斯，土耳其的伊斯坦布尔，保加利亚的索非亚，阿尔巴尼亚的地拉那，意大利的罗马，美国的盐湖城、波士顿，日本的函馆，朝鲜的清津大致纬度相同。

在区域地理上，沈阳位于东北大平原，长白山脉，大、小兴安岭和渤海、黄海的中枢位置。东西宽115千米，南北长205千米。全市总面积1.286万平方千米。沈阳是中原连接东北腹地的咽喉，辽东与辽西的节点，也是古代汉族文化与少数民族文化碰撞融汇之处。其地理形胜，正如《大清一统志》所言："盛京形势崇高，水土深厚。长白峙其东，医闾拱其西，沧溟鸭绿绕其前，混同黑水萦其后。山川环卫，原隰沃饶。洵所谓天地之奥区神皋也。"又如乾隆皇帝在《盛京赋》里精确而生动的概括："左挟朝鲜，右据山海，北屏白山，南带辽水。”整个沈阳地区以平原为主，地势平坦，平均海拔50米左右。全市海拔最高点447.2米，为法库、康平两县交界处的北巴尔虎山主峰庙台山；海拔最低点为5.3米，位于辽中区于家房镇。山地丘陵集中在东北、东南部，属辽东丘陵的延伸部分。北部康平、法库两县以沈阳第一高峰巴尔虎山为主的山丘之地，草树繁荫，古木苍然；东北部沈阳国家森林公园的沈阳第二高峰石人峰和第三高峰辉山等山地丘陵，林深树茂，花团锦簇；东南部的第四高峰马耳山周边山地与丘陵，槲树森森，花果累累。西南部属于辽河、浑河的冲积平原，地势平坦，土质肥沃。

今天，我们如果运用现代航拍手段在空中俯瞰沈阳城，自北而南，辽河、蒲河、浑河，三水环绕；自西向东，长白山和千山余脉，从南北楔入城市，犹如两个臂膀，拥一方水土入怀。从沈阳向南，这一对臂膀用尽洪荒之力，将绸缎般的千里沃野，铺陈到大海……

从山水地理环境上看，沈阳可谓一个平原与山地交汇、大河与湖溪铺展的城市。半入城的山与穿城而过的水，形成沈阳山光悦鸟性、河湖荡碧波的诗意栖居。

就山论山，沈阳虽然没有高耸入云的奇峰，但也有特色各异的峻岭。东北部有石人峰及周边的老虎洞山和元宝山；东面有天柱山、棋盘山、辉山和大洋山，这些山早已半入城中，实现了多年前“东部青山半入城”的规划。城南由近及远，有城中的莫子山，城郊的陨石山、马耳山、塔山、龙泉山及沈抚本三市交界的鸡鸣山。城西因处于辽河与浑河两岸的冲积平原，只有新民市的高台山、孝子山与东蛇山。城市北面，辽河南岸有七星山、帽山；辽河北岸有法库县的巴尔虎山、东木叶山、拉马山、马鞍山、五龙山、磨盘山和圣迹山，康平县有五喇嘛山、青龙山、白石山等。

沈阳的这些山，大都有着自己的风姿神韵和传说故事，与沈阳的历史文化息息相关。如巴尔虎山的雄伟、石人峰的奇妙、马耳山的险峻、棋盘山的清旷、辉山的秀丽、七星山的幽奥。陨石山是一块19亿年前落在地球上，重达250万吨的巨大陨石；高台山有全国重点古迹保护单位新石器和青铜时代文化遗址及“东北第一窑”；圣迹山上不仅有着著名的叶茂台辽墓，还有世所罕见的六百年古枫林；巴尔虎山不仅是沈阳第一高峰，还是被晚清誉为“国之柱石”的蒙古铁帽子王僧格林沁的封地与归葬地；帽山上有闻名全国的怪坡景区；天柱山是清太祖努尔哈赤的陵寝。这些山积淀了厚重的历史文化，由此成为沈阳地区的文化底蕴和乡愁寄托。

就水论水，沈阳应当说是一座水灵灵的城市。据统计，全市范围内有大小河流236条，大小湖泊53个，在清时城内就有“七十二坑春水平”之说。1948年后，经过七十多年的发展，城市规模不断扩大，原来的三川环绕逐渐变成了两河穿城。早年属于远郊的辽河变成了城边河，原来在城边的浑河与蒲河已是城中河。浑河居南穿城而过，两岸集中了沈阳多处地标性文化建筑景观，成为著名的文化廊道；蒲河在北部城中蜿蜒，花团锦簇，波影迤逦，野趣充盈，活力四射。而城中南北两条运河，串起处处湖泊，荡漾起一城的生机和灵秀。围绕在沈阳城周边，自北向南，知名的河流有康平县的蚂螂河、东马莲河、西马莲河、八家子河、李家河、利民河，法库县的秀水河、拉马河、王河，新民市的柳河、养息牧河、二龙湾河、绕阳河，于洪区的细河，浑南区的白塔河，苏家屯区的十里河等。

这些河流组成了沈阳的河网，其中许多河流成为历史文化的源泉，延续着沈阳的文脉。如浑河作为沈阳的母亲河，从城北向城南两次改道，形成三叠沈水，不仅奠定了城市格局，还决定了这座城市的名字；属南运河的万泉河从来都是诗人之河，历代诗人言及沈阳必着墨于此；辽河又以巨流河之名，激发起皇帝和流人的灵感；蒲河因有“水蜡烛”之称的蒲草成名，形成最具野趣的城中河；秀水河以东北民主联军进入东北后的首次歼灭战而名垂青史。这些河流养育了栖居两岸的沈阳人，同时也为沈阳地区带来了文明与繁兴。

与河流相并列，沈阳还遍布大大小小自然或人工筑坝形成的湖泊：卧龙湖、灵山湖（泡子沿水库）、财湖（尚屯水库）、秀湖、月牙湖、人杰湖、丁香湖、南湖、璟玥湖、冬雪湖、仙子湖、雁沙湖、珍珠湖（团结水库）、散都水库、四道号水库、花古水库、獾子洞水库、栖霞堡水库、石佛寺水库、车古营子水库、帽山水库、单坨子水库。其中规模以上的湖泊就有卧龙湖、丁香湖、秀湖、珍珠湖、仙子湖。卧龙湖又是东北第二、辽宁第一大湖，以盛产锶鱼著称；而珍珠湖与仙子湖则以万亩荷花闻名。

山与水的沈阳，形成了这座城市独特的山水文化。山与水，沉稳与灵动的写照，威严与慈爱的象征，坚毅与柔情的代表。山是脊梁，水是血脉，山水从来都是沈阳人心中最神圣的存在和最亮丽的风景，山的雄伟傲岸与水的灵动包容形成了沈阳人的性格底蕴与人文精神。“智者乐水，仁者乐山”，山水融入了沈阳人的性格，也成就了沈阳人的境界。在水之阳的沈阳人，浸润在山水之间，感受天地精神。座座青山，让沈阳人厚重而坚毅，“我见青山多妩媚，料青山见我应如是”，巴尔虎山、石人峰、辉山、马耳山、棋盘山、七星山……一个个名字都是沈阳人的知音和精神归依。弯弯碧水，让沈阳人坚忍而旷达，“天下莫柔弱于水，而攻坚强者莫之能胜”，辽河、浑河、蒲河、柳河、万泉河……每一条都延续着文明和文脉，也塑造着沈阳人的活力与灵性。山与水，永远都是沈阳人印在血脉里的乡愁。

由此，读懂了沈阳这半入的山与穿城的河，就读懂了沈阳的形胜，也读懂了沈阳人。

目录

圣山巴尔虎（上）

以平原为主的沈阳地区，其少数山地、丘陵都集中在东南部，但境内的第一高峰巴尔虎山却在西北的法库，这倒是一个有趣的现象。为了一探巴尔虎山的究竟，寻一个春末夏初的休息日，我和朋友出沈阳，过辽河，直奔“鱼梁鹤影”之地，近两个小时，就到了巴尔虎山东麓的法库县四家子乡。

| 巴尔虎山全景　张振铎摄 |

如今的四家子乡，居民大部分都是蒙古族，是沈阳市唯一的蒙古族乡。问起关于巴尔虎山一名的来历，村中老人都能绘声绘色地向你讲述一个祖先和白鹤的故事。

说是在遥远的古代，住在贝加尔湖畔的青年巴尔虎岱巴特尔像往常一样，独自来到森林茂密的岸边打猎。这一天的贝加尔湖上空阳光明媚，湖水泛着粼粼波光，湖畔的密林里还缥缈着淡淡的雾气。追着一头梅花鹿，巴尔虎来到了湖边，拂开茂密的草树，眼前的情景让他大吃一惊，澄澈的湖水中竟有 7 个美丽的女子在洗澡，她们的衣裳就放在湖岸的一块石头上。不敢再看的巴尔虎转身想离开，但鬼使神差，临走时竟悄悄拿起石头上的一身衣裳藏了起来。不一会儿湖中洗澡的女子上岸穿起各自的衣裳，立刻变成了雪白雪白的白鹤。但其中的小妹却找不到自己的衣裳了，无法变回白鹤，眼看着姐姐们都飞上了天空，她焦急得流下了眼泪。巴尔虎见此情形走出来安慰她，并帮她披上衣裳，带她回到丛林深处的家中。后来，她成了他的妻子，日子过得十分美满。转眼几十年过去了，他们生育了 11 个男孩。这 11 个男孩长大后，各自成了家，他们的后代，繁衍成巴尔虎最初的 11 个姓氏，并成为蒙古的先支，其巴尔虎之名在蒙古语中也成为“强盛”之意。多少年后，其中一支从贝加尔湖南下，来到辽河之阳的一座山下安居，经过唐、辽之世，他们的后人将此山称作“巴尔虎山”。直到今天，山下的蒙古族老人们都说，我们是白鹤的仙脉，是巴尔虎的后代。

白鹤的仙脉，巴尔虎的后代，这是多么令人骄傲的族系。那一刻，我似乎明白了为什么晚清誉为“国之柱石”的蒙古铁帽子王僧格林沁要以巴尔虎山为封地，而且还归葬于此，建陵山下。不仅如此，在巴尔虎山四周，还有许多蒙古贵族的陵寝，如僧格林沁墓所在的公主陵村，就葬有齐默特多尔济与和硕端柔公主；在巴尔虎山西麓的王爷陵村，还有科尔沁左翼中旗达尔罕王爷班弟和固伦端敏公主等陵寝十几座；在巴尔虎山的北麓，僧格林沁的儿子伯彦讷谟祜、孙子那尔苏、重孙阿穆尔灵圭都葬于此。可见在科尔沁蒙古族人的心目中，巴尔虎就是他们的圣山。带着这样的思考，我和朋友在公主陵村拜谒了只余墓碑的僧格林沁墓之后，进入山中，在满目葱茏中感受这座圣山所特有的风貌与灵气。

登山途中，我和朋友间的话题一直是巴尔虎这三个字。我深深地感受到，人类文明的传承世代永续，许多民族文化的基因是附着在一条河或一座山上的，这就如同长白山之于女真人，西拉木伦河之于契丹人一样。巴尔虎人能将贝加尔湖和巴尔虎山视为他们民族发源的圣地，也自然是在长期的生活与生产实践中积淀起来的。在他们的民族传承和审美意象里，巴尔虎岱巴特尔与白鹤妻子的后代这个优美的传说一直保留在世代记忆中。在这个记忆里，贝加尔湖是巴尔虎人的历史摇篮，他们在贝加尔湖畔度过了童年时期，因此贝加尔湖也就成了巴尔虎人世代难忘的原始故乡，那是一个博大、深邃、神圣的湖，它有着母亲一样宽广的胸怀；而巴尔虎山，则是伟岸、坚毅、崇高的象征，是家的代表，是父亲般挺拔的脊梁。

每一个民族都有着关于自己祖先和民族形成的神话传说。马克思说过："古代各民族是在幻想中、神话中经历了自己的史前时期。"传说虽然是一种全世界各民族中存在的普遍现象，但是，神话与传说的真实性在今天看来都值得怀疑，神话中的神，就是人们自己被夸张了的化身。由此而言，论证神话，在一定程度上就是论证原始人自身。然而，巴尔虎人在贝加尔湖畔与鸟相亲，崇鹤为妻，并褪去了原始的外衣，度过史前时代的童年时期是毋庸置疑的。所以，他们以"强盛"之义的巴尔虎一名冠于全民族崇敬的祖先之名，由祖先之人名演变成氏族名，然后再由族名赋之山名、河名，最终将民族的名字刻在他们曾经生活过的大地上。这就是直到今天，我们不仅能登上法库的巴尔虎山，还能站在这座山上，历数出许多依然清晰或同名或谐音的"巴尔虎"之名，如贝加尔湖畔的巴尔古津山、巴尔忽真河，如呼伦贝尔的巴尔虎三旗——新巴尔虎左旗、新巴尔虎右旗和陈巴尔虎旗，等等。

在蒙古族的文化史上，“巴尔虎”也是令人关注的三个字。早在 1945 年，就有著名的四幕五场反映民族图存的抗战剧《巴尔虎之夜》演出过。之后，有关巴尔虎民族文化的著作不断出版，如楚勒特木和乌云格日乐的《游牧巴尔虎》、朝·都古尔扎布的《巴尔虎传说》、孛·蒙赫达赉的《巴尔虎蒙古史》、花赛·都嘎尔扎布的《巴尔虎镶黄旗志》、莫喜格的《巴尔虎史略》等。这些文化典籍，让巴尔虎人和巴尔虎山日益隆兴，同时也在中华民族文化史上，留下鲜明的一笔。

巴尔虎版的七仙女故事让我和登山的朋友有了谈资，而贝

| 巴尔虎山巅 |

加尔湖到巴尔山的过程，又让我们对巴尔虎文化，对这座山有了新的认知。

关于巴尔虎山，景区说明书上是这样介绍的：它是康平县与法库县的界山，山之北是康平，山之南是法库。它位于松嫩平原和辽河平原的接合部、长白山和阴山山脉余脉衔接点、东北平原和蒙古高原交会处，区域面积 14.8 平方公里，林地面积 1987 公顷，由庙台山、城址山和大萝卜山等三大山脉组成，大小山峰 99 座，其主峰庙台山海拔 447.2 米，为沈阳市的第一高峰。我们要登上的就是庙台山。一路攀登，时有缓坡，时有峭壁，这样的山势对一般的登山人来说，倒也适合。

春夏相交的季节，阳光灿烂，山风习习，满山的原始次生林，枫的嫩绿，松的青翠，桑的浓绿，呈现出一派勃勃生机，再加上到处点缀的黄、蓝、红各色野花，让此时的巴尔虎山格外吸引人。一路登山，时见野泉喷涌，溪流潺潺，各种鸟儿在林间啁啾喧闹，翻飞追逐，更为山野增添了无尽的空旷与清幽。

海拔只有 400 多米的巴尔虎山原本并不高，不到一个小时，我们就登上了最高的庙台山。尽管天气晴好，一派风和日丽的样子，但在山顶上还是感到山风强劲，地上成片的野草都在向一个方向抖动。站在山巅极目四望，又觉此山很高，这大约是因为它位于辽河平原和科尔沁沙漠的交会之处、平地而起的缘故吧。

巴尔虎（下）圣山

在巴尔虎之巅，感受最不一样的就是劲吹的山风，一个多小时前的山下还是静日无风，而此时在山顶则都是衣袂飘飘了。

山风拂面，吹得女同伴长发飘飘，素颜灿烂；苍穹空阔，激发起男人们跃上岩石，发出指点江山的冲动。站在山顶俯瞰城址山，但见山顶如崮，敦实而凝重；而大萝卜山则形似拔地而起的一根大萝卜，伟岸高耸，山上的烽火台遗址隐约可见。在城址山与大萝卜山衔接的隘口处，雄伟高险，当地人称其为“土门子”，是北接大漠、南通辽河平原腹地的“独木关”。如今关隘建筑虽废，但其险要之势，仍能给人以无限遐想。越过城址山南望法库县城，云烟缥缈，楼影憧憧，城南的排排风车，连接天际，一片黛青。北望云天，康平县城隐隐约约，再远处，一抹深绿，那似乎是海洲万亩獐子松林；一泓亮色，则肯定是辽北明珠卧龙湖。

巴尔虎山处于蒙古科尔沁沙漠南缘地带，不仅有着浓厚而独特的塞北自然风光，同时也蕴含丰富的文化内涵和古老的人文景观，既体现了我国北方汉民族和契丹、女真、蒙古、满族等少数民族交流融合的文化过程，又留下了这些少数民族政权时期光辉灿烂的一页。这座圣山，曾属于契丹族创建的辽国，女真族建立的金朝，蒙古族创立的元朝，汉民族统一的大明王朝，满族建立的清朝。各个民族，各个朝代都曾在这座山上留下过人文景观，如辽金时期的烽火台、八卦井和独木关遗址，元明时期的三清宫、玉皇阁、观音阁、金蟾寺和如意壁遗址，清代的王公陵寝、圣旨御碑等等，千余年的文化脉络，聚合成了巴尔虎山的灵气与名气。

正是因为有了这近千年的积淀，才让巴尔虎山远近知名。早在民国时期就有众多的文人雅士和青年学生等来此旅游观光，1930年的《盛京时报》曾对此报道说："童子歌于途中，长者憩于树下，前者呼、后者应，络绎不绝。"游人至此既可领略北方边塞的秀丽风光，亦可感受中古时代旧战场的烽火狼烟。峰峦逶迤的个性风光与多民族融合的文化景观，让来巴尔

| 巴尔虎山巅草原 |

虎山的每一个人都能体会到不一样的审美愉悦，那就是一座圣山吞吐大荒的千古情怀。

如果说在山下通过贝加尔湖青年与白鹤的故事，还有公主与王爷陵寝的神秘，已经给了我们巴尔虎的圣山感觉，但一路上得山来，立于山巅之上，尤其是在听了同伴对巴尔虎山在辽代时的讲述，则更让我对这座山充满了敬畏之情。因为此山不仅是蒙古族、满族人的圣山，也是契丹人的圣山。

阅读中国历史，我对契丹这个民族所建立的辽代有着天然的好奇与敬重。这不仅仅是千年前我当下所生活的地区并没有经历过正统的唐宋元明清中的“宋”，而是归属与宋对峙的辽朝所管辖，更主要的是这个在中华民族历史上并不正统的王朝，却拥有比正统的北宋更广阔的国土面积、更强大的军事能力、更完整的管理体系、更长久的统治时间，同时在语言、文字、艺术等方面都有独特的创造。但尽管如此，它却灿然存在，辉煌凋落，几乎一夜之间就倏忽而去，国家不留痕迹，民族难寻踪影。直到今天，我们要了解这个民族之事，这个朝代历史，许多证据都要等待地下出土。就如同这巴尔虎山，在辽代统治的 218 年时间里，曾有许多大事发生，但我们却很难找到相应的文字记载，只能靠考古学家来一点点挖掘。圣山在辽时很辉煌，但说起与辽的关系又很寂寞。

山里人都知道，自古以来，巴尔虎山就是登山长寿、拜山中举、祭山祈福之圣地，尤其在辽代，这里来过皇帝，出过大人物，所以称为“圣山”。

传说终于在考古界得到证明。20 世纪 80 年代，考古工作者在巴尔虎山下的四家子乡，发现了一座南北长 230 米、东西宽 190 米的土筑古城。经过近 30 年的调查考证，这座城址终于揭开了神秘面纱。负责此地考古的著名辽史专家冯永谦先生从 1965 年开始，多次在巴尔虎山地区进行考古发掘和调查，前后发现古代城址 23 座，其中绝大多数为辽金时期的。他因经常在田野考古，晒得黝黑，如果不是那个常年背在他身上的专业相机，还真以为他是一个在地里种庄稼的老农。殊不知他是民国以来，继金毓黻、李文信之后，在辽史研究中最出色的专家。他告诉我说，当年他听说遗址上的农民在建房时挖出许多宋代和辽代古钱，卖给当地供销社收购站1000多斤，才引起了他的注意，于是跟踪调查多年，确定了城址的范围。在挖掘时出土了大量的古钱币，都装在缸或六耳铁锅内，上面盖有石板。还有十几面铜镜、铜印和众多铁器、陶器、土石磨、石碾砣、土石臼等。最后通过大量文物证实，这座古城就是辽代著名宰相韩德让所建的头下军州——宗州。我几年前曾去过那里，城墙遗址上面生长着茂盛的刺槐树、山枣树、榆树、山杏树，四周皆有山岗。据当地村民说，有时大雨过后，古城里还能不时见到冲出的盔甲、箭头等。村南面有一条从巴尔虎山流出的小河，常有清流汩汩，古城由此形成了依山傍水之势。

据《辽史·地理志》“宗州”条记载，宗州“在辽东石熊山”，同时宗州还辖一县，因山得名，为“熊山县”。多位专家考证，辽时的“石熊山”就是巴尔虎山，是与木叶山齐名的辽代圣山。巴尔虎山下的宗州是辽代契丹族、汉族等最早开始农桑稼耕、冶铁畋猎、兴商通货的地方。同时，在宗州的西边叶茂台，是驸马都尉萧昌裔所建的渭州；在南边包家屯，是辽国国舅金德所建的原州；在西南三合城，是另一位国舅萧宁所建的福州。由此这里形成了辽代萧氏后族的重要聚居地，一时人烟稠密，城郭相望，道路畅通，市井繁荣，先后有太祖、太宗、圣宗、道宗等7位皇帝以及萧太后等帝后皇妃、名臣重将先后到巴尔虎山地区狩猎、拜山、游玩和屯练兵马等。据《辽史》和《契丹国志》记载，辽代共有宰相32人，宗州及其附近的巴尔虎山地区就出了6位，即辽圣宗时期的萧排押、韩德让，辽兴宗时的萧惠，辽道宗时期的萧乌尔古纳、萧袍鲁，辽天祚帝时期的萧义，同时，这里还出了10位辽代皇后，其他名臣重将则更多了。所以直到今天，当地民间还有“太宗德光拜圣山”和“太后萧绰走宗州”等许多故事流传，世人也称这里为“大辽福地、宰相故里”。

从庙台山下来，再回到四家子村，已是下午时分。阳光斜照在巴尔虎山上，回首峰岚，一片灿然。这就是巴尔虎，一座圣山，不但印证和体现了中国北方各民族文化交流与发展的特征，同时也展现了草原游牧文化与辽河农耕文化相互融合的曲折历程。圣山的博大、伟岸与神圣，不仅仅是沈阳第一峰这么简单和有趣，它在中华民族文化发展史上，还有更多更深邃的意义。

湮不没的圣迹山

这座在千年前就称“圣迹山”的小山，不知哪一年，却失去了“圣迹”本名，在相当长的一个时期里，只能以法库叶茂台镇为坐标，而称之为“西山”或“北山”。直到1976年的春天，因为辽代宰相萧义墓志铭的出土，才知道此山在当时叫“圣迹山”。此后，在各种文本里，这座山才恢复了它千年前的旧称。不仅如此，还有山中大量的历史遗存和惊人的考古发现，更让此山名声大噪，圣迹辉煌。

我最早去圣迹山是在2011年的秋天，从沈阳走101国道，一路西北行，进入法库界，经登仕堡，穿秀水河，过獾子洞水库南岸不远，即到叶茂台镇，镇西北1.5公里处就是圣迹山。

所谓“圣迹山”之“圣迹”当指此地有“往古圣人遗迹”。这“往古圣人”是哪一位？史无记载。民间有传说，当年辽代开国皇帝耶律阿保机与皇后述律平游巴尔虎山曾路过此地，此后则称为“圣迹山”，而圣迹山周边也成为萧氏后族的重要聚集之地。据《辽史》记载，法库境内住有皇后述律平之兄萧敌鲁、其弟萧阿古只的后代，与辽景宗耶律贤皇后，即民间赫赫有名的“萧太后”萧绰同为一族，萧氏女性中有数人为皇帝后妃，男性中有数人娶耶律皇族公主为妻。其中太宗靖安皇后萧温、世宗怀节皇后萧撒葛只、景宗睿智皇后萧绰、圣宗仁德皇后萧菩萨哥和钦哀皇后萧耨斤、兴宗仁懿皇后萧挞里、道宗宣懿皇后萧观音、天祚皇后夺里懒和贵妃萧师姑等，皆为萧敌鲁兄弟的后代。这使居住在法库的辽氏家族建州筑城，从事手工业和农业生产，境内城郭相望，市井繁荣。如果传说不足为信，史实当可证明，出了这么多后妃的地方，自然不乏“圣迹”。所以叶茂台西山或北山古称“圣迹山”也就是自然而然、顺理成章的事了。

圣迹山并不高，海拔只有 203 米，却应了那句“山不在高”的古话，自古以来就充满了神奇的魅力。到了辽代，法库地区成为萧氏后族聚集地，尤其是圣迹山成为萧氏家族祖茔之后，这里似乎变得更为神圣。

因为山中成了萧氏家族祖茔之地，山下村庄的名字也带上了神秘色彩。据说因此地坟茔四布，得到相关保护，使山林更加茂密，成群的山禽野兽出没其中，尤其是有一种叫作鸥鸮的鸟在此聚集，夜夜鸣叫。这种在《诗经·豳

风》里就描写过的鸱鸮鸟头大如猫，嘴短而弯曲，专吃鼠、兔、昆虫等小动物。虽然它对农业有益，但因其夜间觅食，叫声骇人，所以民间俗称“猫头鹰”或“夜猫子”。村以鸟名，自然山下的村庄也就叫成了“夜猫台”。民国初年，法库设县，觉得“夜猫台”名不太文雅，于是依据此地树木繁盛，则改为谐音“叶茂台”。

叶茂台真正闻名而惊世的时间是在 20 世纪 70 年代。1974 年，考古部门在此发掘了辽代墓群中的 7 号墓，出土了“棺床小帐”，绢轴画“深山棋会”“郊原野趣”，双陆棋、千年古酒和 30 余件陶瓷等辽代罕见文物。出土文物之丰富，震惊考古界。1976 年 4 月又发现了辽代北府宰相萧义的 16 号墓葬，其中出土的萧义墓志铭不仅详细记载了萧义的生平，也为今人研究辽代的政治、军事、经济、文化、民俗、葬俗等，提供了珍贵的文字资料，同时也揭开了圣迹山之谜。

据“萧义墓志铭”记载：萧义“葬于辽川之右，圣迹山阳，祔先茔也”。

圣迹山全景

显而易见，叶茂台村的西山、北山，辽国契丹人称之为“圣迹山”，是萧氏家族的祖茔地。由此得见，圣迹山恢复原名，有赖于萧义墓的发现。如果不是墓志铭上“圣迹山阳”这几个字，可能圣迹山的名字将永远湮没在历史深处。所以谈圣迹山离不开萧义这个人。

综合《辽史》和萧义墓志铭的记载，我们可以对墓主人萧义有一个清晰的了解。萧义，字子常，又名萧常哥，生于辽国兴宗皇帝耶律宗真重熙八年（1039）。他身材魁梧，平素寡言少语，30多岁就担任了“祗候郎君”官职，后来又任辽代第八位皇帝道宗耶律洪基的“扈从巡狩”，负责皇帝外出时的警卫。

这位道宗皇帝不分邪正，致使朝廷中阿谀小人得势、奸佞当道，最终以“《十香词》案”害死了辽代最知名的文学家宣懿皇后萧观音。第二年，又加害了萧观音的儿子，辽国太子耶律濬。后来，耶律濬得到平反，耶律洪基命皇孙、耶律濬的儿子燕王耶律延禧为天下兵马大元帅，总管北南院枢密使，从此确立了耶律延禧继承大统的地位。萧义则于此时先后任“本族将军”“松山州刺史”“东京四军副都指挥使”等职。寿昌二年（1096），萧义次女“师姑”入宫，嫁给燕王耶律延禧，封为“燕国妃”，即后来天祚皇帝耶律延禧的“赞翼德妃”。

寿昌七年（1101）正月，道宗皇帝耶律洪基到混同江游猎，驾崩于行宫，耶律延禧继承皇位，成为辽代最后一位皇帝天祚帝。萧义则加封为“太子太师”“国舅详稳”、辽兴军（河北卢龙）节度使，再授“平章事”。乾统五年（1105）春，再拜为“北府宰相”，掌控辽国军政大权，获得一人之下、万人之上的权势与地位。

历史有时会有着惊人的巧合。耶律延禧与中原地区的宋朝皇帝赵佶同一年继承皇位，但也同样地疏于朝政，致使纲纪废弛，国势渐衰。大辽王朝真的到了人命危浅、日薄西山的境地。萧义虽为北府宰相，却也无法扭转辽国的危机局面。天庆元年（1111），萧义请辞回到故乡，不久就病逝于家中，享年 73 岁。1125 年，煌煌 210 多年的契丹帝国，终于被金所灭。而此时，曾经的北府宰相萧义，已头枕故里圣迹山，脚抵悠悠辽河水，一梦千秋 14 年。

2011 年，当我登上圣迹山的时候，萧义已经逝世 900 年，大辽国也已灭亡 886 年。从地理意义上说，我们今天所生活的辽海之地，并没有经历过“唐宋元明清”的“宋”，而是“辽”。因此，当我披着纷纷落叶，穿行在青松翠柏、紫槐黄榆之中，仰望山上其形甚巨、其状怪异的石崖，我则油然升起一种对契丹人、对先人的敬畏之情。

圣迹山虽然不高，也不险峻，但登上山巅之后放眼四望，却有一种登泰山而小天下的气势。山顶上，满是铁锈般颜色的巨石，虬曲敦实的老鸹

圣迹山顶的巨石

眼树一丛丛倔强地从石缝中长出，一任山风吹打，自是风骨棱棱。站在巨石之上观察，此山由西向东，承医巫闾山脉，虽没有突兀的山峰，却逶迤数里。所谓“西山”和“北山”，实为一转折的山岗。而这山岗看上去犹如一条蜿蜒的卧龙，南端较高的小山峰似为龙首，低矮的岗丘似龙身与龙尾，整体形成一条“龙脉”，而萧氏家族墓群则在“龙脉”之向阳南坡。

从 1974 年考古发现开始，到 2004 年，在这个南坡，考古学家共挖掘了 23 座辽墓。而萧氏祖茔在此还有多少秘密，世人难知。如今，这里已成为全国重点文物保护单位，山下的叶茂台镇也荣获“中国传统村落”称号。这里几乎是一代历史的标本，古老的历史文化在此化作了一道永恒的风景。从圣迹山南望，远处是当年萧义也曾瞩望过的悠悠辽河水，自东向西，不舍昼夜，流过远古秦汉，经过唐辽明清，映带着现代的画楼桥影，泱泱入海。山下的 101 国道，车影飞驰，迤逦远去。回溯千年之前，这条道上或许是奔驰而过的马队，或许是长辕高轮的橐驼毡车；山前村庄里出入的，或是髡发契丹牧羊者，或是穿绣花罗锦袍的萧姓女子，或是着套裤吊敦、登高靿毡靴的州城官员。曾经的一代繁华，就这样叠映在滚滚红尘之中，任考古学家去解密，任后人去穿越。北望天际处，平野苍苍，尽处则是科尔沁草原，还有风沙起处的孤烟大漠。山之东，越马鞍山，沿着燕长城和柳条边遗迹，缈缈间，可见法库城，可见威远堡；可见鱼梁鹤影，可见塞柳边门。而瞩望山之西侧，又见山影憧憧，夕阳的光线柔和地洒在西山坡上的枫树林里，一片灿然。

登圣迹山，不能不看，更不能不说山之西侧这片著名的古枫林。枫林占地面积 200 余亩，每年深秋季节，寒霜尽染，枫叶如丹，远望灿然如夏花，成为沈阳北部地区最为动人的一道风景线。关于此片古枫林的种植年代，多有文章记述，或说“法库圣迹山辽代古枫林红了一千年”，或说“此处枫树林栽种不晚于唐代”，还有人说从树龄上看最多有 500 年。

| 圣迹山古枫林　刘卓摄 |

历史的真实拟测不了，在科学与学识，尤其是考古面前，历史总会还原本来面目。就如同这圣迹山的名字，尽管被湮没了近千年，但它终会浮出尘世。

石人无语

天下石人峰多矣。有山的地方，就有石；有石的地方，即可能成峰。比如辽宁地区的本溪和鞍山就各有一座石人峰。当然，各峰的个性、知名度都有不同。十几年前，我曾爬过以奇松、怪石、云海著称的黄山，见识了“黄山版”的石人峰：海拔 1300 多米，体小险峻，峰顶有巨石，远看酷似对坐的老人，据传是神仙之属。关于石人的来历，当时导游还讲过一大段故事，细节早已忘却，倒是对一首咏石人峰的诗记忆犹新：“石为肌骨应成假，铁作肝肠未必真。当日容成丹就去，何当点化作仙人？”作者是宋代人，叫焦翠峰。

世人常犯一种通病，就是觉得外国的月亮更圆。如果不是受邀写沈城的山水，还真不知道家乡也有一座石人峰，而且就坐落在沈阳国家森林公园内。

沈阳国家森林公园位于沈阳市东北郊沈北新区马刚乡境内，南距市中心 40 公里，西距沈哈高速公路 8 公里，东邻抚顺 40 公里，北靠铁岭 40 公里，属长白山哈达岭余脉，位于辽东低山丘陵地带向西延伸地段，总面积 933.3 公顷，海拔在 100 米至 266 米之间，平均坡度 15 度，呈东北—西南走向。

因为以沈阳周边唯一的天然原始森林为核心建成，其森林覆盖率高达 90% 以上，是名副其实的沈城“绿肺”。

进入公园正门，向南出发，步行 40 分钟左右，就是石人山了。望向山顶，在绿色的重重包裹中，一块巨石巍然屹立，像一个石人在挥手，这大概就是石人峰的来历了。石人峰是石人山的最高峰，海拔 441.3 米，在法库并入沈阳市版图之前，一直是沈阳最高点；如今这一荣誉已经归属康平县、法库县交界处的巴尔虎山。巴尔虎山距离沈阳约 90 公里，有大小山峰 99 座，其主峰海拔 447.2 米——比石人峰高出 6 米。以 6 米之差屈居次席，多少让人有点郁闷，但这终究是一个无法改变的事实。仿佛心有不甘似的，上山途中，我路遇一块因风吹日晒而日渐斑驳的木牌，仍然书写着“沈阳第一峰”

| 曾经的沈阳第一峰 |

字样，令人哑然失笑。

实话实说，上山的路是惬意的。眼下的时节，石人山树高林密，林下流水潺潺，到处鸟语花香，清新的空气沁人心脾，触目可及是迷人的山水胜境。总结石人山的好处，可谓：有山有水，有峡有洞，有潭有瀑，有兽有鸟，有草有木。其森林覆盖率高达96%，植被以天然次生林为主，是名副其实的“天然植物园”：从木本的油松、黑松、红松、蒙古栎、元宝枫、五角枫、椴树、刺槐、白桦、水曲柳、垂柳、核桃、新疆杨、山杏、山里红，到草本的婆婆丁、小根蒜、荠荠菜、苣荬菜、柳蒿、蕨菜、车轮菜……数不胜数，尤其是花样繁多的野菜，不仅是令人垂涎的野味，也是忆苦思甜的好素材。总之是人行山中，如行画里。

走到南天门，也就走到了山顶，走进了这幅山水画的传说和历史。

| 南天门 |

石人山山顶占地约 0.04 公顷，立着两处标志性景观：一个是标有“南天门”字样的高耸门阙；一个是地质测绘部门设置的标志杆，巨石基座，“沈阳第一峰”赫然在目。这里大概是最热门的拍照取景处。标志杆下建有观景台，我立于台上，近观四周峰岭林木、远赏村舍农田炊烟，连如练的浑河、挺拔的彩电塔也一并纳入视野，很有一览众山小的感觉。如果传说为实，后金天聪八年（1634），皇太极就是站在这里，向南凝望沈阳城内的凤凰楼和鳞次栉比的屋脊。

沿南天门向右攀行，就到了石人山的最高峰——石人峰。

石人峰的由来，还与山上的一组怪石有关。

根据一个古老的传说，某年，天下大旱，河流干涸，土地龟裂，禾苗焦枯，甚至连喝的井水都所剩无几，哀鸿遍野。山中住着一位修行多年的道长，为拯救黎民，带弟子在山中找水，苦苦寻觅而不可得。一日，他忽做一梦，得到仙人指点：在此山山腰处，有暗泉与天河通联，得道者倘用暗泉之水沐浴净身，即可脱胎换骨、一步成仙。但如果私泄天机，使泉水外泄，就会立地化石，前功尽弃。醒来后，道长将信将疑，立即带弟子赶到山腰，果然听到汩汩泉声。掀开石板，两眼清泉喷涌而出，不仅解决了饮水问题，水量之大竟还足以浇灌山下农田——周围的百姓得救了。此时，沉浸在狂喜中的百姓却惊讶地发现，疲惫的道长和他的弟子都已经化作巨石，或站、或坐、或躬、或伏……

为了纪念这些可敬的道人，从那一天起，山被称为石人山，峰便成了石人峰。

也许是受了传说的暗示，仔细端详这组嶙峋的怪石，竟真看出些仙风道骨的气质来。岁月和风雨的剥蚀，不仅没有磨平它们的棱角，反而增添了许多刚强和勇毅，甚至透着那么一股决绝的味道。

常言道：相由心生。石人山的石头俯拾皆是，形态各异，虽然谈不上

“奇”，不像黄山石那样闻名遐迩，倒也趣味横生、各有千秋。倘若没有听说道士化石的传说，观览者恐怕也会放飞想象，演绎出其他的故事来，诸如“天狗望月”“万马奔腾”“仙人对弈”“金鸡报晓”之类，全随个人的阅历和心情。石头终究是石头，沉默、冰冷、固执，关键在于发现的眼睛。这个世界有很多美好，但仍让不少人感觉乏味、平庸甚至冰冷，那往往是因为他们没有学会用热情去拥抱、用想象去温暖、用爱心去呵护。幸运地是，总有一些美好的故事流传下来，通过石头，而且像石头那样坚固久远。

在南天门南侧悬崖峭壁旁，耸立着一块巨石，如一位巨人，作举手西指状。巨人足下是石人山另一处重要景观——藏仙阁。站在腾空而起的阁上，顺着巨人手指方向，一座山峰闯入我的眼帘，如同一个元宝倒扣在层峦叠翠之间。据说，对面山里还生长着树龄达几百年的元宝枫。“元宝山”生元宝枫，应景得很。让人称奇的是，唯有登临藏仙阁，方能看见“元宝山”；下得阁来，“元宝山”便无影无踪。看来，“藏仙阁”还是改为“藏宝阁”更准确一些，虽然多了一些俗气。

下山途中，回首遥望，巨石兀立不语，很有一点儿斯芬克斯的意思。石人山还藏着多少谜语呢？正所谓：石为肌骨不成假，铁作肝肠未必真。他日石峰寻幽去，何必点化作仙人？

辉山晴雪

掐指一算，自 1989 年来沈阳求学，转眼已是 30 余年。30 年间，我结识了不少在沈阳土生土长的同事、朋友，也听他们不止一次提到辉山。在他们的童年或少年时代，辉山是一个令人向往的所在。265.9 米的海拔实在算不上高大，但对于城里孩子而言，已经是鹤立鸡群了。倘若学校组织郊游，或者父母心情大好，带孩子去一趟辉山，就犹如一次朝圣，即使没有“遇

| 辉山全景 刘卓摄 |

到住在里面的神仙”，回来也够孩子炫耀一阵子了。

辉山何以得名？至少有两种说法。一派学者从字面出发，引用盛京名士缪公恩所作《辉山》诗中“空自含辉藏宝气，何时仙佩琢琼瑶”的名句，推测山中蕴藏着玉矿，玉石熠熠生辉，因而得名。《大清一统志·奉天府一》的记载与此不同：“山出白土，可以代灰，俗亦名灰山。”这一“玉”一“灰”，可谓天壤之别。从语言学的角度，李东升先生给出另外一种答案：辉山一名源于满语 hvialin（辉阿林），意思是山势远望如马鞍。我对于满语完全外行，粗略查了一下，在满语中，alin 确有大山、高岗之意，至于 hvi 是否可以解释为马鞍就不得而知了。不过受了李东升先生影响，我尝试换一个角度再看辉山，倒也真看出点儿马鞍的轮廓来。

自古以来，形势险峻、松林茂密的辉山就像一位孔武有力而忠诚无比的卫士，雄踞于沈城东北，呵护着脚下的万家灯火。它第一次被学者关注是在《大明一统志》：“辉山，在沈阳卫东北四十里，层峦叠嶂，为诸山之冠。”考诸史籍方志和文人笔记，可以认定，真正发现辉山之美并令其名满天下的，还是缪氏家族的两位名士——缪公恩和缪润绂。

缪公恩（1756—1841），原名公俨，字立庄，号梅澥，别号兰皋。生于沈阳，隶汉军正白旗。他少年多才，能诗善画，精通书法篆刻，曾追随父亲宦游江南十余年，与著名诗人兼学者洪亮吉一见如故，结下深厚友谊。父亲在任所去世后，缪公恩北归盛京，奉母居家，以诗酒自娱。50 岁时，缪公恩出任盛京礼部右翼官学助教，后主讲于沈阳萃升书院，培养了一批知名文人，其中有不少朝鲜留学生。嘉庆十八年（1813），缪公恩与被革职的辅国公裕瑞共同发起成立“芝兰诗社”，让一向重武轻文的陪都风气为之一振。以校勘、出版《红楼梦》而知名的程伟元就是芝兰诗社的热情支持者。缪公恩本人的诗作多被编入《梦鹤轩梅澥诗钞》，达 2800 余首，不仅高产，而且艺术造诣上乘，辽北名士、诗人魏燮均誉之为“独占骚坛六十年”。

讲学之余，缪公恩的一大乐事是寻幽览胜，流连于沈城周围的山水之间。他是辉山上的常客，那些生活在沈阳的历史名人，数他在这里留下的足迹最多。缪公恩写下不少以辉山为题的诗，记录了那个时代的辉山印象。比较具有代表性的一篇是《登辉山》："危峰绝顶独盘桓，雾敛云收眼界宽。千涧瀑兼青霭落，万山岚向碧空攒。天风欲鼓春衫破，雨气犹侵石骨寒。何日凌虚生羽翼，十洲之岛足游观。"在诗人笔下，人迹罕至、神秘氤氲的辉山宛如仙境。《归自辉山途间漫成》则另有一番野趣："草垂山径柳垂堤，朝霭凝烟望眼迷。树树杏花红雨乱，村村麦垄绿云低。溪深野涨浮桥面，岸夹新泥没马蹄。回首琳宫何处是？行人已隔万山西。"暮春时节，诗人登山归来，沿途是袅袅垂柳、迷离杏花、绿油油的麦田和淙淙溪水，柔和的风裹挟着暖意和新泥的气息扑面而来，好一派诗意融融的画面！

在缪公恩之前，还有一位名叫戴梓（1648—1725）的诗人写过辉山。戴梓字文开，号耕烟老人，出生于浙江杭州。他通兵法，懂历算，诗文书画样样擅长，一度是康熙皇帝身边的红人。戴梓最被人称道的一件功绩是制造出威力巨大的"冲天炮"（又称"子母炮"），后来在平定噶尔丹叛乱中发挥了重要作用。不过，他也因此遭到同僚尤其是比利时传教士南怀仁的嫉妒，谗言之下，被流放到盛京。戴梓在沈阳生活了30多年，以售卖字画为生，甚至陷入"常冬夜拥败絮卧冷炕，凌晨蹋冰入山拾榛子以疗饥"的窘境。心情好的时候，也曾经遥望霞光映照的辉山，作《赋得列障明霞》一首："矗矗危岑映赤霞，难将景色自矜夸。洪涛夜火连江夏，大冶天风炼女娲。细草带烟成野烧，空林落叶尽桃花。明朝又卜秋光好，拟向丹峰问酒家。"赤霞、夜火、女娲、野烧、丹峰，种种热烈的意象，倒是与其火器制造专家的身份颇为契合。戴梓共有四个儿子，第三子即戴亨，与李锴、陈景元齐名，是当年的"辽东三老"之一。

虽然戴梓写辉山在前，但流传下来的作品仅此一首，而且作为寄居者，也没有多少心情去细细品味异乡山水；与缪公恩对辉山之美的热爱和理解不可同日而语。后者不仅写下大量吟咏故乡风物的作品，有意思的是，提炼辉山之美的使命也最终在他的曾孙——缪润绂手中完成，这就是著名的“辉山晴雪”。

出身于书香世家的缪润绂少年能诗。他仰慕曾祖父之风，也呼朋唤友，与韩小窗、喜晓峰等本地才子创办“荟兰诗社”，赋诗作文，应酬唱和。在光绪十八年（1892）考中进士之前，缪润绂一直生活在沈阳，他认真记录了沈阳的地方古迹、景物名胜、风土礼俗及社会时尚，写成《沈阳百咏》和《陪京杂述》。它们至今仍然是研究清代沈阳的重要文史典籍和民俗专著，尤其是他在《陪京杂述》中总结出的“陪京八景”，成为最权威、流传最广的关于沈阳标志性景点的版本。“辉山晴雪”即“陪都八景”之一。

白雪覆盖的辉山自然有一种超凡脱俗之美。丽日当空，站在盛京城内远眺辉山，但见银装素裹，玉色逼人，壮观无比。缪润绂的《辉山晴雪》道尽其中好处：“城居地无山，尘俗不可耐。谁开东北天，突涌青螺黛。妙从雪后看，岿然玉峰在。日薄清含辉，烟明遥作态。凝似古仙人，寒枰坐相对。”这首诗如今被刻在辉山山顶的一块巨石上，成为最生动最具内涵的一个广告。从钢筋水泥的丛林走出来，呼吸着冷冽的空气，在山中踏雪而行，一路上留下深深足印，视野和心胸都为之豁然。

| 辉山晴雪石　刘卓摄 |

| 冬日辉山 刘卓摄 |

考中进士的缪润绂被授中宪大夫、翰林院庶吉士，从此离开沈阳。在做了短短几年京官之后，他外放山东，先后担任临清直隶州（今临清市）候补知府、知州，濮州知州，阳信县县令，宦游齐鲁多年。缪润绂勤政爱民，大力兴学，颇有政声，像曾祖父一样，也始终无法忘情于山水。他在《除夕杂诗》中自陈："经年游屐未曾闲，齐鲁征轮数往还。清境两俱抛不得，济南泉与泰安山。"泰安山即泰山。泰山当然比辉山排场得多，也让诗人重寻与青山为伴、与云霞为友的快乐，却无法抚慰内心的思乡之情。1931年，缪润绂辗转回到沈阳老家，准备在辉山下安度晚年，孰料"九一八"的炮声骤响，诗人再一次仓皇出走，最后老死济南。

那刻在辉山山顶巨石上的诗句，就是对诗人最好的怀念吧？

山中棋盘

出沈阳东北，驱车 30 公里左右，你就进入了“沈阳后花园”——棋盘山风景区。这里峰峦起伏，林木葳蕤，山水缠绵。69 平方公里森林和 13 平方公里水域，犹如功能强大的造氧机，生产着大量负氧离子，让挤在城市

中想“透”一口气的人们趋之若鹜。当然，大部分市民或旅行者慕名而至，不仅仅是因为这座“天然氧吧”，还因为景区里的几座山：一曰棋盘山，一曰辉山，一曰大洋山，一曰樱桃山。其中，又以棋盘山和辉山最受青睐。

棋盘山是长白山系老岭余脉，属于构造剥蚀阶地地貌，海拔 260.2 米，比海拔 265.9 米的辉山矮了一头；两山隔蒲河水相望，星移斗转，白云千载，川流不息，很有一点儿“相看两不厌”的意思。

辉山的灵魂在“雪”，棋盘山的灵魂在“棋”。

相传，自古以来，每逢莲花怒放、溽热难耐时节，各路神仙就会齐聚长白山天池，采莲沐浴。有一年，铁拐李和吕洞宾享受了天池的清凉，兴尽而返，途中，忽然看见脚下有一片令人目眩的雪光。两位神仙很是好奇，按下云头，落脚在一片山崖之上，放眼望去，苍翠之中，竟见一块光滑平整、四四方方的白石，犹如硕大棋盘。这勾起了两位神仙对弈之瘾，于是他们画石为盘、拣石作子，大战起来。铁拐李和吕洞宾从中午下到傍晚，从傍

| 冬日棋盘山 刘卓摄 |

晚下到次日黎明，仍分不出输赢。两位神仙太专注了，竟没发现不远处的松林里躲着一个樵夫。神仙可以不睡觉不吃饭，饿坏了肚子的樵夫熬不起，他不等棋局结束，跑下山去吃饭，并向乡里报告消息。等到他和几个乡亲再返回山上，哪里还有下棋者踪影？但他们的相貌樵夫仍历历在目：一位巨目虬髯，模样丑陋，拄着拐杖，背着药葫芦；一位眉目修长，斯斯文文，头戴华阳巾，背插宝剑。乡亲们恍然大悟：莫非是铁拐李大战吕洞宾？于是一传十、十传百，附近十里八村都称这座山为棋盘山了。

铁拐李与吕洞宾斗棋只见于传说，不见于经传，但仙人对弈确是中国隐逸文化的一个母题。最出名的一个典故出自南朝梁任昉《述异记》："信安郡石室山，晋时王质伐木，至，见童子数人，棋而歌，质因听之。童子以一物与质，如枣核，质含之，不觉饥。俄顷，童子谓曰：'何不去？'质起，视斧柯烂尽，既归，无复时人。"石室山在今浙江衢州境内，与棋盘山有数千里之遥，但两个故事却惊人相似：有名山，有仙人，有对弈，有樵夫，也同样传达着"山中方七日，世上已千年"的怅惘情绪。

在山顶斜下方，距离山脚 20 米左右高处，我见到一个方方正正、凿石而成的硕大棋盘，目测之下，长宽约有 10 米。巨石侧面，手书"星落石枰"四个大字，笔力遒劲。棋盘上错落摆放着数十个棋子，个个如石墩一般，三五游客骑坐棋上，或低头玩弄手机，或静静沉思，或纵目远眺。这难道就是传说中吕洞宾和铁拐李对弈的地方？当然不是，即使世界上真正存在神仙，他们也的确大驾光临过——早在 1975 年，沈阳兴建棋盘山水库，古棋盘就被炸掉了。据时任指挥部副总指挥杨景华 2006 年回忆，30 年前，棋盘山顶确有一个 4 米见方的花岗石大棋盘，上面"摆"着两颗与棋盘连为一体的石头棋子，棋盘上依稀可见几道格，棋盘边散乱堆有大石块。为防止开山放炮伤及施工人员，指挥部决定先炸掉山顶棋盘。当时一共用了 5 斤炸药，分两次安装引爆；起爆时，棋盘上的石头棋子蹦起老高。这也从

| 星落石枰 张庆东摄 |

一个侧面验证了《东三省古迹遗闻》的记载："山有崖一处，中列天然棋盘、棋子，横竖皆可移动，唯不能拾取耳。"炸掉古棋盘总是可惜的事。如今，为开发旅游资源，景区虚应故事，不仅复建新棋盘，还在景区门口竖起铁拐李与吕洞宾对弈的造像，主题可谓鲜明，但似乎少了一些历史感。

站在簇新的棋盘上，我沉吟良久。从形制上看，脚下是象棋，设计者当有依据，但总觉得哪里不对头。按说，象棋和围棋都是中国人的发明，但后者历史更为久远，公元前两千纪即已出现，实为棋类鼻祖。而且，这种在古代称为"弈"的智力活动也更能体现中国文化精神。中国传统"四艺"——琴棋书画中的"棋"指的就是围棋。围棋讲究天人合一、返璞归真，哲学韵味浓厚，深受文人雅士青睐。相比之下，象棋多杀伐之气，难登大雅之堂。铁拐李和吕洞宾是不食人间烟火的仙人，倘以对弈为乐，不是应当首选围棋?

忽然想起另一个有关棋盘山的传说：此山古时又称“龙山”，因为山上住着一黑一白两条龙。它们的共同爱好是在山顶下棋，并以珍爱之物为注。一日，两位龙王突发奇想，互相承诺，赢棋者可以赢得对方妻子。一言既出，驷马难追，谁都不想输掉妻子，两位龙王使出浑身解数，结果大战三日三夜，不分胜负。在这关键时刻，黑龙王妻子上山寻唤夫君，黑龙一分神，输掉了棋局。情急之下，黑龙王掀翻棋盘，水冲白龙宫。白龙王气不过，向玉皇大帝告状，玉皇大帝派遣天兵天将，一把火将黑龙宫烧了个精光。从此，山里的蛇无论大小均为黑色，据说就是黑龙王的后代。黑白二龙当年下棋的山也被称为棋盘山。

民间传说往往都有隐喻，这黑白龙王，是不是就象征着围棋的黑白二子呢? 当然，这只是我的胡思乱想。围棋也好，象棋也罢，终究不过是传说。只有眼前的棋盘和山顶裸露的岩石才是真实可以触摸的。它们大多属于石英岩，论年纪，恐怕比神仙还要古老得多。按照地质学家说法，6 亿年前，大约震旦纪中晚期，它们就因为吕梁运动从沉积的海底隆起，成为棋盘山山体的组成部分了。岩石上面的纹理，一如树木的年轮或老人额头的皱纹，正是亿万年前海水侵蚀的痕迹。可以说，每一块石头都浓缩着地球和生命演变的历史。这历史，如今都掩埋在葱茏草木中了。

作为华北植物区系与蒙古植物区系的交会过渡地带，棋盘山植物品种丰富，据不完全统计，共有 92 科 273 属 342 种之多，仅松树家族就有杜松、落叶松、白皮松、红松、黑皮油松、獐子松、短叶松等十数种。一年四季，这里都演奏着色彩的圆舞曲：早春是粉白的，山梨、桃树、李树、杏树竞相开放，尤其是一场春雨之后，莎草、马齿苋、蓟草、苣荬菜青青可人，最适合踏青郊游；盛夏是五色斑斓的，白藓、月见草、铃兰香飘十里，蜂蝶在花间起舞，鸟儿在林间歌唱，正好可以避暑；深秋是黄红相间的，树枝上挂满山里红、山楂和榛子，伸伸手就可以摘下，让探险者大快朵颐；冬季的棋盘山是暗绿色的，高高矮矮的松树像主人一样，张开羽翼，呵护着裸露的岩石和枯萎的植被，静待下一个春天的到来。

今日棋盘山早已成为城里人打卡之地，热闹非凡；时间上溯几百年，这里是人迹罕至的静修之所。始建于公元1575年的向阳古寺即为例证。当年，努尔哈赤之孙、自号敬一主人的爱新觉罗·高塞曾隐居于此，参佛诵经、赋诗弹琴。寺内“圣朝存象法，古寺复闻钟。花引山门路，云封野殿松”的诗句就出自高塞之手，抛开其中禅意不谈，仅就意象而言，实在也是棋盘山之美的一个生动注脚。

天柱排青

说起沈阳城的自然和人文景观，无论是大学者陈梦雷提出的“留都十六景”，还是盛京名士缪润绂命名的“盛京八景”，都把天柱山排在第一位，只是称呼不同而已：一曰“天柱衡云”，一曰“天柱排青”。在陈梦雷之后、缪润绂之前，一位来自京城的文人刘世英对沈阳城指指点点，选出“留都十景”，“福陵叠翠”（相当于天柱山景区）仍然在内，但排名已到第六。

| 沈阳东陵公园　张庆东摄 |

不过，刘世英毕竟只是一个旅游发烧友，哪里晓得盛京风物的好处。

从沈城一路向东，大约 10 公里处，就是丘壑起伏、古木森森的天柱山。天柱山俗名“石咀山”，元明两代称“东牟山”。虽不高阔，但山前有轻柔如缎的浑河水流过，山中有清澈甘美的泉水涌出，山上苍松翠柏绵绵不绝，堪称风水宝地。后金天聪三年（1629），石咀山被选定为努尔哈赤陵寝之地，从此身价倍增。《大清一统志》载：“天柱山，在承德县东二十里，福陵在焉。近则浑河环于前，辉山、兴隆岭峙于后，远则发源长白，俯临沧海，洵王气所钟也。顺治十六年，封山曰天柱，从祀方泽。”天柱，本来是指古代神话中支撑天宇的八座高山，清代统治者改“东牟”为“天柱”，既表达着对开国者努尔哈赤的尊崇，又寄托着江山永固、万世不绝的愿望。

努尔哈赤的陵寝直到清顺治八年（1651）才基本建成，定名福陵。它是清朝皇家陵寝中极为特殊的一个。首先，陵寝主人努尔哈赤是清王朝奠基者，庙号“太祖”，历史地位极高。其次，整座陵寝建在天柱山巅，规模虽不及昭陵（皇太极陵寝），但鹤立鸡群，最是巍峨壮观。第三，因特殊的政治地位和自然景观，福陵最受舞文弄墨者青睐，从清帝王到文人骚客，诗词歌赋络绎不绝。如道光皇帝有诗曰：“天柱巍峨岳镇东，桥山佳气郁青葱。”著名诗人高士奇扈从康熙皇帝东巡，为天柱山的恢宏气势所动，下笔成章：“回瞻苍霭合，俯瞰曲流通。地是排云上，天因列柱崇。”若干年后，缪润绂受此启发，写下那首奠定其“盛京八景”之首地位的《天柱排青》：

驱马城门东，森然望天柱。
万松何苍苍，拏空作龙舞。
群灵此呵护，脉衍长白祖。
开卷感沧桑，东牟话已古。
神气时往来，天青日风雨。

二百多年前的一个晴日，诗人骑马出城，信步东行，莽莽苍苍的松林映入眼帘，天柱山犹如一条青色巨龙，横亘东郊。金顶、红墙、青砖、黄瓦时隐时现。遥想太祖当年的显赫战功，诗人感慨万千：在长白山奠定基业的祖先虽已长眠于此，但他气吞山河的品格仍然穿过历史幽谷，让后来人心潮澎湃。

作为皇家陵寝，福陵在顺治、康熙、乾隆年间不断扩建，日臻完善，但也一直被列为禁地。除了皇亲国戚、达官贵人，平民百姓难得接近。清朝灭亡后，1929 年，清福陵被辟为公园，成为市民参观、休憩和游览之所，但因为距市区较远，交通不便，仍然人迹稀少。新中国成立后，以福陵为中心，天柱山景区被整饬扩建为东陵公园，道路交通不断完善，文物古迹受到保护，昔日皇家禁地才真正热闹起来，成为“寻常百姓家”。1988 年，福陵被批准为全国重点文物保护单位。2004 年，联合国教科文组织又将沈阳清福陵、清昭陵列入世界文化遗产名录。

文物保护单位也好，世界文化遗产也罢，主要着眼点仍然是陵寝古建筑。对于老沈阳人而言，福陵之美，美在平地而起的天柱山和那漫山遍野的油松。福陵油松的树龄多在 300 岁以上，无论规模、数量、树龄、生长现状，在世界范围内都罕见。没有它们，不仅皇陵庄严和永恒的气氛将大为逊色，诗人笔下的“天柱排青”自然也无从谈起。

中国封建帝王历来崇尚“与天齐、与地等”，祈求国运长久、江山永固，希望子子孙孙把皇位永远坐下去。松树属于常青树种，正好满足这种心理暗示，因此数千年来一直是陵寝用树的首选。遗憾的是，天柱山虽好，但土生土长且像样的松树不多，朝廷一声令下：从千山移植！史载，这项浩大的工程始于后金天聪八年（1634）。当时，千山还是一片原始森林，草木葳蕤，古树参天，尤其是成片的油松，品质最为上乘。数年之间，先后运往福陵、昭陵的油松达万株之多。为确保树木的存活率，朝廷的管理十分严格。油松从种植之日起，便一一登记造册，对于枯死、倒伏者，陵寝衙门无权处理，必须报盛京将军，否则将受重罚。除此之外，朝廷还对陵寝油松有计划地进行补种。有了这样的精心呵护，福陵古松才得以无忧无虑生长，最高者达五六十米，而且绵延成片，真如排山倒海一般，激发着高士奇和缪润绂关于“天柱排青”的想象。

如今，管理者不仅在天柱山下专门开辟了天柱排青公园，还在园内湖心岛建起观景平台。观景平台面积 182 平方米，以整石雕刻的景区石碑为中心，与天柱山隔湖相望。无论驻足台上，或徜徉于栈道，或乘舟穿行湖中，造访者都能以最佳角度北望天柱，细细品味这一传说了数百年的美景。但见绿油油的松树刺破湛蓝的天际，洁白的云朵自在地游荡，阳光下的金顶、黄瓦熠熠生辉，汇成一支雄阔的、无声无息的色彩交响。倘若时逢盛夏，公园内的荷花陆续盛开，几乎覆盖了整个湖面，那就更热闹了。你的注意力就会被分散，或者干脆收回目光，转移到“菡萏新花晓并开”“接天莲叶无穷碧”的景象，任这些沁人心脾的可爱植物抢了“天柱排青”的风头。

当然，到天柱山，仅仅远观是不够的。望着并不高耸的山顶，每一位造访者都很难克制攀爬的冲动。他们会饶有兴致地走进福陵，穿过夹道相迎的石驼、石狮、石虎、石马，怀着朝圣的心情，迈过“一百单八磴”。所谓“一百单八磴”，是指 108 级石阶，这也是福陵最具特色的文化符号之一，在明清皇陵设计中独一无二。有学者解释说，108 是天罡 36 星和地煞 72 星数量之和，在古代代表着天地宇宙，象征帝王对王朝的主宰。另外一种说法似乎更深入人心：人生有 108 种烦恼，每登上一级台阶便跨过一个烦恼，登上山顶，烦恼也就烟消云散了。这大概是佛家的说法。然而无论如何，“天柱排青”足以娱目，“一百单八磴”又能解忧，难怪朝拜者络绎不绝了！

| 天柱排青　刘宝成摄 |

一螺青黛

七星山（上）

沈阳之北30公里的辽河岸边有七星山，七座山头，与天上北斗七星一样排列：天玑、天权、玉衡……七座山峰拔地而起，周边50公里内不见他山。远远望去，如一螺青黛，翠浮在水光稻影的辽河大平原上。山上有辽时所建古塔，塔下有寺，寺下有村。辽时这里称为时家寨，有双州和双城县两城；明代是辽东镇107堡之一的“十方寺堡”；到了清代或许因为石佛的传说

就有了石佛寺，村以寺名，直到今天。今天，石佛寺村还在，但七星山却面目全非。七个山头因十几年间急功近利的开山采石，其中三座半或连根拔走，或削平半拉。主峰三面，留下的是光秃裸露的悬崖峭壁与纵横沟壑，还有已变成渊潭的处处深坑。七星只余三座半，留下的主峰和另外两座半，也遍体伤痕，残缺不全地支撑着一样残缺的古塔，在破败的山体上，孤独向晚。几度辉煌的七星山，那曾经良好的生态系统，曾经繁荣的文化宗教，曾经庄严的州城古堡，曾经热闹的渡头重镇，都在这巨大的历史变革与经济燥热之中，一螺青黛弄得伤痕累累。

从沈阳去七星山的路我不知走过了多少次，沿黄河北大街直行进入 101 国道，再转经兴隆台锡伯族镇，北行 5 公里即到达七星山下的石佛寺村。1978 至 1979 年的时候，我曾在临时迁到兴隆台的沈阳师范学院读书，许多个周末，都会和同学结伴步行 5 公里游七星山，访辽河古渡口。那时候就知道七星山是个有历史的地方，虽然海拔不过 147 米，但它却是群峰耸秀，矗立在浩荡的大辽河边，看上去也是分外挺拔俊逸。顶峰上的古塔，虽然已坍塌一半，但在青翠的七峰簇拥下，仍不失融融古意和一种残缺美。再

| 七星山全貌　于跃摄 |

加上那 72 座水泥碉堡，愈发感到此山不凡，大有故事。

当时的七星山，错落有致，山上山下蓊蓊郁郁，松荫蔽日，草树繁茂，一派鸟语花香。尤其是山上的珍贵树种黄波椤，成片成林，每棵都已碗口粗细。记得第一次我们从山脚登到山顶的塔下，用了将近一个小时，一路得拨开重重草树，缓慢前行。路边不时有蛇出现，还惊起狐狸、猞猁从眼前跑过。山上碉堡座座，累了就坐上去休息一下。记得那天登上主峰，在古塔下四望原野，北面是辽河自东向西奔流，其余三面皆是平畴沃野，刚插上秧的稻田，一畦畦闪着波光。山风呼呼，刮得衬衫和头发都飘了起来，同学们站在塔边的一个大碉堡上欢呼，雀跃。突然间看到山下有一位老者不断向我们招手，似乎是在喊我们下山。待下得山来，才知他是石佛寺渡口的老艄公关大爷。他严厉地告诉我们："孩子们是南边读书的吧，不要随便上这山，有十来种蛇呢，咬了可没命啦！去年就有两个人被咬过。"听了老人的话，我们真有些后怕起来，回头再看那山，松涛阵阵，塔影幽幽，碉堡森森，确实有点让人胆怯。

我们请求老人家把我们摆渡到对岸一回，也坐一坐辽河的渡船。老人听说我们是大学生，欣然同意。

石佛寺这一段辽河水如一湾平湖，水波不兴，老人一边撑篙，一边和我们闲聊。他告诉我们今年已六十过了，祖上在前清时就是这里摆渡的，老祖宗还在此为东巡的乾隆爷摆过船呢。还说自古以来这渡口就是两岸过辽河的必经之地，没有桥啊，只能靠船来过河。法库、康平、铁岭、彰武，还有远到吉林、黑龙江、内蒙古等地的商人，每年都要将粮油、人参、毛皮等经过这渡口运到奉天去，然后再把布匹、食盐、糖茶等日用品带回。所以那时石佛寺可热闹了，镇上光是大车店就有十来家。老人家说的"大车店"就是早年的旅店，因为常有马车来住，所以称为"大车店"。过往客商在此歇脚、过夜，并在这里听评书、民间故事，看锡伯族大秧歌、二人转。

我问老人这山为什么叫“七星山”，老人笑一笑说：“你们这些大学生应该知道啊，天地对应，天上有北斗七星，地上当然就得有七星山啦。我们这七星山七个山头，正好如北斗七星，一样的北头南尾，但天上的是正勺子形，这山是反勺子形。”说到此处，老人停下手中的竹篙，指着南岸的七星山说：“你们看，这最北边靠河的叫东长条山，那是北斗的天枢星，接着往南的叫西长条山，是天璇星，再往南是孟家墩山、馒头山，最高的叫塔山，塔山南面的叫南山，最南边的叫罗圈塔山。这些山每一个山头都能和北斗七星的名字对上……”老艄公一番天文地理的讲述，让我们颇为惊叹，大开眼界，同学们纷纷说：“您老可以上我们大学去讲课啊。”“哪里哪里，我只是水上野老，和你们聊天还行，怎能上得大学堂。”我发现老人在连连的谦逊中，也带有三分得意。回校后，在老师的指点下，到图书馆翻看《太平御览》所收宋人《春秋运斗枢》所记七星之名，与七星山另五个山头对应起来，依次是：天玑星（孟家墩山）、天权星（馒头山）、玉衡星（塔山）、开阳星（南山）、摇光星（罗圈塔山）。竟然和老艄公所讲一字不差。

| 七星山碉堡群 张维平摄 |

见老人家这般知多健谈，我于是又向他请教：“山上那么多的碉堡是怎么回事？”“噢，那是当年国民党二〇七师修建的。”有同学对解放战争辽沈战役很熟悉，说那一定是1948年秋天的事，因这里是沈阳北面的咽喉要塞，廖耀湘兵团如果要守住沈阳，必然要在这里部署重兵以抵挡四野从四平过来的进攻。河防与山防相互叠加，七星山上这些碉堡的作用就可想而知了。老人接着我们的议论说：“那时候我不到三十岁，和村里一百来号人被拉上山修碉堡，挖战壕。家家的石料和门板都被搜掠到山上建了工事，那碉堡从山脚排到山顶，共有72个。刚修完二〇七师就走了，说是回去守沈阳城，来了新三军和新六军。记得那年冬天，我们这里大人孩子都不敢出门，林彪的大部队从四平那边经法库向西开，根本没打七星山。原来解放军绕过七星山从东边黄家公社达连屯，西边从新民二道房分两路攻进了沈阳城。新三军和新六军一听沈阳丢了，就一枪没放，投降的，逃跑的，乱成一片。七星山没有打仗，这些碉堡也留下来了。”听完老人的讲述，我和同学议论，将来我们毕业了，可承包七星山，把这里变成旅游胜地，还可以建个“七十二堡博物馆”。

在愉快的闲聊间，渡船到了对岸。老人告诉我们，北岸就不是沈阳了，是法库县的依牛堡子公社三尖泡大队。我们在对岸玩了半个小时，又乘老人的渡船回到石佛寺。

一螺青黛
七星山（下）

十几年之后的1997年，大学毕业15周年聚会，重回母校老校区兴隆台，再上七星山。站在古塔下，想起当年老艄公的讲述，这应当是七星山的主峰塔山，为七星中的玉衡星。

四望原野，山之北的辽河依旧浩荡西流，对岸的法库县三尖泡大队如今应当称三尖泡村了；而东面的黄家乡拉塔湖畔，已经在两年前建成了沈阳北部和铁岭、法库间的第一座辽河鲁家大桥，从此过辽河再不用摆渡了，村里人告诉我，老艄公关大爷闲不得，也去了关里女儿家；山的西边不远处就是新民市罗家房镇山西孟村，据说那里已成为著名的养牛基地；南望是兴隆台锡伯族镇，如今宽阔的大路已与沈阳市区的黄河北大街相连，用当地百姓的话说，进沈阳市内也就是“一脚油的工夫”。因为石佛寺辽河引水大渠提灌站的作用，七星山以南依旧是沈阳地区著名的水稻产区，金黄的原野上，稻浪涌动；山脚下的石佛寺村，家家户户屋顶上的颜色似乎比以前缤纷了许多，显然院落里也富足了许多。

然而七星山却很让人失望，因为连年的开山采石，山体和植被都遭到了严重的破坏，当年草树丰茂、动物出没、鸟语花香的风姿不见了，看到的几乎都是满目疮痍。现代人比起古代的愚公移山麻利多了，没几年工夫就移掉了三个半大山，留下的是深坑和沟谷，还有裸露的陡峭绝壁和破碎的乱石，犬牙交错，令人望而生畏。

在上山之前，我们在村里与一位五十多岁的焦姓村民闲聊，他说七星山大规模采石开始于20世纪80年代初，当时附近村庄都将开山采石作为重要致富项目。据《沈阳晚报》等媒体报道："七星山被挖走的石头可建316座7层居民楼。"

不仅如此，石佛寺当地也大规模地开发起了石头产业。历史上的石佛寺地区不但是佛教和道教文化圣地，也曾以石刻文化著称。随着采石场的兴隆，许多人家也开始了雕石生意，制作各式各样的石制品。可如今，石头快采没了，这些石制产业也就走到头了。当地村民说："卖光了石头挖没了山，不知以后怎么办啊！"他们也心疼当年的青山碧水，谈起未来，都是一脸的茫然。

面对这样的七星山，我再也找不到辽河大平原上那翠浮在水光稻影中的一螺青黛了，最好的风景已然隐入历史深处。尽管辽河水逝者如斯，河上的大桥一座接一座；尽管七星山周边的高速路四通八达，从石佛寺到沈阳城也是通途的柏油路，但我在七星山顶眺望的时候，秋风劲吹，仍然拂不去我心中沉重的苍凉。我一时间也和石佛寺的村民一样担心，七星山，不知未来会怎样。

时代在悄悄前行，让我惦记的七星山也随着2000年辞旧迎新的焰火进入了21世纪。然而它并没有将破败的山体和浑身的疮痍留在20世纪，而是在世纪转换的过程中承受了更严重的折磨而愈加残破。

我时时在关注着七星山的消息，希望它不再被继续破坏，希望它能有起死回生的奇迹，因为余下的三星半实在经受不起进一步的开发与攫取，历史已经让它伤痕累累了——

比如主峰上的古塔，曾是沈阳北部辽河岸边最旖旎的一景，1982 年，沈阳市文物考古部门发掘此塔地宫时，发现了石、铁、金、银四重函，函内盛有 103 粒水晶、珍珠、玛瑙“影身舍利”，并有两通石碑出土。据《沈阳碑志》所收《石佛寺七星山舍利塔地宫石碑》记载，七星山塔是辽双州双城县“时家寨净居院”舍利塔，建筑时间是辽道宗咸雍十年（1074）。舍利塔为六角形七层实心密檐砖塔，塔角为圆形倚柱，正中有佛龛，两侧有胁侍，上有宝盖、飞天斗拱等。七星山和这座辽塔曾进入许多典籍的视野，民国时撰修的《奉天通志》卷七十四“铁岭条”有：“七星山，城西偏南九十五里，在石佛寺西，界沈阳法库。”民国出版的《东北名胜古迹轶闻》“拉塔湖”条说：“其西十余里，有石佛寺。寺依山，山有塔，塔系唐代物也。每于阴雨之日，则湖中有塔影横焉。”还有不知姓名的诗人曾为它留下这样的诗句：“塔影遥开山雾重，笛声清澈水风凉。”重山云雾、峰岚塔影、

| 七星山残塔 刘卓摄 |

古渡笛声、荷风凉夏，这样的意境和这样的诗情，让七星山和山上的古塔闻名遐迩。然而千年古塔终难抵得自然的力量，据《铁岭县志》记载，1931年的一场雷雨将此塔击毁，巍峨的辽塔只剩下半壁残骸。飞檐六角也只剩下了两个。一百多年过去了，它再次经历了世纪之交自己人开山采石的隆隆炮声。残得不能再残的躯体，几乎每天都在惊吓中颤抖不堪。

2005年，沈阳市文物考古所为配合七星山开发，曾对石佛寺村附近进行了考古勘查，在其后的《石佛寺文物古迹勘查汇报》中，列出的古迹遗存有：位于石佛寺村东辽代双州城内和城外，属于高台山文化类型的青铜时期遗址；七星山主峰北侧的青铜时期墓群；村北漫坡上的明代“十方寺堡”城垣遗址；石佛寺村东的辽代双州城址；村北侧的辽代官府址。辽代石佛寺村为双州双城县，“双城”则是说在这里有两座城，这处官府址的发现，也许就是双城县的双城之一。而这些古迹遗存都面临着开山采石的威胁，我曾在双州城的城墙遗址上行走，那已不是墙，而是一溜土岗，上面种满了玉米。年复一年的耕种，年复一年的风蚀，如果不是有市级文物保护单位的标志，谁还能看出这是双州遗址？

历史遗迹保护，意义关乎历史，更关乎未来。只有保护好留存的文化遗产，才能保护我们的文化基因；只有在传统基础上培育出的现代文化，才更有根基、底蕴与生命力。我们惋惜七星山的半落，其实就是对文化和未来的惋惜；我们强调对其保护，也是对文化和未来的负责。历史遗存不仅关乎文化、环境、旅游等，其实它也渗透在我们生活的方方面面。比如石佛寺这地名，到底是因石佛所得，还是谐音辗转而来，留下来的“十方寺堡”城垣遗址似乎就能为我们解开这个谜。一千多年间，从最早的“时家寨”之“时”，到明代“十方寺堡”的“十”，再到“石佛寺”的“石”，谐音相传，而成了今天的“石佛寺”。所以石佛寺之名未必与传说的“石佛”有关，而应当是从“十方寺堡”谐音转化而来。

正是因为七星山石佛寺有如此厚重的历史文化积淀，2007 年，才获得“省级历史文化名村”的称号。这个称号让七星山开山采石的步伐停了下来，相关部门着手拯救七星山。2008 年媒体有这样报道：“北京大水根源艺术发展有限公司和沈阳沈北新区正式签约，投资 1 亿元对沈阳北部的七星山风景区进行改造扩建。”2012 年媒体再次报道：“沈阳‘填山’工程耗资 2 亿，拟填沙‘再造’七星山。”并说这将是沈阳市最大的“填山”工程，将用 395 万立方米沙石重新堆起七星山。并将种植 20 万棵树，修复山体的葱郁本色，同时古塔和寺院也将进行修复。这项工程至少需要 5 至 8 年时间。

读了这些报道，我曾问一位石佛寺当地的领导，当年削平三个半山头，到底卖了多少钱？他告诉我：最多也就是几百万元。

三个半星的陷落，只换来几百万元的收入，如今却要花两三个亿来埋单。两三个亿真能将三星半还原吗？这可能是个天方夜谭的故事。

如今的七星山，治理工程历经了十多年，尽管伤痕之处多有改观，当年深挖的采石场有的已变成人工池沼，植被也逐渐在恢复，但失去的三个半星已不可复见。2019 年，七星山下的石佛寺村入选中国历史文化名村，七星山更为世人所关注。

七星山的演化历史，有痛心和无奈，也有期待。在绿水青山就是金山银山的道理面前，世人期待，七星山总有一天会重现绿水青山。一螺青黛终会浮现辽河之滨。

东木叶山

木叶山，一个充满诗意的名字，很容易让人联想到杜甫在《登高》中营造的“无边落木萧萧下”的意境。其实是大错特错。

对契丹史有一些了解的人，都对木叶山耳熟能详。因为那是契丹人的祖庭和发祥地。契丹人信萨满教，崇拜山神，在契丹语中，木叶山是“高山”之意。《辽史·地理志》载：“相传有神人乘白马，自马盂山浮土河而来，有天女架青牛车由平地松林泛潢河而下。至木叶山，二水合流，相遇为配偶，生八子。其后族属渐盛，分为八部。每行军及春秋时祭，必用白马青牛，示不忘本云。”这是一个中国版的白马王子的故事。文中的“浮土河”即今天老哈河，“潢河”即今天西拉木伦河，至于“木叶山”，一般认为，即今天内蒙古翁牛特旗的海金山。

但早期契丹人一直过着流动不居的生活，因此“木叶山”并非只有一座。今天我要写的木叶山，位于法库县境内的辽河右岸、长白山与阴山余脉交会处，亦名奚王岭。从地图上看，此木叶山与远在西部的海金山即木叶山遥遥相望，几乎处于相同的纬度，故称“东木叶山”。辽代建国后只有耶律、萧两大姓，分别代表皇室和后族。有意思的是，木叶山是耶律家族的祖庭，而东木叶山恰恰是萧氏的重要聚居地，耶律阿保机之妻、开国皇后述律平及其兄弟——开国宰相萧敌鲁、萧阿古只、萧思温及其后代，都在这里繁衍生息，甚至死后仍埋葬于此。史料记载，有辽一代，至少有6位北府宰相、10位皇后出自法库，名臣重将则为数更多，因此，法库有“大辽福地、宰相故里”之誉。

东木叶山并不算高，海拔仅150多米，但东临辽河，山奇水秀，树林茂密。有“辽北第一楼”之称的白鹤楼即建在山上。白鹤楼也称辽文化博物馆，根据典型的辽代建筑样式复原而成，主体建筑高51.9米，雄浑古朴却又不乏精巧绚丽。引人注目的是其四面八角的独特外观设计，用建筑术语来说叫“四面八方”，寓意辽代契丹族的八个部落。步入楼内，在中部大厅可见以白鹤为主题的艺术浮雕，细腻而淡雅；各层及夹层分别陈列辽代不同

| 白鹤楼 张庆东摄 |

时期、不同主题的历史文物，洋溢着中原农耕文化和北方草原文化融为一体的气息。

关于白鹤楼的历史，文献记载不多。有学者考证，辽圣宗统和十年（992），奉皇太后萧绰之命，宰相韩德让在萧氏居住地昌平堡（今法库）兴建白鹤楼。萧绰就是大名鼎鼎的萧太后，是中国历史上一位杰出的女政治家和军事家。她30岁临朝称制，总摄国事，辅佐年幼的辽圣宗耶律隆绪。在此期间，宋辽打了一场持续18年的战争，直到双方签署了历史上赫赫有名的“澶渊之盟”。

遗憾的是，因连年战乱，白鹤楼未能竣工。这一细节，在苏辙使辽的一则轶事中有所提及。宋元祐四年（1089），也就是“澶渊之盟”85年后，北宋大诗人、翰林学士、唐宋八大家之一的苏辙与时任刑部侍郎赵君锡代表北宋朝廷出使辽国，为辽道宗耶律鸿基贺寿。辽道宗精通音律、擅长书画、爱好辞赋，尤其喜欢中原文化，与苏辙相谈甚欢。席间，他提到曾祖母萧太后建白鹤楼而不成的往事。说者无意，听者有心，出于对萧太后的敬意，苏辙特意到访昌平堡，对这个功败垂成、风骨犹存的遗址做了一番凭吊。这恐怕并非历史事实。苏辙的确在宋元祐四年来到契丹人的统治中心，游历了上京临潢府（今内蒙古巴林左旗境内）、中京大定府（今内蒙古宁城境内）以及榆州（今朝阳凌源）、惠州（今朝阳建平）一带，并写成《奉使契丹二十八首》，记述了沿途见闻、契丹风俗，但好像并没有踏上法库的土地，《奉使契丹二十八首》也没有关于白鹤楼的任何记载。

苏辙是否目睹未完工的白鹤楼可以商榷，契丹人爱鹤、尊鹤、礼鹤之俗有据可查。除了流传较广的（耶律德光）射蛇救鹤、鹤鸣救主（萧太后）的传说，考古发现还提供了很多确凿物证。2016年，内蒙古考古所发掘了通辽市开鲁县金宝屯的一座辽代琉璃砖皇族墓葬，在墓室北侧穹顶上，绘有一幅彩色壁画：两只头尾相衔的白鹤正在蓝天白云间展翅飞翔。无独有偶，法库叶茂台圣迹山已发掘的辽墓群也时见以白鹤为题材的壁画或文物，比如浮雕双鹤纹方砖，都说明了辽代文化与白鹤文化的渊源。在中国传统文化里，鹤既是祥瑞之兆，也代表一种道德隐喻，君子贤达常被称作“鹤鸣之士”。有辽一代，契丹皇帝仰慕中原文化，与宋朝交流密切，来往使节络绎于途，其中不乏苏辙这样的饱学之士，其崇鹤之风，或许正是受了中原文化的影响，堪称中华民族融合过程中的一段佳话。

从这个意义上讲，白鹤楼的修建确有必要。用科尔沁历史文化研究会暨孝庄研究会副秘书长孙继辉的话说：“白鹤楼的复建，或为了传承，或为了纪念，或为了旅游，它不单单是为了一个已经消失的民族而存在，它是从大兴安岭和七老图山脉奔涌而来的西辽河乃至整个辽河流域的记忆。白鹤楼是一种文化基因，是被激活了的一个文化符号，它带我们走进了契丹人传说的神奇世界，让我们久久地聆听着历史遥远的回声。”

因为白鹤楼，因为契丹人留在这片土地上的印记，更因为每年有数千只珍贵的白鹤在迁徙途中落地法库，法库人有很深的白鹤情结。如今，白鹤已经成为法库县县鸟，法库县则成为“中国白鹤之乡”。在白鹤楼西边，东木叶山下，有一片自然生态湿地——獾子洞国家湿地公园。这里水体清浅、水草丰茂，栖息着 160 多种 6 万余只鸟类，其中国家级重点保护鸟类就有 27 种，如白鹤、白头鹤、丹顶鹤、白枕鹤、灰鹤、东方白鹳、黑鹳等，白鹤则是最多和最珍贵的。据说，全世界现有白鹤 3500 只，每年早春到獾子洞来休整的白鹤就超过 2000 只，占全球白鹤种群数量的 70% 以上，且停留达三个月之久。这是一个何等壮观与神奇的场面！难道因为这里是“大辽福地”？

正所谓：昔人已乘白鹤去，此地仍存白鹤楼。木叶山下舞白鹤，白云千载空悠悠。

五龙菩提

出城区70公里，我们一行抵达有“辽宁辣椒主产地”和“沈北葡萄第一乡”的法库县丁家房镇。沿镇政府门前的象牙河南岸东行20米，可见去往五龙山的标示牌，右转后再沿路南行5公里，就到了五龙山迎宾广场。远远望去，五龙山主峰如龙头高昂，两侧羊、梅二山酷似龙须；另外四条山脉或高或低，或隐或现，也都张牙舞爪，以主脉为中心呈五龙欲飞状。进得山来，但见峰壁耸立、古木蔽日、腐叶铺地，但闻清溪潺潺、风声鸟语、馨香馥郁——真应了那句自古流传的民谣：“远望五龙山，峰峰相依，沟沟相连，只见龙起舞，不知哪是边；走进五龙山，看山不见山，树木琳琅遮了天，但闻人语响，不知在哪边。”

说到五龙山的好处，有人总结为“雄、险、奇、幽、美”五个字。其实，但凡称得上名山，都不乏雄、险、幽、美，最多是程度上不同，唯有“奇”，方显特色与个性。五龙山之奇，又不止一处。

第一个神奇之处是避风台。避风台位于五龙山主峰之巅，海拔280.8米，是一座观音庙旧址，有9平方米大小。四面开敞，全无遮挡。按说这样的地理位置、这样的海拔，正是风口，然而，当我们登临山顶，却是一点儿

| 避风台 |

风丝都没有感觉到。有一种夸张说法，称一年四季，不管山上刮多大的风，此处都是风平浪静，也不知虚实如何。此时，山顶的观音庙引起我的注意，总感觉哪里不对劲儿，盘桓许久恍然大悟：一般观世音都是面南背北，此处却是面北背南，所谓“倒坐观音”，不知何故。这让我想起关于五龙山的另一段歌谣：“五龙山、真奇怪，观世音倒坐避风台；救苦救难发慈悲，菩萨显灵风不来。”

第二个神奇之处是天鼓山。天鼓山也称鼓山、响山，是一片长满松树的 3000 平方米左右的山坡，看上去，没有丝毫特殊之处；一旦走在上面，就到了见证奇迹的时刻：脚步稍微加重，脚下就会发出咚咚的响声，如同擂鼓。这越发激起登山者的好奇心，尤其是那些年轻人和孩子，个个乐不可支，在山坡上蹦跳、撒欢。当地人传说，那片山坡是当年天兵天将帮助百姓降伏旱魔时击打的鼓面。我听了，付之一笑，天兵天将不过是子虚乌有的神话，真实的原因，也许是山坡下埋藏着某种中空的特殊地质结构，遗憾的是，没有哪一位专家站出来作证。当然，这并不妨碍登山者自得其乐，并在嬉闹中许下心愿：“一蹦天鼓山，身轻腿不酸；二蹦天鼓山，快乐赛神仙；三蹦天鼓山，福寿在身边。”

第三个神奇之处就是山上生长着的五百多株小叶菩提。菩提属桑科榕属植物，喜光、高温、高湿，25℃时生长迅速，越冬时气温要求在12℃左右，不耐霜冻，在我国广东沿海岛屿、广西、云南以及日本、马来西亚、泰国、越南、巴基斯坦和印度等国家和地区都有分布，多属人工栽培。喜马拉雅山地区可见野生品种。作为一种热带亚热带植物，菩提树极少出现在高纬度地区。如今，成片小叶菩提不知何时起在五龙山扎下根，而且出落得挺拔伟岸、枝繁叶茂，成为一个难解之谜。历史上的五龙山壑深林密，是出家人钟爱的修行之处，佛塔、寺庙随处可见，小叶菩提的生长可能与此有关。因为与佛教有千丝万缕的联系，在一切树种里，菩提大概是最有故事的了。

菩提树的梵语原名为“毕钵罗树”（Pippala），树干粗壮，绿荫如盖，为生活在炎热地带的人们提供了难得的纳凉之地。据说，两千多年前，佛祖释迦牟尼在树下修成正果，因此得名“菩提”，并被佛教视为圣树。“菩提”一词为梵文 Bodhi 的音译，意思就是觉悟、智慧。在印度，每个佛教寺庙都要求至少种植一棵菩提树。菩提还被印度定为国树，受到“国宝级”保护。随着佛教东传，菩提树在中国也产生深远影响。最著名的一段公案发生在唐代僧人神秀与慧能之间。这对师兄弟各逞机锋，借物论道，最终慧能以“菩提本无树，明镜亦非台，本来无一物，何处惹尘埃”胜出，也使菩提树声名大振。

其实，即使没有如此高贵的身份，菩提也是一种可爱的植物。行走在小叶菩提之间，我一边呼吸着其独特的香气，一边观赏着枝叶婆娑之美，尤其是那些心形或三角形的叶片，不仅精巧绮丽，也很有实用价值。清屈大均《广东新语》可以作证：“其叶似柔桑而大，本圆末锐，二月而凋落，五月而生。僧采之浸以寒泉，至于四旬之久。出而浣濯，渣滓既尽，惟余细筋如丝，霏微荡漾，以作灯帷、笠帽，轻弱可爱，持赠远人，比于绡縠。”菩提树叶叶脉细密耐腐，僧人将采摘下来的菩提叶在冷泉中浸泡40天，用

| 七塔林 张庆东摄 |

以制作灯罩和帽饰，细如蝉翼鲛绡，轻柔可爱。也有人用菩提叶书写经文。清人沈复在《浮生六记》中提到海珠寺：“有菩提树，其叶似柿，浸水去皮，肉筋细如蝉翼纱，可裱小册写经。”在我看来，出家人以菩提叶写经，正如尘世中男女的红叶题诗，都是颇为风雅的事。

就此打住。到了五龙山，当然不仅仅是登上避风台避避风、到天鼓山蹦一蹦，或者逛一逛小叶菩提林，还有其他值得一看的风景，比如三千多年前的发人都城遗址、六百多年的碧云宫、三百多年的古杏林，以及广慧寺、七塔林、康熙诰封碑、鹰鹊坡、林彪指挥所、五龙神泉、十二生肖石刻园等等，特别是碧云宫房檐上那株古松，无土无水而兀立百年，让你不得不感叹大自然的造化和灵性！

山曰莫子

自从搬到长白岛，每得空闲，我便到莫子山公园转一转。吸引我的，倒不是它那烟火气十足的云中食街、魔幻神奇的炫彩跑道、耳鬓厮磨的“爱的小路”，而是山水之间错落陈列的37件雕塑作品。它们因地制宜、因城造境，既有《老子》《孔子》之类写实作品，也有《行健》《润》《白露》《大牛士》这样的写意作品，思想深邃、制作精良，且不拘于材质、形制和艺术语言，洋溢着“新人文主义”的气息，让人大开眼界。也难怪，这些作品多出自国内知名雕塑家之手，比如李象群、洪涛、申红飙……对了，还有沈阳歌手艾静，《艾的祈祷》就是她的作品。山水因雕塑而升华，雕塑因山水而增色，在我看来，莫子山公园大概是沈阳城最有艺术气质的打卡地了。

不过，如果在艺术中增加一些历史内涵，尤其是与沈阳文化息息相关的元素，就更加完美了。莫子山，作为自古以来兵家必争之地，一个很有历史感的存在，除了老子、孔子之外，也应该给秦开留一个位置。

让我们从2010年说起。

那年春夏之交，在全国第三次文物普查过程中，沈阳市文物部门在莫

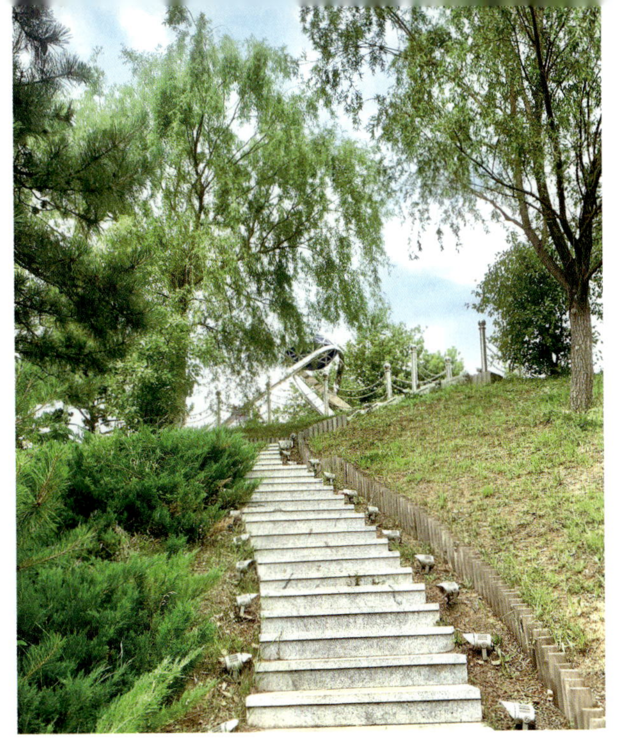

| 莫子山小径　潘建平摄 |

子山发现了一座高 4 米的古代烽火台遗址。遗址大体呈圆形，中心隆起，四周低缓，面积约 640 平方米，周长约 90 米。根据采集到的标本，专家得出结论，这是一座战国时期的烽火台。当时，此地隶属于燕国辽东郡，由大将秦开镇守。秦开这个人物对于整个东北史举足轻重。《史记・匈奴列传》讲述他的故事时说："……燕有贤将秦开，为质于胡，胡甚信之。归而袭破走东胡，东胡却千余里。……燕亦筑长城，自造阳至襄平。置上谷、渔阳、右北平、辽西、辽东郡以拒胡。"沈阳历史上最早的城市——候城就出自秦开之手。

其实，早在秦开筑城浑河边之前，莫子山地区已经是人影憧憧、炊烟袅袅。翻检《沈阳市文物志》，可见如下记载："莫子山遗址，位于浑南区桃仙街道莫子山村莫子山南。……地处莫子山西北坡，地势从东南向西北倾斜。该遗址于早年发现。2008 年，第三次全国文物普查中做了复查。2009 年，辽宁省长城资源调查时做了专题调查。面积约 1.8 万平方米。文化层厚 0.5—0.7 千米，堆积呈灰黑色，质地松软，包含有红烧土、炭灰、陶片等遗物。遗址遗物有陶器和石器。陶器以夹砂红褐陶为常见，胎质粗糙，火候较低，均手制，以素面为主。”根据这些遗物，专家认定，这是一处青铜时代的居住址，距今大约 3000 年。

青铜时代升腾的烟火气，一直延续到辽金时期。1952 年，村民张华民在莫子山偶然发现一个“石函”。这件后来定名为“卓望山无垢净光塔石函”的重要文物成为破解莫子山身世之谜的关键线索。石函现存辽宁省博物馆，以滑石凿刻，高 22.6 厘米、长 43.5 厘米，函盖内外、函身外部均刻有阴文汉字。函盖透露的信息令人惊喜：“南赡部州大契丹国辽东沈州南卓望山上造无垢净光塔一所，奉为太后仁圣昭孝皇帝皇后亲王公主万岁千秋，文武百僚恒居禄位，维重熙十四年岁次乙酉癸丑朔丁时葬十月一日。”“重熙”是辽兴宗耶律宗真年号，重熙十四年即 1045 年。学者姜克升先生反复分析

| 莫子山秋色　符荣军摄 |

铭文后指出，莫子山即卓望山，始建于辽代重熙十四年的无垢净光塔，应该就是莫子山上的辽塔。石函应出自莫子山无垢净光塔地宫。

无垢净光塔不知毁于何因、何时，总之到了明代，塔已不存，卓望山也改称埋子山或麦子山，据说是因为有一位戍边将领，曾将夭折的儿子掩埋于此。国民党统治时期，这里是沈阳县榆树台乡麦子山保甲的管辖范围，也就是说，直到那时，它还一直被称为麦子山。1948 年，沈阳解放，不知什么原因，一音之转，麦子山叫成了莫子山。

莫子山最后一段被铭记的历史，正是关于解放战争的。确切地说，这里是解放沈阳的最后一个战场。1948 年 11 月 2 日，沈阳守敌已消灭，但国民党二〇七师一部仍盘踞莫子山负隅顽抗，在南山、北山上修筑了碉堡和防御工事。11 月 4 日下午，解放军搜索部队开始对莫子山发动攻击。敌人居高临下，且碉堡前是一大片开阔地，极难靠近。战斗中，解放军先后有十余名战士牺牲。直到晚间 21 时许，在从苏家屯方向赶来的十二纵队第一〇〇团的支援下，我方终于拔下这个据点，为解放沈阳画上一个句号。

往事越千年，从战国时代的烽火台，到辽代的沈州、明代的沈阳中卫，再到解放战争的战场，对于沈阳这座城市来说，莫子山既像一个起点，也像一个终点。不仅如此，在空间布局上，它也是一个地标性存在。你不妨展开沈阳地图，沿着新乐遗址、北陵、沈阳故宫画一条轴线，莫子山公园恰恰就在其延长线上。当然，这条延长线指向的不是过去，而是通往未来。

今天的莫子山已经脱胎换骨，告别金戈铁马和烽火硝烟，化身为以山水为骨架、以森林为主体、以风格各异的花园为特色，山、水、林三位一体的主题公园。徜徉在43万平方米的园内，北、中、南三山错落，远近不同；水随山而行，山因水而动；花、木、亭、桥，一步一景，更不必说那些不断“邂逅”的雕塑作品。曾见路边倚一巨石，刻诗一首，也不知出自哪位高人之手：“浑南好，春来早，只因人未老。四月桃花香五月，醉人知多少。情缘今未了，能不忆芳草？”虽然浅显，但直抒胸臆，有意思得很。

此时，我的目光再一次落在气魄不凡、高不可攀的《行健》上。这是中国当代雕塑艺术领军人物之一李象群专门为莫子山公园创作的作品，名字和灵感均来自于《易经》中“天行健，君子以自强不息；地势坤，君子以厚德载物”这句话。作品将东方写意风格与西方解剖学风格巧妙结合，塑造了一个奋力奔跑的人物。李象群说：“我希望通过这个作品展现东北人力求进步、刚毅坚卓、永不停息的形象。”看来，每一个追求进步的东北人，都应该来到塑像前，感受一下艺术家的热烈情怀，以及艺术品传递的感染力量。

| 行健 |

槲叶里的马耳山

深秋时节，朋友相约游沈阳南郊马耳山，路上大家议论，马耳山到底什么时候来最好。有的说春天，游山采蔬，还可摘一筐草莓；有的说夏天，翠树繁花，摘欧李最有情致；有的说秋天，野果满山，鸭梨山楂有的是；还有的说冬天，郊外踏雪吃烧烤。问我，我则说最喜欢这里的秋天，喜欢秋天里红透的槲叶，还有槲叶掩映的如马之双耳的山峰，以及槲叶背后的诗意和生发的故事。

马耳山多槲树。槲树别称柞栎、橡树、青岗、金鸡树、大叶波椤等。其叶阔大如荷，肥厚密实，叶边齿状。自古辽东山区人家就用它铺衬笼屉，制波椤饼，或端午节包粽子，每每都能散发出独特的清香味道。槲叶还可养蚕，与吃桑叶的蚕相区分，谓之“柞蚕”。槲树是辽宁地区的主要树种，据中国林业出版社出版、邹学忠主编的《辽宁古树名木》一书介绍，辽宁共有千年以上树龄的古树 39 棵，其中槲树就有 6 棵，说明辽海自古槲树多，马耳山深得辽海风华，自然延续了千百年的槲树余绪。这里虽然没有千年槲树，但百年以上的槲树却遍布山中，所以每到深秋霜染，槲叶或殷红，或浅绛，一树树在墨绿的油松间，在浅黄的落叶松旁，是那样的夺目，又

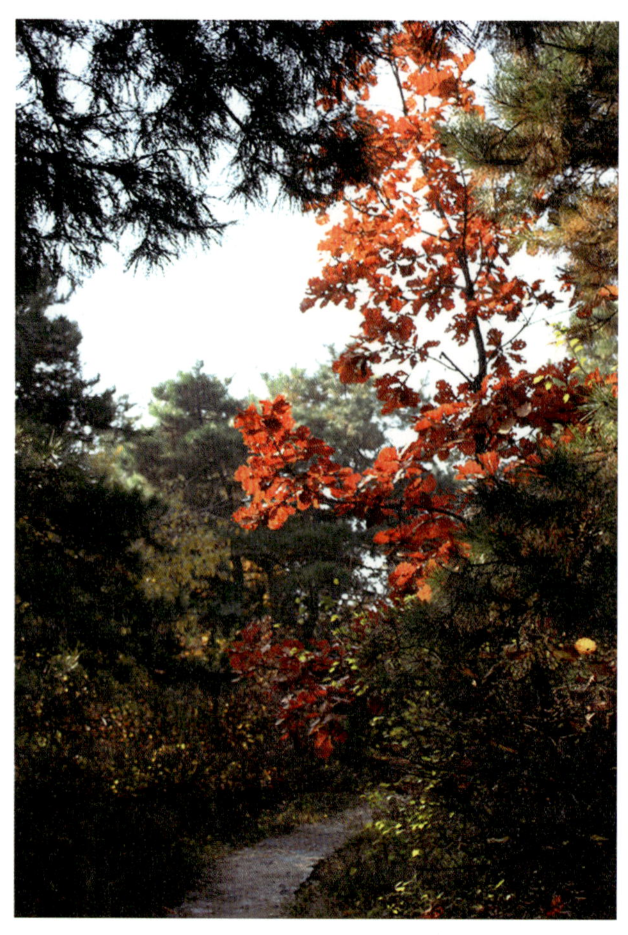

| 槲叶红时的马耳山小径 |

是那样的诗意。让马耳山获得了与枫树和黄栌树不一样的红。它红而不艳，华而不俗，轻而不佻，红得如同沈阳人的性格：稳重、沉实、豪迈、大气、内敛、包容，叶脉之间都蕴涵着纯朴与热烈的心性。

因为槲树多，让马耳山更有了秋的热烈，这一点在所有称名“马耳”的山中独树一帜。华夏山名多“马耳”。早年曾见有人写沈阳马耳山的文章说：在明代马耳山就非常有名，巡抚都御史王之浩曾登此山望东瀛，诗曰：“高头极目海云东，指点扶桑可挂弓。”当时看了这文章感到诧异，此山能“望东瀛”？翻书一查，才知这位仁兄完全是在想当然，以致弄成张冠李戴的笑话，王诗所写并非沈阳的马耳山，而是丹东鸭绿江边的虎山。

“马耳”作为山名，在中国有多处，如山东诸城、博山、莱阳、栖霞，河北唐县、顺平，四川荥经、雅安、剑阁，甘肃西固，江苏高淳、连云港，福建霞浦，广东鹤山，云南昆明、鹤庆等地都有马耳山。在辽宁，除了丹东虎山原称马耳山和沈阳马耳山之外，尚有辽阳、本溪两市界山马耳山和铁岭大甸子镇的马耳山。

还有一点也不能不说，在中国那么多马耳山中，只有多槲叶的沈阳马耳山离一座大城市最近，自然也游人最多。此山虽然海拔只有 330.8 米，在沈阳所有山中，也只是第三高，然而其山险峻，山脊窄而长，一条条沟谷攒向峰顶。沿着登山路前行，开始平缓，逐渐陡峭，其山路最险处莫过一步石和危途崖，但也有惊无险。山中人文建筑不多，只有南山脚下的药王庙遗址和山顶上的烽火台遗址，但自然岩石形成的景观倒是很丰富，一路登山，可见石人、石马、石棚、石棺、朝阳洞、背阴洞、老虎洞等，这既是天地自然造化的过程，更是大自然风雨剥蚀的结果，从中可见马耳山的深幽与邃密，这也是游马耳山最应体会的一项内容。

在山石景观的变幻中，不知不觉已接近顶峰。同伴说，游这样的山很好，刚感觉有点累，已到了顶峰。

登高四望，只见北面的沈阳城，高楼林立，四环相绕，浑河一线穿城而过，大都市气象万千。南望长白余脉，西接千朵莲花山，北抵马耳山，云雾缥缈，莽莽苍苍。让人想起《大清一统志》的话：“盛京形势崇高，水土深厚。长白峙其东。”又如《盛京通志》所言：“盛京沧海朝宗，白山拱峙。”马耳山无疑就是这“长白峙其东”和“白山拱峙”的前出之所。沈阳人只有通过马耳山，才能感受到长白山对这座城市、对“天眷盛京”的拱峙之势。

长白余脉，盛京拱峙的马耳山生态保护得特别好，茂密的植被，馥郁深幽。山中除了槲树，还有落叶松、油松、刺槐等。树的颜色随着山势而变幻，或一树殷红，或一树浅黄，或一树碧绿，殷红的是槲树，浅黄的是落叶松，碧绿的是油松。远远望去犹如一幅浓墨重彩的油画，令人赏心悦目。

当然，我印象最深的还是槲树，这不仅是因为槲叶红得比枫叶更厚重，更内敛，还因为槲叶给我的诗意和美感。

记得刚上大学时在图书馆借的第一部书是刘大杰的《中国文学发展史》，在其中读到晚唐温飞卿的第一首诗是《商山早行》，诗中的名句“鸡声茅店月，人迹板桥霜”自不待说，接下的“槲叶落山路，枳花明驿墙”一联也让我畅想。初读不明事理，疑问这首写早春早行的诗，为什么说是槲叶会落满山路呢，天下树叶不都是秋天落吗，哪有春天落的道理？所以认为这“温八叉”是误写。后来读书多了，知道槲叶经冬不落，会由红色变为枯黄色一直挂在树上，春天树枝发芽时才会新芽顶落旧叶。由此我佩服温飞卿观察事物的能力，更记住了槲叶入诗的审美意象。

在马耳山，我还顺手采了一叠淡黄的槲叶，想拿回书房，也学太白山人，试写几首槲叶诗。太白山人是明末清初陕西眉县诗人李柏，字雪木。他在明亡之后隐居家乡，决意不仕。康熙皇帝仰其贤，曾多次差人重金礼聘，

| “沈南第一峰”马耳山　张庆东摄 |

均遭拒绝。最后他为了彻底摆脱清朝的纠缠，竟悄悄躲入林海茫茫的太白山深处读书写作。皇帝闻讯大怒，严令陕西巡抚封锁太白山区，不准片纸滴墨传入山中。后来，搜山的士兵在密林中不断拾到用鲜血写成诗文的槲叶，正是李柏所作。于是逐级上报，送往京城。康熙在读到李柏槲叶上同情人民疾苦、赞美河山壮丽的诗篇后不禁暗自叫好，着令当地官员保护好这位稀世俊才，同时下诏将历年进呈的李柏所书槲叶诗文精抄精装，亲题书名《槲叶集》，作为珍藏秘本供皇宫阅读，严禁外传。数年后，康熙西巡，欲到太白山寻访李柏，但听说诗人已经过世，只好御口亲封李柏为“太白山神”，又在《槲叶集》扉页上御书《太白山神槲叶集》。到了乾隆时，将“神”改为“人”，这就是后来的《太白山人槲叶集》，却被列入《四库禁毁书目》，理由是“诗文有悖谬处”。晚清时有刻本传世，我手中的一册则是眉县政协编辑的校注本。《槲叶集》收诗 528 首，凝聚了诗人的志节与悲愤，所以《皇明移民传》称其诗“冷艳峭刻”。诗人自己在《槲叶集自叙》中说：“山中乏纸，采幽岩之肥绿，浥心血之余沥，积久盈箧，遂为集名。”可见此集真是在槲叶上写成的。

马耳山的槲叶吸引着我，当然那种和朋友一起登山的愉悦，采摘的乐趣，也是令人享受的一件事。在马耳山附近有 6000 余亩水果和蔬菜采摘园，光是可采摘的水果就有 30 余种。尤其是在这里可以采摘到世界上最矮小的果树，有“中华钙果”之称的欧李。一颗颗樱桃大小的欧李果，甜中带酸，一下就将人带回儿时夏季雨后，漫山遍野扒拉草丛寻找欧李吃的情形，这种舌尖上的怀旧享受，最是让人惬意。只是深秋时节，不能采几叠肥青的槲叶带回家制作波椤叶饼或是包粽子。我和同伴说明年夏天还要来，为的是那槲叶粽，为的是品尝马耳山槲叶的独特清香。

陨石成山

鸿蒙初辟，沈阳自是天眷之城。地球至少有 46 亿岁，而人类有文字记载的历史不过几千年，在宇宙长河中只是刹那一瞬。但在这一瞬里，却给了沈阳一个 19 亿年前的记忆，那就是城南那座陨石山。

19 亿年前的某一天，沈阳的夜空，晴朗无云，繁星闪烁，穹窿下的大地幽邃而静谧。忽然，一个发光的物体从遥远的太空飞来，进入大气层后，不停地翻滚、膨胀，与空气剧烈的摩擦让它在空中炸裂，巨大的光球中分散出无数的小火球，犹如盛开在夜空中一片绚丽的烟花，灿然地奔向厚重的大地。临近地面，这些亮点已经变成巨大火球，猛烈砸下。天地间亮如白昼，片刻后震撼宇宙的轰鸣巨响传遍这块无人之境。大地在烈烈火光中剧烈震动，一片火海，烧红天宇……直到第二天，所有撞击物质气化后还都抛射在半空没有落尽，飞溅起的花岗岩石，不知被抛出多少公里。整个太阳辐射都大大减弱，地球温度骤然降低，长时间陷入黑暗，光合作用无法进行，植物与动物大批死亡，许多物种也一道消失。

这是一场大到无法想象的撼天动地的陨石雨。无人目睹，无人记录，更无人能准确描述当年发生了什么。在此后的十几亿年中，沈阳这个小小的地球板块，不知几次化身沧海，又有几次浮出水面。5 亿年前，沈阳终于再次缓缓升起。到 6500 万年前的新生代，逐渐形成陆地，茂密的植物开始覆盖了原野，一些恐龙的继任者，熬过可怕的灾难，开始徘徊在这片陌生的山林之中，辽沈地区终于形成了与现代相类似的山川地貌。

直到 19 亿年后的 1971 年，19 亿年前的这场陨石雨才被当代人发现。

当年，为了找到更多的矿藏，开展了全民找矿热潮，以期更快完成全国的“地质填图”。此时地处沈阳东南的东陵区李相公社（今沈阳市浑南区李相街道）滑石台村民报告称：山上有许多“黑石头”，可以在地上划出“白”字来。于是辽宁几个知名的地质大队分别在山上不同区域打钻取样，而化验结果一致表明没有任何开采价值。其间，地质队在李相公社和苏家屯区的姚千户一带发现了许多外貌和石质与周围山体截然不同的巨大岩体，竟有 20 多处聚集区。按照传统的地学理论，只能把它们归到地球自身演化的“超基性岩”，并用“黑疙瘩状”加以描述其特征。

然而，这种“黑疙瘩状”的山石却引起了地质勘探小分队中年轻工程师张海亭的注意。经过他多年的追踪研究和不懈努力，终于确定了这些“黑石头”是古代天外来客——陨石。1983 年，经中国地质科学院、核工业部北京地质研究院、中国科学院海洋研究所、北京天文台等相关科研单位实地考察和取样，经过当时国内最为先进的化学、物理等检测手段研究分析，同位素检测显示：“沈阳古陨石”形成于 45.4 亿年前，陨落于 19 亿年前。研究表明：沈阳古陨石是目前世界上首次发现年代最久、规模最大、保护最好的古陨石。分布于沈阳浑南区李相镇馒首山到祝家镇草场沟，从苏家屯区姚千户镇林场到陈相镇崔英守屯一带，南北长 20 多公里，东西宽 15 公里，面积约 300 平方公里，滑石台山、馒首山、金顶山、老尖山、台子山等山上均有分布。其中单体最大的一块位于李相镇滑石台，长达百米，宽 50 余米，高 60 多米，重量约 250 万吨，是迄今为止发现的世界上体积最大、陨落时

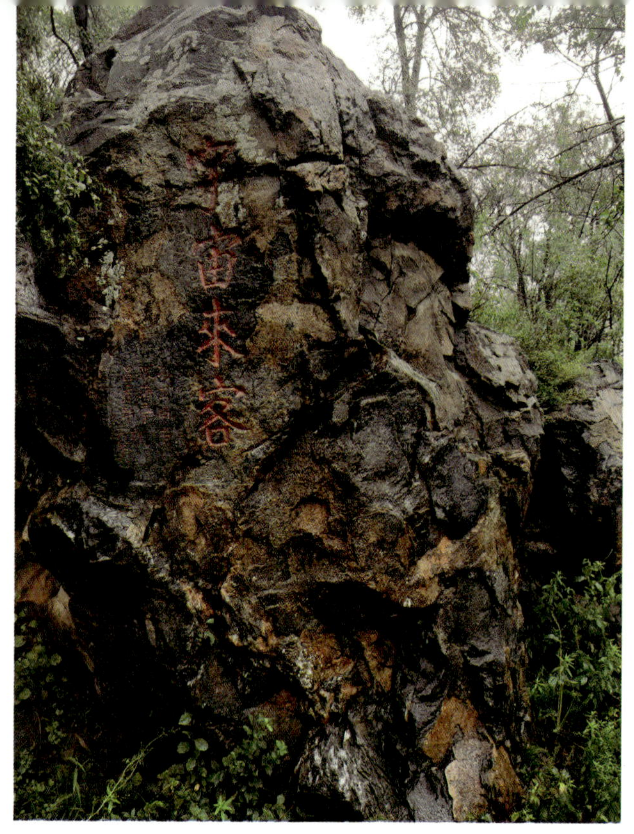

19 亿年前落在沈阳东郊重达 250 万吨的陨石山

间最早的陨石，为世界现存其他陨石总量的数千倍。因石成山，此处又称陨石山。而散落在山上的古陨石许多都已成为独特的景观石，如独占鳌头的“皇冠无根石”、光怪陆离的“陨击爆炸石”、巧夺天工的“壳状石包石”、丝装素裹的“烁金角砾石”、涟漪荡漾的“波纹石”，不仅具有极高的天体陨石价值，同时也拥有独特的美学欣赏价值。与地球同龄的天外来客，成为茫茫宇宙赠给沈阳无与伦比的绝世风华。

同年，张海亭的沈阳古陨石研究申请到了中国科学院的科学基金，紧接着经省政府批准，“辽宁省陨石山开发研究中心”正式在李相镇挂牌，张海亭出任中心主任。1996 年“第三十届国际地质大会”在北京召开，会上张海亭发表了《沈阳古陨石》科学论文，得到与会 120 多个国家和地区 7000 多名地质专家的认同。那一刻，来自沈阳的星光，辉耀了这个小小寰球。

任何一件事情都有其正负面，地球的生命演化经历了多次劫难，生命的个体虽然脆弱，但生命的演化却是非常顽强。小天体在撞击带来全球性气候环境的灾变和生物物种灭绝的同时，也会给人类带来福祉。19 亿年前的陨石雨，让沈阳及其周边这片沉寂了几十亿年的土地，发生了巨大改变，劫难与重生。有学者认为，正是这场剧烈的撞击所带来的地质结构的巨变，才让沈阳周边出现了“钢都”“煤都”“镁都”等。直到今天，离沈阳不远的海城、大石桥、岫岩、宽甸、抚顺等地仍然储存和生产着世界上最多的镁。镁是人类用途第三广泛的结构材料，仅次于铁和铝。中国是全球镁储量与产量最高的国家，2019 年镁锭产量占全球的 82%。又据中国有色金属工业协会数据显示，辽宁地区已探明菱镁矿储量 25.77 亿吨，约占全国总储量的 85%，基本都在沈阳周边。

当年张海亭大胆预测镁矿是“天体陨落撞击后所凝结的产物”，曾被李四光先生称为“标新立异”，告诫他“要找到具有说服力的陨落体，否则只能算是个假说”。在张海亭的努力下，陨落体找到了，镁矿成因已不是假说。

其实，地球上的这种现象，又绝非沈阳地区所独有。中国科学院院士、中国探月工程首任首席科学家欧阳自远在《小天体撞击与古环境灾变——新生代六次撞击事件的研究》一书中曾介绍了两个小天体撞击地球事件。一件是 18.5 亿年前，有一个小天体撞击加拿大地区，结果形成 100 多公里的萨德贝里大撞击坑。后来这个坑被构造运动挤扁，成为椭圆形，撞击坑里面和周围形成了全世界最大的铜矿、镍矿和铂金族元素矿，对加拿大的经济发展发挥了重要作用。另一件是 19 亿年前小天体撞击南非维特沃特斯兰德盆地，撞击后产生的撞击断裂带热液活动强烈，形成许多大型金矿床；同时诱发岩浆喷发，形成大量的金伯利型金刚石矿，南非几乎所有的黄金和钻石都分布在撞击坑周围。同是 19 亿年前，同是小天体撞击，同是周边形成丰富的矿藏，这是一种巧合，还是冥冥中的注定？更有学者大胆假设，19 亿年前对沈阳地区的这次小天体撞击，不仅带来了丰富的矿藏资源，还形成了巨大的陨石坑，让沈阳落在长白山脉，大、小兴安岭之间，再经过19亿年的地壳运动，终于造就了沈阳今天的河流、平原和山脉。

洪荒时代的这一次偶然，给了沈阳一座陨石山，还孕育成了如今优越的地理形胜。中国古人将陨石称为“圣石”。《山海经》有曰：“地之所载，六合之间，四海之内，照之以日月，经之以星辰，纪之以四时，要之以太岁，神灵所生，其物异形，或夭或寿，唯圣人能通其道。”古罗马人也称陨石是神的使者，他们会在陨石坠落的地方盖起楼阁来供奉。匈牙利人则把陨石抬进教堂，用链子将其锁起来，以防这个“神的礼物”再飞回天上。“圣石”总是有些玄妙，19亿年也太为遥远。陨石山赋予沈阳的可能还有许多解不开的谜，但赋予这片土地的奇妙与神圣，后人则尽可触摸与解读。

沈阳作为东北唯一的国家级都市圈，陨石山可能是引爆文旅产业大发展的一个重要符号，人们期待陨石地质公园的建成，到那时，沈阳的陨石山将会吸引全世界的人前来“朝圣”。

塔山山城

辽宁有两个塔山。一个既没塔也没山，是个只有百十户人家的小村子，今属葫芦岛；这里东临锦州湾，西接虹螺岘山和白台山，是山与海之间最狭窄的一段，当年，惨烈的塔山阻击战即发生于此。一个是实实在在的塔山，既有塔又有山，海拔280余米，山有五峰，位于沈阳市苏家屯区陈相屯镇东北约2公里处，北距沈阳大约25公里。论名气，后者可能不如前者；但论历史，前者可是望尘莫及。早在公元5世纪初，高句丽占领辽东，即在这里修筑山城，与隋唐对峙，上演了二百多年的争斗史。

高句丽，这个崛起于中国东北的古老民族，是中华民族大家庭中的一员。他们长期活动于大山深谷，“无原泽，随山谷以为居，食涧水，无良田，虽力佃作，不足以实口腹”，因此常以劫掠为生。从东晋到唐总章元年（668）中原王朝收复辽东，高句丽在这片土地上留下许多文化遗址，尤其以山城居多，仅辽宁省目前考古发现的山城就有87座。其中，沈阳发现两座，一座是石台子山城，另一座就是塔山山城。

山城位于塔山之巅。爬上山顶，举目四望，但见沙河环绕，峰峦叠翠，松林茂密，势如长虹的陈相大桥飞架南北。山城西北高、东南低，像敞口的簸箕，形势险要。城墙沿山脊修筑，以石为基，夯土而成，周长 1200 余米。从规模上看，塔山山城属于小型山城，但因为位于西部边陲，是通向辽东城、新城乃至平壤的必经之路，是西部重镇的桥头堡，地位自然不凡。不过，历经千余年的风吹雨打，山城昔日风采已经不再，唯城墙遗迹尚存，保存较好的一段为东南角，残存高 1 米、宽约 3 米。遗址东南还有一个豁口，当为昔日城门，也是城内山水外泄的出口。城址内到处可见红褐色和灰色绳纹、布纹砖瓦、莲纹瓦当，均为典型的高句丽遗物。考古学家认定，塔山山城就是高句丽占据辽东时所建的盖牟城（一说盖牟城位于抚顺市千台山下的古城子），也是唐代李世勣、薛仁贵征高句丽后所设置的盖牟州，为安东都护府所辖 42 州之一。

关于这段历史，史籍多有记载，如《新唐书》卷四十三下："自都护府（今辽阳）东北经古盖牟、新城……至渤海王城。"翻开地图可知，塔山山城正好位于辽阳与抚顺高尔山新城之间，与古盖牟位置相当。《资治通鉴》卷一百九十八则记载了唐太宗征辽东的往事："凡征高丽，拔玄菟、横山、盖牟、磨米、白岩、辽东、卑沙、麦谷、银山、后黄十城，徙辽、盖、岩三州户口入中国者七万人，新城、建安、驻跸三大战，斩首四万余级，战士死者几二千人，战马死者什七、八。"唐贞观十九年（645），唐太宗李世民率大军从洛阳出发，御驾亲征，讨伐高句丽，史称"唐王征东"。这次征东，陆路以李世勣为元帅，率步骑 6 万趋辽东；舟师以张亮为元帅，率兵 4 万、战船 500 艘，自莱州泛海趋平壤。在《资治通鉴》列出的战果中，就包括盖牟。盖牟是距离辽河最近的一座山城，所以，唐太宗东征，首先破盖牟城，然后围辽东城（今辽阳）。当时，攻打盖牟城的主将是李世勣，也就是世人熟知的徐茂公，他指挥军队在四月十五日发起进攻，二十六日攻取该城，俘虏 2 万余人，获粮 10 万余石。

这只是塔山见证过的重要战事之一。明朝末年，后金军队攻打奉集堡，奉集堡即今天塔山东南方向的陈相屯镇奉集堡村。村内仍留存奉集堡城址，呈方形，城墙已坍塌，边长约500米，四角有角台，城墙外侧有马面，每面中间辟有城门，外有护城河。《盛京通志》记载："古奉集县，今城东南四十五里，有土城，周围四里，名奉集堡，即其地也。"日俄战争中著名的沙河会战也发生在这里，双方鏖战10天，俄军伤亡4.1万人，日军伤亡2万余人，陈尸累累。解放战争初期，东北民主联军与国民党军在此发生激烈争夺，当年的战壕至今清晰可见，山上古迹也多毁于这场战火，比如明代始建、清代重修的安宁寺。

其中，最遗憾的一项损失是山顶上的佛塔。该塔建于辽代重熙十四年（1045），名无垢净光塔，也称陈相屯辽塔或集州塔，因为奉集堡即辽代集州所在地。金毓黻在《渤海国志长编》中指出："辽城东京道集州怀众军下云，渤海置，所统奉集县下也云，渤海置。此集州，为渤海故州之明证也。其故地已不详，

| 无垢净光塔旧影（毁于1946年）|

辽时移置于今沈阳东南，有曰奉集堡者，即其地也。”集州塔与法库七星山石佛寺塔一样，为六角七层密檐式砖塔，原塔高约 20 米。塔基和塔身高约 8 米，塔身六面均做券门装饰，券门上饰有流苏宝盖，宝盖两侧饰有飞天。塔身转角砌有倚柱，塔顶有塔刹，刹杆造型简单，一根刹杆等穿三个宝珠。从照片上看，砖雕仿木铺作和飞天装饰均具有典型的辽塔特点。

有辽一代，崇佛之风弥漫整个契丹宫廷和社会，达到空前绝后的程度。从辽太祖耶律阿保机开始，历代契丹皇帝都对佛教有一种特殊的热情。辽太宗耶律德光把幽州大慈悲阁中的白衣观世音像迁到上京木叶山，尊为家神；辽圣宗耶律隆绪小字文殊奴，竟以万乘之身入佛门为奴；辽兴宗耶律宗真就亲自到寺院受戒，当了俗家的和尚；辽道宗耶律洪基对佛教更有精到的研究，自诩“听政之余，留心释典，故于兹论，尤切探赜”，并亲自登坛说法；末帝天祚帝对于政事漠不关心，却热心于佛事，刚即位，便在中京“召僧法颐放戒于内庭”，把宫廷弄成了热热闹闹的寺院；至于那位大名鼎鼎的萧太后更是持戒甚严，每年正月从来不食荤腥。

与此相适应，兴建佛教建筑成为一时风尚。直到今天，辽宁境内还留下大量那个时代的佛塔遗迹。在众多竞争对手中，集州塔无论从形制到体量到装饰，都是再平凡不过的。然而它却是不可替代的——塔山的名字因它而来，此塔一毁，塔山也就变得有名无实了。

鸡鸣三市

白清寨，乍一听这个名字，就充满一种江湖气。寨，本义是防守用的栅栏，后来多指驻兵或绿林好汉啸聚之地。大型电视连续剧《水浒传》到这里选外景，看中的也许正是它的历史和气质：这里有新石器时代的墓葬和青铜时代的康宁营西山遗址；这里是唐代名将薛仁贵东征的重要根据地之一；这里可见古老的城墙和烽火台，明末清初，满洲八旗之一的正白旗驻军于此，始得“白旗寨”之名。其后岁月变迁、战事渐息、驻军撤离，“白旗寨”一改“白兴寨”，再改“白清寨”，分别取“兴旺发达”“清白如水”之意。但一个“寨”字，仍带着十足的草莽气息。

作为沈阳市的动植物保护区，这也确是一片山险林幽甚至带着一些神秘感的所在。白清寨山多，有鸡仙岭、龟山、二龙山等，最高峰青龙山素有沈阳城南富士山的美誉。白清寨水多，有康家山、赵家沟两大水库和康家山河、白清河、太平山河三条主要河流，山间泉水喷涌、清凉甘冽，沿河塘池星罗棋布。白清寨植物多，代表性树种有红松、油松、柞树、桦树等，山里红、黄柏、刺五加、五味子、接骨木、黄芪等药用植物随处可见。白清寨动物多，梅花鹿、山狸子、狐狸、黄鼬在树丛中逡巡，走在山间小路上，

| 冬日白清寨 |

说不定就有受到惊扰的猫头鹰、黑啄木鸟、野鸡等，扑扑棱棱飞出来，吓你一大跳。

到白清寨，首先要去的地方是鸡仙岭，当地人称大架山。它位于苏家屯区白清寨乡营盘村村南约 1 公里处，海拔 320 余米。从高处俯瞰，鸡仙岭东、南、西三面峰峦环抱，北面为一宽敞坳口，形如簸箕。上山途中，我向几位村民询问“鸡仙岭”一名的来历，皆不得要领。去过广东省乐昌市坪石镇的金鸡岭，其山势如雄鸡北向而啼；远观鸡仙岭，却看不出一点儿鸡的样子。至于“鸡仙”，土家族倒是有一个传说。他本来是给玉皇大帝看管仓库的，有一年，天下大灾，百姓没有粮食，个个饿得奄奄一息。鸡仙于心不忍，偷偷打开粮仓赈济黎民。玉皇大帝知道后，将鸡仙罚下凡尘，让他用嘴把粮食一颗颗捡干净。鸡仙来到世上，不仅用嘴啄食，还为人们报晓——那时没有钟表，古人都是听到鸡鸣才起床的。

土家族的鸡仙大概不会飞到东北白清寨来，但此地是沈阳、本溪、抚顺三市交界点，站在鸡仙岭上，北倚苏家屯，向南可见本溪市张其寨，向东可望抚顺市海浪寨，的确有“一鸡啼叫、三市皆闻”的意思。在鸡仙岭东岭南侧，矗立着一座三面石碑，上面分别标志着三市方位，该石碑所处的位置便是三市分水岭，热情的登山者纷至沓来，就是为了体验一下脚踏三市的感觉。我没有这般兴趣，更愿沉浸于曲径通幽、寻芳览胜的惬意。尤其是从那两座白石桥走过，不禁想起温庭筠《商山早行》里“鸡声茅店月，人迹板桥霜”的诗句，虽然并没有沾染乡愁的羁旅之思，但有鸡、有山、有桥，还有情绪上的小触动，应景得很。

鸡仙岭的神秘，还因为山顶那段古老的石墙。

在东岭山顶、临近东面断崖旁，我看到隐藏在树木杂草中的石墙。石墙共有两道，呈南北走向并行，时断时续。经过简单测量，石墙长约百米，残高近 2 米、均厚约 0.5 米，两墙之间距离约 5 米。砌墙的石头均未发现有打制痕迹，最大者长约 0.6 米、宽约 0.4 米，最小者长约 0.4 米、宽约 0.2 米，砌筑整齐。在两道石墙之间，是一口石砌的圆形水井，直径约 1 米。奇怪的是，石墙在东岭戛然而止。考古专家曾经到这里进行勘查，他们沿东岭折向南岭、西岭，遗憾的是再未发现延续的石墙，也没有能在地面发现文物遗存。

通过勘查石墙的结构和布局，考古专家提供了几种可能的结论：第一，城墙为魏晋时期当地少数民族砌筑，被后人使用；第二，城墙为唐代遗存，内有人工开凿的水井，附近可能还有其他建筑物，或是薛仁贵东征高句丽时的屯兵之处；第三，城墙所在为明清时的一处高山哨所。总之，它与山下的营盘、藏军洞衔接，形成一个完整的军事防御体系。在此设立哨所，驻守者可以清晰望见从本溪、抚顺方向入侵的敌人，白天举狼烟、夜间燃烽火，及时向山下驻军报告敌情。当地人介绍，鸡仙岭北面的营盘村明代是一座兵营，所以有“营盘”之名；营盘村再往北是邓家沟村，村里有一座藏军洞，宽敞、深邃，能够屯驻数千兵马，特别便于隐蔽。传说这营盘村、藏军洞，都是薛仁贵征东时的屯兵地点；而鸡仙岭则是薛仁贵坐帐点将的地方。

传说归传说，鸡仙岭以及整个白清寨的确在薛仁贵征东之路上。薛仁贵（614—683），大名礼，字仁贵。河东道绛州龙门县（今山西省河津市）人。唐初名将。他一生戎马四十载，三次奉命征东，攻城略地，在平定高

| 薛礼雕像 |

句丽过程中居功至伟。薛礼征东成功后，朝廷不仅恢复了对辽东地区的统治，疆土也得到扩充，为大唐盛世奠定了基础。史籍中记载的薛仁贵武艺高强，作战勇猛，常常匹马单枪冲破敌阵，如入无人之境。其事迹口耳相传，经过一代代人演绎和加工，以评书和话本形式流传开来，更是神乎其神。

无论如何，秀美的自然景色与独特的人文景观让白清寨出落得与众不同。除了位于三市交界的鸡仙岭以及薛仁贵征东的种种传说，这里还有曲径通幽的水洞、甘甜清冽的灵泉、清闲风雅的太公池、传奇的千年松神，以及令人心目并醉的梨花雪海。作为沈阳境内六大自然保护区之一，白清寨犹如一只美丽的蝴蝶，带着一些浪漫和神秘，在沈阳肩头翩然而舞。

马孟山下

——问水辽河源之一

不知多少次经过辽河，几乎每一次我都会停车驻足在它的岸边。古时的句骊河，汉时的大辽河，清代的巨流河，与黄河长江并列的华夏母亲河，苍茫一水，莽汤两岸。辽海大川的浩瀚，令人心神鼓荡，思绪飞扬。尤其是站在清初康熙年间修建在河边的巨流河古城遗址，迎水伫望时，我就会产生一连串的问号：辽河水来自哪里，源头在哪座山上，哪棵树下，哪粒沙中？并由此产生一探巨流上游“两河三源”的愿望。这之后，参加辽宁省作家协会“辽河源采风”活动，终于达成问水辽河源的心愿。

辽河之“两河三源”的“两河”是指于辽宁昌图县福德店相聚汇入辽河主干道的东辽河与西辽河；“三源”则是吉林的东辽河源及西辽河的两个源。西辽河的两个源一是河北平泉马孟山下的老哈河源，一是内蒙古克什克腾旗的西拉木伦河源。相对于辽宁或沈阳来说，东辽河源是“夫夷以近”，西辽河源则是“险以远”。此次“辽河源采风”活动首先涉足“险以远”，第一站即到老哈河源。

老哈河古称乌侯秦水、托纥臣水、土护真河、土河、涂河、老哈母林河，清代开始称老哈河。据相关专家说，“老哈”是突厥语“铁”的意思，又是“辽”

的正音。它发源于河北省平泉县西北柳溪满族乡七老图山脉的马盂山下，向东北流经内蒙古赤峰市的宁城县，再沿着赤峰东南部与辽宁建平县的边界，进入内蒙古通辽市奈曼旗，最后在奈曼旗、翁牛特旗和开鲁三旗县接壤处的大榆树附近与西拉木伦河会合，东流形成西辽河。

老哈河源位于河北省平泉市柳溪镇大窝铺川上游马盂山下的辽河源国家森林公园里，小地名叫“胡胡沟”。到马盂山下的路很好走，轿车可以径直开到1990年6月辽宁营口艺术家考察团所立的“辽河源头”刻石下。刻石在胡胡沟的尽头，马盂山北坡的半山腰处，为一块百吨以上天然巨石，石下流水奔涌，浪花四溅，周围尽是次生针阔叶混交林，蓊蓊郁郁，一望无际。尽管如今的辽河已半个多世纪不在营口入海，但历史上的辽河入海之地仍难忘却辽河源，这也是一种饮水思源的具体表现吧。

沿着“辽河源头”刻石下的水流溯行，见山上大片白桦林，林下是丰茂的花草，花草丛中，到处都有涓涓细流，宽者一步迈过，窄者不盈一拳，拨草寻觅细流之源，多在桦树根下。静下脚步细听，四周尽是泉流之声，

1990年6月营口艺术家考察团在老哈河源所立的“辽河源头”刻石

或淅淅沥沥，或叮叮咚咚，或汩汩淙淙。不知在这一面坡上有多少条从桦树根下溢出的小溪，千条万缕，都汇聚到刻石之下，形成一股奔涌的急流，在石缝间左突右转，喧闹而去。

这就是老哈河之源，我意想不到的源。它不是一泉发源，也不是一流泄出，而是无数条小溪从一面坡，一片草，一丛丛白桦树底渗出。我问陪同的平泉同仁，这些溪流，到底哪一个属于老哈河，属于辽河最初的源呢？他们说，这很难确定，因为溪流众多，都是从马盂山上流淌出来的，都是老哈河的源，也是辽河的源。

离开“辽河源头”刻石，我们乘车走盘山路上马盂山。山路上不时见溪流从路边溢出，顺着山路漫过。远处的山间林杪，也在斜阳下不时地闪着一抹抹亮色，同车的平泉朋友说，那也是溪水的反光。由此可见，老哈河的源头，在马盂山真是无处不在，万源同聚。

马盂山又称“光秃山”，其实上得山来才发现，此山并不“光秃”，海拔 1738 米的顶峰下百米之处，是连绵近万亩的亚高山草甸，间或稀疏的灌木。此地辽时为“王爷马场”，当年的辽景宗耶律贤和皇后萧绰曾经在此飞骑逐鹿，弯弓射雕。在斜阳下于南坡逆光看马盂山，其形恰如唐代和辽代瓷器中的鸡冠壶首，其形恰如雄鸡之冠。一般说法，鸡冠壶主要来源于契丹族的皮囊壶和马镫壶，因其平日挂在马背上，故又称“马盂”，这也是马盂山称呼的来源。

站在碧草连天、繁花遍地的高山草甸上，山风在耳边呼呼作响，风中仿佛有千年前契丹人驰骋草原大漠的金戈铁马之声。山石惊风，草间波浪连天涌过，似乎也是千军万马奔腾而后风掣草旋的景象。在那一刻，我充分感受到马盂山之于老哈河、之于契丹民族的非凡意义。

据《辽史·地理志》介绍，在茫茫的北方草原上流淌着两条河流，一条河叫“老哈河”，也叫“土河”；另一条叫西拉木伦河，意思是“黄水”，后来要区别黄河，就称为“潢水”。两河流域不仅是后来称为“红山文化”的发源地，同时也孕育了草原文明。相传，一位从马盂山下骑着白马沿着土河而来的仙人和一位驾着青牛车从平地松林即潢水之源顺着西拉木伦河而来的仙女，在木叶山下两河交汇处相遇了，两人一见钟情，用河水的微波细浪传递着心曲，天配地合，终于结成夫妻，契丹人有了神的始祖。两个仙人生下了 8 个儿子，成为 8 个部落，这就是契丹人关于自己祖先的美丽传说。老哈河与西拉木伦河由此也成为契丹人的母亲河。

契丹族统一中国北方各部族建立了辽国，在与北宋对峙交战多年后，于公元 1004 年订立“澶渊之盟”，从此直到北宋覆亡，在 120 多年间，宋、辽两国关系基本平稳和相安无事。据史料记载，这期间双方有 1600 余位使臣往还辽、宋之间。当时平泉地处松亭（经北京、通县、三河、蓟县、石门、遵化、喜峰口、平泉至内蒙古宁城）和古北（经古北口、滦平、隆化、承德、平泉至内蒙古宁城，亦即辽中京）两条驿路的交汇点上，平泉境内的驿馆就多达 6 个。当年马盂山下的驿路古道，南北使者往来频繁，北宋的政治家、

| 夕阳西下马盂山 |

军事家、外交家、文学家纷纷出使辽国。欧阳修、刘敞、沈括、苏颂、苏辙、吕端、刘锜、王钦臣、彭汝砺、王安石、曾巩等都从这座山下经过，并留下许多诗作。其中欧阳修在《重赠刘原父》诗中写道：“古北岭口踏新雪，马盂山西看落霞。”从而使“马盂落霞”成为老哈河源头最有名的一个自然景观。

我们登上马盂山顶的时候，恰好落霞在天，马盂山笼罩在一片橘色之中。四望群山，近处深褐，中层橙黄，远山淡灰。老哈河如一条舞动的白练，穿山越岭，迤逦东去。我想起了《辞海》等工具书记载过辽河的长度是 1390 公里，其中干流 512 公里，西辽河 423 公里，东辽河 449 公里，西拉木伦河 380 公里。只有老哈河的长度说法不一，有的说约为 400 公里，有的说是 426 公里，还有的说是 873 公里。我询之当地朋友，这老哈河到内蒙古大榆树与西拉木伦河汇合前，到底有多长。他们告诉我说，肯定比西拉木伦河长，最少是 400 多公里。

那么老哈河到底有多长？在马盂山顶，我们采风的几位同仁用最笨的可能也是最简洁的方法算出：从公认的辽河全长 1390 公里减去干流的 512 公里，再减去西辽河的 423 公里，得数是 455 公里，这个数大概就是老哈河的长度，这大约也是后来大多数人认为辽河主源为老哈河的唯一证据。

当马盂落霞渐渐暗淡下去的时候，山间的氤氲水汽开始缭绕升腾，迎面似有烟雨飘来，草丛中也早早蒙上了一层露水。下山的路上，仍然不时见有清泉漫溢，路边树下，到处是白色的溪水，如汪似流，在暮色中闪闪发光。看来我不用再问马盂山老哈河的源头到底在哪条溪水里了。这漫山的草树丛中，尽是溪流，这溪流来自马盂山的树杪林泉、草间霜露和氤氲水汽，它是马盂山的灵魂、神韵和气质。

潢源记

——问水辽河源之二

辽河有多个古称，其中之一为潢水，故辽河西源之一的西拉木伦河发源地就称潢源。寻找潢源是我多年的一个梦想，参加辽宁省作家协会“辽河源采风”活动，从而梦想实现，潢源得探。

西拉木伦河发源于内蒙古克什克腾旗，那天我们早上从旗所在地经棚出发，去浩来呼热苏木中部的西拉木伦河源头——潢水源。因近源头 30 公里的西拉木伦河峡谷奇险难行，去源头只能从经棚向西北绕行到浑善达克沙地东南缘与贡格尔草原接壤处进入，先是走 30 公里草原到潢源敖包，再进入潢源谷地。

草原无路，我们坐在浩来呼热苏木草原生态监察所四轮驱动的皮卡车上，就像骑在奔驰的骏马上一样，一会儿跃上高坡，一会儿冲下沙岗，眼前总是隐隐约约的天际线，无须任何地理知识，就可以知道我们是生活在一个硕大的球体之上。天空充满张力，环顾四周，好像是用鱼眼镜头拍摄的立体照片，天似穹庐，笼盖四野，蔚蓝的穹庐之下，千变万化的白云在无声息地飘着，在这样的空间里，没有任何参照物，我们飞快奔驰的汽车也显得速度很慢。只有看到散落的牛群、奔跑的马儿、觅食的绵羊时，才觉得我们的车在飞速行驶。有风掠过，草浪一波接着一波在车之前后左右滚过，无边无际，皮卡偶一颠簸，人就像坐在船上。有雄鹰在空中翱翔，不时会发出一两声充满金属质感的鸣叫，撕裂宁静，甚至压过汽车的轰鸣。仰望着它的翅膀和翅膀上的天穹，让我感到天地之大，人之渺小。刚才我还在车上搜肠刮肚，想找文辞来形容草原的美丽辽阔，但当听到雄鹰的鸣叫，看到草浪的翻滚时，我的思绪里竟一时空白，在这种博大和壮美面前，我想出的所有文辞都显得苍白无力甚至滑稽。

从进入草原到潢源敖包虽然只有30多公里，但因无路可循，曾去过潢源的克旗文联朋友也辨不出方向，亏得是本地草原生态监察所的朋友开车，对潢源一带很熟，不到一个小时，就完全凭感觉将车开到了潢源敖包下。从远远看到敖包的地方开始，其实我们的车已走出草原，进入了浑善达克沙地。

潢源敖包矗立在沙地一处高岗上，那是为了纪念潢水源而建的。站在敖包前，可一览潢源沙地全景。与身后的一片碧绿不同，眼前的基调是白色，沙丘如垄似链，间或有绿色灌木一丛丛点缀其间，看上去就像是一幅硕大的油画，白与绿相间得那般有创造力和艺术性。潢水源头就在敖包下面，略带浑圆的沙丘在敖包不远处突然下陷，形成簸箕样三面环山的盆地。当地人称为“白槽沟”和“源水头”，古代称为“砥石山”。砥石山边白槽沟，不知这里藏着西拉木伦河怎样的秘密。

按照当地习俗，我们在下到潢源之前，按顺时针方向绕敖包三周，同时心中许愿，并添加三块石头以求心愿得偿。然后，带着“垒石为山，视之为神”的虔诚之心走下沙坡，约半个小时进入谷底。

在谷底打量这沙丘盆地，面积约有百亩，自西向东，横裂成一条沙谷。盆地中长着一丛丛白杨旱柳和矮桦蹲榆。近东缘与峡谷接壤处的平台下为一沙崖，崖下十余米即是潢源。在沙谷中见到水，见到碧绿草色中的小溪，心情很是激动，大家不约而同地欢呼起来，连滚带爬地顺着沙坡下到源点处，克旗的两位同仁还忙不迭地掬水在手，大口大口地喝起来。然后告诉我们，潢源的水干净清冽，喝了明眼润肤，祛病消灾，于是我们几位也纷纷效法，并拿出水瓶，装满了潢源水。

静下来看潢源，只见一脉溪水从平沙沼泽里、从葳蕤细草中流出。顺着水流，踏着一块块散落在水中的枯木走到沙崖之下，似乎不见水的来处，只是泥一样的沙浆在平铺着。蹲下细看，才见沙浆之上水与沙在缓缓移动，再看崖根之处，所有白沙就像有人调动一样，都在一个速度地蠕动着。原来这细沙之下就是溢水之处，开始时水在沙下溢动，沙在水上蠕动；接下来是水自沙罅中涌出，沙又沉在水中形成沙浆；沙浆滑动一两米处则是滤出的道道涓流，数脉涓流又汇成一道清溪。站在这样的潢源面前，我一时竟有些难以相信，古老而壮阔的西拉木伦河竟然是这样一个源，一个神奇的源，一个沙动水溢的源。

在来潢源之前，我曾读过当代数篇描写这里的散文，文中几乎异口同声地说西拉木伦河的“源头藏在一处人迹未至的原始森林里，那里有林海千里，鸟雀争鸣”，且有“千百道喷泉，向着晴空迸发”。今天到了真正的潢水源头，这些全是臆想，或是千百年前之事。我眼前的潢水源头只有

潢源最源头：沙与水俱流

白沙和白沙滩上的矮树，只有白沙缝里渗出的涓涓细流和细流之上的段段枯木。它静静地躲在浑善达克沙地的臂弯里，没有喧嚣，没有张扬，连源头的水也是从沙缝里挤出来的。它是那样的平凡，平凡得就像一生付出的老祖母。不是吗，那水中倒伏的根根枯木，多像老祖母暴出青筋磨出老茧的手臂；那阳光暴晒、风中扬起的一抹抹白沙，又多像老祖母满头的白发。我们只能在白沙与矮树之间，在朽断的和新生的树木之间，想象着潢源曾经有过的葱茏与苍茂。我不禁仰头向潢源敖包发问：在今后的百年间，或许更短的时间里，今天的潢水源将被漫漫白沙吞没。到那时，草原的子民，华夏的子孙该去哪里寻找西拉木伦，寻找我们的老祖母？

带着对潢源的感念与忧虑，我顺着溪水下行，直到峡谷深陷的断崖处。溪水两边草木丰茂，不时有枯树倒伏水中。我触摸着这些枯树，见每个布满细密年轮的树洞里或长着一棵小树，或是几缕细嫩的青草，有的还在幽幽地发芽。这些流水上的枯树新枝，让我看到潢源的老祖母性格，虽然岁月渐老，却精神依旧，总是那样地坚强，那样地生生不息，从沙浆汇成涓流，由涓流聚成小溪，由小溪变成大河。山泉凸跳，奔泻无羁，一路向东，在不到60公里的上游河谷中成全了十余座水电站，像潢源的白沙挤水一样，顽强地奉献了所有的能量。超负荷的老祖母，多么需要苍天和子孙的敬奉啊。我想起了当下最时髦的词语“穿越”，如果真能穿越时空，我一定会在精神的世界里给潢源老祖母叩头，与西拉木伦河的童年握手。

我在潢源处没有握到西拉木伦河童年的手，但我却在源头的溪水中拣到了一块沉沉的石头。然而拿到手上细看才发现，这不是石头，而是一块老榆树的结。它如阴沉木一般，在潢源的水中不知浸泡了几千几万年，一面是剥掉树皮后的斑驳，一面是年轮邃密的断面。在告别潢源，攀沙山而回的路上，我一直用手托着这块老树结。中午的沙地阳光让我们经历了从未有过的暴晒，双脚每在沙中跋涉一步都会大汗淋漓。待上得沙丘，发现

|2012 年作者考察西拉木伦河源头，写出《潢源记》|

手中的老榆树结竟比在谷底轻了许多，原来是一路水分蒸发，它已完全还原成了一块木头。

晒干后的老榆树结上，年轮一圈套着一圈，密致而清晰，数一数竟有一百多圈。最令人神奇的是在年轮中间有一个如鱼眼样的深洞，洞中沉积着闪闪发光的白沙，犹如树眼中的瞳孔。这让我想起了几年前读过的一首潢源诗："一群一群的黑松林死了，几千圈的年轮睁几千只不死的树眼。有生灵听见树眼一直在哭，一眼一眼的泉在黑松林死去的地方流。"啊，这可能是我在潢源敖包许愿的结果，潢源知我虔诚，于是赐我千年树眼，慰我潢源之思。

回到沈阳后，我将潢源树眼置于花梨画案之上，读书之余，轻轻抚弄，每一次，我似乎都能从细密的年轮里和闪闪的树眼中，读到史前时期潢源老祖母那个春暖花开的笑容。

辽河掌

——问水辽河源之三

深秋时节辽宁省作家协会组织探寻东辽河源，距夏初踏访西辽河两支流老哈河与西拉木伦河源头已百余天也。从沈阳出发，经四平转辽源，赴东辽县，经辽河源镇，至福安村，最后进入福安村五组——辽河掌。沿途荻花如雪，红叶飘零，晨兴踏着草间霜露出发，傍晚闻着农家炊烟入宿，终于得见辽河掌，终于完成了辽河三源最后一个源头的寻访。

在辽源市作协主席王德林等朋友的陪同下，我们上午九点就到了位于长白山西北缘的哈达岭小葱顶子山下的辽河掌。小山村三面山围，只有西面为平畴坡地，河水在坡地下静静流淌。放眼东望，但见四五条小山沟从东南北三面顺坡而下，又自然地汇拢到村中央，在一个大院里聚合成一个常年碧水盈盈的水潭。这就是

| 东辽河源头辽河掌泉水 |

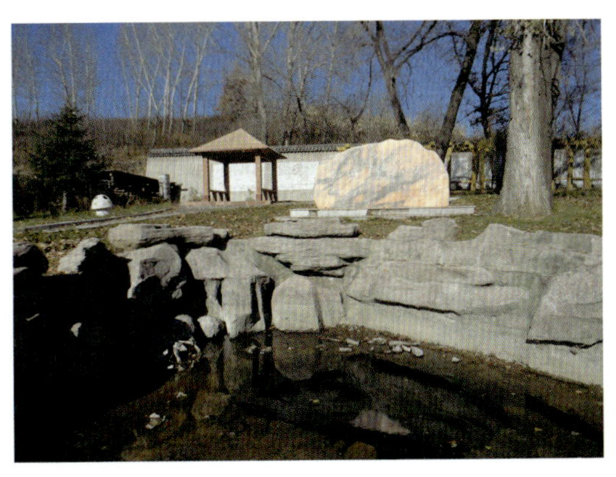

辽河掌，顾名思义，像五指一样的小溪流汇合到掌心，那四五条小山沟就如同五指，那大院中的水潭就是掌心。

然而辽河掌的名称又不完全是这般顾名思义的简单，因为“掌”本身就有“水泽”之意，这在古书《释名》中就有类似解释。可见“辽河掌”一名定是读过《释名》一书的读书人所起，绝不仅仅是当地人因山势水形而简单命名的。

带着读书人的情结我在辽河掌村里访问了多位乡亲，询问谁是村里的读书人，谁是水潭大院的主人。在村头的小路上，遇到了村主任郑悦才，他向我介绍说，现在辽河掌共有居民60多户，以宗、姜、柳姓居多，而这个有水潭的大院当年就是宗家的。宗家清末从关内迁来，到了民国初年已成为当地大户，不仅部族繁衍兴盛，而且族中大户已成远近闻名的富豪之家。直到现在，宗家都是辽河掌村里人口最多的大姓。从大院里走出的宗家人有当官的，有经商的，有教书的，北京上海，分散在全国各地。站在村主任身边的一个人马上告诉我说：“同济大学的建筑教授宗刚就是从这个大院走出去的。”我问他是谁，原来他也是宗姓族人，与宗刚同辈，是福安村小学校的教师宗科。

果不其然，辽河掌真是读书人多多，而象征辽河掌的水潭大院更是人才辈出。看来辽河掌是读书人的辽河掌，是宗家那位读过《释名》的祖先最早命名的辽河掌。他不仅给了东辽河源这样一个好听的名字，而且还使宗家一脉于此繁盛起来，从而没有辱没东汉骠骑大将军宗佻，南朝杰出书画家宗炳、镇武将军宗悫、车骑大将军宗懔，唐朝户部侍郎宗楚客，南宋抗金名将宗泽，明代抗倭英雄宗臣，当代诗人、美学家宗白华等一大批宗姓名人。

在宗家大院四棵百年老杨树下，建有一个河源石亭，石亭旁和水潭边的一块巨石上刻着启功所书的“东辽河源头”五个大字。那一泓潭水，虽是深秋，早已过了雨季，但潭中依然碧水盈盈。陪同我们的一位镇里的领

| 东辽河源头 |

导绘声绘色地讲道：这个潭中有五个泉眼，雨季水旺时，每个泉眼都在冒水，潭中翻着水花，那水在潭边跳跃着，翻腾着，直往外淌，这涌泉就是永不干涸的东辽河之源。

东辽河大约形成了几千几万年，它在历史上曾因朝代更替而数易其名，在《汉书·地理志》中称“南苏水”，从三国至隋称杨柳河，明代开始称艾河，清时称赫尔苏河，民国以后开始称东辽河。但不管河名如何更改，其源头总是没有变过。

走出宗家大院，我们继续往村里走，在山根处，遇到了一位叫姜长才的老人。我问他这一面山的五条沟中哪一条最长，他指着东北边沟口有人家的地方说：那个沟最长，但长也长不过二里地。我又询问他辽河掌的自然状况，他告诉我说：这里从老辈起就年年风调雨顺，从未有旱涝之说。因为这里是清朝皇家围场，驻有清兵守护，山山水水都是自然封闭的。低处是沼泽，高处是山林，沼泽芦苇丛生，山林树木茂密。到了清末民初，守兵没了，闯关东的人见这里土地肥沃，于是落脚安家。老人们常说当年这里肥得流油啊，野鹿林中叫，狍子遍地跑，白天人到地里干活时，熊瞎子会偷偷溜到人家屋里偷吃东西。民间说的“棒打狍子瓢舀鱼，野鸡飞到饭锅里”，那就是我们这疙瘩！老人越说越兴奋，然后又指着远近山梁告诉我：那东南的高山叫哈达岭，再近一点儿的叫小葱顶子，南面近村的叫长条山，北面的叫火烧山。老一辈人还把这从南到北的一片山称为“五座庙”，是说这一个连一个的山头上分别建有五座大庙，可惜在“文革”时被砸毁了。

按姜长才老人的指点，我们去寻找东北方那个最长的沟底。从小在山里长大，我知道宗家大院的水潭只是东辽河源的一个象征，真正的东辽河源应当在这个山沟里，在山沟尽头那涓涓或滴滴细流里。

不远的沟口有一户人家，小院柴扉，像大部分农家一样，门口新收获的玉米棒金灿灿地码成垛，悬空的玉米垛底下，一大群芦花鸡在安闲地觅食，还有几头大黄牛带着小牛犊在门前啃食着玉米秸。我们从农家院前经过，抚摸着弯弯的黄牛角留影。大黄牛温顺可爱，身上带有一股朴厚的关东乡情。

从沟口人家进入小河沟里，从沟底到两面山坡，到处都是高大的槲树，虽是深秋，仍然树荫蔽日。快到河沟的尽处时，植被愈厚，一丛丛山里红树，绿叶落尽，只有一串串红豆般的果实挂在枝头，玲珑可爱。走到河沟的尽头，只见一片砾石下，有厚厚的树叶覆盖着，树叶下有一汪溪水，这大概就是辽河掌的源头，也是东辽河的最初源头吧！

没有什么标志物，也没有什么令人称奇的地方，就是一汪细水，就是满地落叶。这就是辽河掌之源，更是东辽河之源，它既不同于老哈河之源那般众溪奔涌的壮观，也不同于西拉木伦河源那样水溢白沙的苍壮，它是在不声不响中，简括朴讷中，孕育了东辽河的平实与充实，厚重与庄重。

想不到，东辽河掌，东辽河源，就在这样一条不起眼的小山沟里。站在落满秋叶的沟底，透过斑驳的槲叶，仰望着东辽河源那碧蓝的天空，我在想，天下所有大江大河的源头都有着自己的个性形态与成长方式，其源头也是多出众汇。就像辽河之源，有老哈河、西拉木伦河、东辽河三个源，而三源中又不知融汇了多少个源，才最终形成浩荡入海的壮观。而具体到东辽河，今天都说它的源头是辽河掌，而辽河掌的上游还有着这条涓涓细流的小山沟。

其实早在民国之前，关于东辽河源的所在地就有着不同的说法。1929年成书的《怀德县志》说“东辽河发源于西安县（即今辽源市）辽河掌”。而稍后由金毓黻等编纂的《奉天通志·西安县》则说东辽河“其源出县治东北七十五里牛心顶子山东南谷，初名东柳树河”。柳树河即如今在辽河源镇与辽河掌水相汇的拉津河，两河汇流后形成东辽河。可见，一河之源原本就不可太拘于一处的。它有众口一词之源，也有众人未见之源；有地上涓流之源，也有地下奔涌之源。所以，真正的大河之源，可能不在一流一地，而在一沙一树，一草一叶之中。由此说来，真正的东辽河源也未必就在我脚下的辽河掌之上的小河沟里，而是在绵绵的长白山中，在山里的一草一木中，在草间树叶上的雨丝云雾里。

然而正是这一丝一滴所聚合成的东辽河源，才会有那样广大的包容性，才使它出得辽河掌之后，穿山越野，收得拉津河、兴隆河、乌龙河、二道河、杨木河等 70 多条河流，到了辽源市内的龙首山下，又先后与渭津河、梨树河相汇，最终形成东辽河主干道，出辽源，经四平、梨树，内蒙古三江口，吉林双辽等市、县，于辽宁省昌图县福德店与西辽河汇流，形成辽河主干道，又流经辽宁铁岭，沈阳沈北新区、新民市、辽中区，鞍山台安，一路纳招苏台河、清河、柴河、泛河、柳河、绕阳河，最终在盘锦双台子区入海。

辽河在入海口的浩瀚是阔大而壮观的，那种景象，是辽河掌里这种小山沟所不能比拟的。然而正是因为有这样源头的一条条细若手指的小山沟，才会有入海时的浩瀚。这就是辽河源与辽河尾的因果关系，正所谓不积涓流无以成大海，只有来过辽河源的人，才会有更深刻的体认。

诗中巨流河

辽河为中华文明最早的发源地之一，但在古文明发源地的几条著名河流中，有关辽河的诗词却比较少，这不能不说，辽河流域虽然文明曙光早现，但在后来的演进中，却黯淡了许多。金代开始，诗人开始关注辽河，尤其是清初被流放到东北的大量流人，写了许多渡辽河的诗，从此辽河诗才多了起来，其中多以“巨流河”之名入诗，从而使巨流河成为辽河最有名的别称。

| 新民市巨流河古城村头 |

辽河古称句骊河，汉时称大辽河，到了清代则

称巨流河。有关巨流河的称呼，民间传说一是因为河边多巨柳，因谐音而称作了“巨流河”；二是说辽河到了铁岭、新民一段，因其纳清河、柴河、秀水河、柳河、饶阳河、养息牧河等几条主要支流，河面阔大，河水浩瀚，因此这一段在清时称作“巨流河”。

细究起来，我倒觉得这后一种说法似乎更有道理。因为在清以前，新民一段的辽河是漫无边际的水国和辽阔的大泽，确是“巨流”，从关内经辽西走廊到沈阳一线，只能从北镇南下过辽河，新民一段本无路可通。只是到了皇太极时开通了“大御道”，到关内才东经永安桥渡辽河到北镇过辽西走廊。所以不管是东巡的清代皇帝，还是清初的十几万流放到东北的流人，几乎都是从新民一段过辽河到沈阳，再前往东北各地。所以在这些走过“大御道”的人看来，铁岭至新民一段的辽河堪称“巨流河”。

辽河入诗，比较早的是金代文人王寂，他在完成《辽东行部志》的巡行中写作了70余首诗，其中数首写到辽河，如七律《渡辽舟中小酌》。另一位金代辽东巡抚王之浩也有五律《渡辽河坐新舫中》。从诗的内容看，他们所写的辽河没有浩瀚之势，不是今天新民段，应是铁岭以东或辽阳附近。

清代从顺治朝开始，从沈阳西过永安桥，大御道直通辽河新民段的巨流河渡口。从关内而来的旅人，头天晚上或宿白旗堡，或住巨流河城，第二天清早开始渡河。为此，清代特意重修了巨流河城，今天仍有古城遗址。清朝康熙、乾隆、嘉庆、道光四位皇帝十次东巡，往返十几次都是从巨流河渡口过的辽河，每人都有辽河诗作，且不止一首，其中乾隆一人就写有六首之多。这些皇帝们的辽河诗多以“句骊河”为题，大概也是有意在彰显辽河的古意，而此之后的地方官员和文人们则多喜用“巨流河”为题。

目前所见，康熙皇帝于1682年第二次东巡时的《渡巨流河》是较早以“巨流河”为题的诗作。此诗为五律：“野岸春芜发，青葱一色齐。皇舆连远近，地轴别东西。日送霓旌影，风吹骏马蹄。山河绵带砺，回首重低迷。”

这是以盛世皇帝面对巨流大河所抒发的英武自信和豪迈之气。又如乾隆的五古《渡句骊河》前六句道：“志称今辽河，乃古之句骊。枸柳及巨流，讹传日以滋。合流东入海，其源颇可稽。”诗中述及辽河古时的多个称呼，溯源入海，古意盎然。

在清代大量咏巨流河诗中，最具特色的是流人作品。中国古代七大河流中，没有哪一条会像巨流河这样，曾在清初开始的百年间渡过十几万流人。不管是南国佳人，还是中原名士，纷纷被流放到盛京（今沈阳市）、铁岭、尚阳堡（今铁岭市开原县尚阳湖）、抚顺、宁古塔、卜魁（今齐齐哈尔市）、黑龙江城（今黑河市）、乌拉（今吉林市）等地，去往这些地方都要渡过巨流河。有些人是一渡巨流河后，再也没有回去的机会，最终埋骨东北；有的是数渡辽河，来了回去，甚至如陈梦雷、陈之遴等二度被遣戍东北，最终再也没有活着西渡巨流河。巨流河不仅给了他们深刻的印象，也给了

| 绿野碧波汇巨流（国画）　王光飞作 |

他们诗的灵感。流人们留下的巨流河诗，为我们今天了解当年的巨流河风貌和流人面对此河所表达出的情感变化，提供了重要的依据。

然而不知为什么，流人们写辽河却极少用“巨流河”为题，大约因为自己本身就是流人，潜意识里总想避免再提“巨流”二字吧。流人之苦，于此可见端倪。

清代最早写辽巨流河诗的大约就是顺治年间流放到盛京的陈之遴，他一共写了两首，其中一首七律题《渡辽河》，诗的最后写道：“却忆方舟东渡日，迅湍回卷白波层。”诗人说一年前过辽河时，那激流回卷，白浪逐飞的情景犹在眼前。康熙九年（1670）被流放黑龙江宁古塔的诗人张贲，过巨流河时作五古《过句骊河》，其中写道：“旧日编户亡，存者从军隶。茅屋数十家，新迁自幽蓟。墙头相聚观，村妆杂高髻。邀我稗米饭，缕切鱼脍细。殷勤问故乡，怀土尚流涕。”诗人在辽河边上遇到从关内幽蓟一带迁到巨流河边的农民，真实地记录了清初辽西地区及辽河两岸的荒凉现状。

张贲过辽河时，当地农家邀以“稗米饭”和“鱼脍细”，但一提起故乡，他还是不禁“怀土尚流涕”。这种远离故土之思，是所有流人都深深怀有的情感。这一点我们从其他流人咏巨流河的诗中也不难感受到。如左玮生《李宁远看花楼》：“云山一望寒旌色，辽水于今日夜流。”方式济《盛京》：“一从辽水颂河清，百雉千秋定镐京。”傅作楫《乙酉九日》其一：“九日辽河霜色青，黄花几朵似晨星。”巨流河作为第二故乡的流人来说，有时也有着旖旎的风光，如谪居沈阳16年的陈梦雷在七律《辽河即事限韵》吟道：“小艇鱼竿溯晚风，蓼花深处漾晴空。云屯远浦凌波暗，日映荒城倒影红。浅水游鱼声泼刺，长天飞雁字朦胧。何年归钓龙江上，烟雨迷离一箬篷。”陈梦雷人生坎坷，命运凄惨，虽遭流放，但决不自暴自弃而消沉，因而他到巨流河，看到的不是浊流黄水，也不是乱石崩岸，而是江南一样的轻倩静谧。

清初流人咏巨流河诗不仅第一次让那些江南和中原名士将东北的大川

风物纳入文人视野，同时也开启巨流河本土文学的启蒙，并成为中原和江南文化与东北边疆文化大面积交流的使者与先驱。

清中期以后，沈阳地方诗人咏巨流河诗开始大量出现。如缪公恩《渡辽河》：“漠漠平沙日影低，西风一苇渡辽西。长安怕醒春闺梦，打得黄莺不敢啼。”这首七言绝句化唐人金昌绪《闺怨》，以抒旧时边关辽河萦绕春闺梦里人的往事，写得饶有趣致。再如著名诗人魏燮均《九梅村诗集》中，就收有多首写巨流河的诗，如《渡辽水值雨》《大风渡巨流河》《途次巨流河城子》《晓过巨流河城子》等。其中五律《途次巨流河城子》前四句道：“山回孤城隐，天空大野宽。秋风官渡急，斜日驿亭寒。”从中可见，晚清时期新民的巨流河渡口依然是来往两岸之间的“官渡”。

21 世纪初，从巨流河边走出去的著名学者、作家齐邦媛，80 岁时身居台湾仍心心念念故乡这条大河，终于写成了《巨流河》一书。作者将整个 20 世纪颠沛流离的缩影诉诸文字，以史书般的真实和小说般的精彩，创作出了一部用生命书写的壮阔幽微的“记忆文学”和天籁诗篇。她在书中自序里的一段话：“巨流河是清代称呼辽河的名字，她是中国七大江河之一，辽宁百姓的母亲河。”齐邦媛的书让巨流河一名再次从历史深处、从文学和诗中鲜活起来。它让更多人知道，巨流河不仅是中华文明起源之河，同时也是一条满蕴诗意的河。

大平原留住的浩瀚碧水

久居沈阳30多年，还是第一次来石佛寺水库，尽管它距沈阳市区还不到40公里。旅行车沿水库南岸大堤前行，看库区里一望无际的荷花，开得正盛，不时有白色的鹭鸶、褐色的芦雁、黑白相间的麻鸭，还有不知名的

| 石佛寺水库 |

翠鸟在岸边惊起，欢叫着掠过荷瓣之上，飞入远处的蒲苇丛中。这次是借沈北新区在黄家街道建立辽海散文创作基地的机会，与省散文学会数位同仁一起来参观这座郊区水库，陪同我们一行的有沈北新区作协主席向春林，还有“蒲河八媞”等十余位生活工作在辽河、蒲河岸边的散文作家。他们向我介绍说：石佛寺水库是辽河干流上的唯一一座平原水库，如今它已形成近20平方公里的浩瀚水面和更大面积的湿地生态系统，成为沈阳北郊最著名的河湖水泽。

“平原水库”——这四个字让我很感兴趣。此前我知道在华北平原，在新疆有平原水库，如河南省汝南县宿鸭湖水库、山东省德州市武城县境内大屯水库、新疆维吾尔自治区巴楚县小海子水库，都是中国著名的平原水库。山东济宁也有梁山泊平原水库，再现了当年的“水泊梁山”之胜景。我还知道著名的洪泽湖其实也是一座平原水库，一座淮河下游的三河闸，

石佛寺水库两岸　刘卓摄

让它成为中国第四大淡水湖。但是我还不了解在辽河平原里，在辽河干流上也有这样一座平原水库，真是枉做了一回水库边上的沈阳人。

汽车在水库的南岸大堤开行了十来分钟，才到水库主坝上。下得车来，站在主坝向湖中望去，顿觉眼前水波浩浩，风声厉厉；坝上高高的泄洪闸的闸柄，有几层楼高，像天车一样一字排开。脚下十几米高的大坝下游，打开的数孔泄洪闸，巨浪喷涌，一泻而下。陪同的水库管理处人员向我们介绍说：这座水库 2003 年开工建设，2005 年 10 月建成，曾荣获中国水利优质工程（大禹）奖。水库枢纽由主坝、副坝、泄洪闸、穿坝建筑物等组成。闸坝全长 42.6 公里，其中主坝长 12.4 公里，副坝长 29.9 公里，泄洪闸共有 16 孔，总宽 248.5 米。最大坝高 12.10 米，坝顶宽 6 米。总库容 1.85 亿立方米，其中防洪库容 1.60 亿立方米，集水面积近 20 平方公里。工程按 100 年一遇洪水标准设计，300 年一遇洪水标准校核。下游的沈山铁路、丹阜高速巨流河大桥的防洪标准也可提高到 300 年一遇。管理处人员报出的这一连串数据，着实让我惊叹，原来一座平原水库竟能解决这么大的问题，从此辽河下游水患不再也。

平原水库是相对于山丘水库而言的，其一般位于大江、大河下游冲积平原地区。平原水库库底大都为冲积或洪积地层，表层为黏土或亚黏土，下部为砂土，这样就造成平原水库地质条件差，围坝轴线长，筑坝土料少，需水水头低，蒸发量较大。所以相对山区水库，平原水库的建设难度可想而知，这也是平原水库不多见的主要原因。

水库管理人员说，几年来，在库区大规模实施了生态工程建设，其中包括主副坝林建设、库区平整、人工岛修建、野生柳树保护、水生植物栽培等项目。其中，栽种了芦苇 2650 亩，蒲草 1860 亩，荷花 1625 亩，各种乔、灌木近 20 万株，使沈阳北郊和对岸铁岭、法库的邻河地区生态发生了很大的改观。通过管理人员的介绍，我们才感受到，正是因为水库所形成的良

好生态系统，才使这里成为辽宁地区最大的荷花淀之一，不断繁殖的荷花已扩大近 3000 亩，每到夏季，风荷一片，荷叶摇翠，荷花吐红。此时正是

| 映日荷花 刘卓摄 |

初夏季节，荷蕾尖尖，如繁星一般，亭亭点缀在翠叶之上，格外清雅怡人。

大家纷纷以荷花为背景拍照，我则独独对那大片的菖蒲感兴趣，更对苇丛中的芦雁看个不够。此时已是夕阳时分，水库上游是一片接一片的芦苇和蒲草，还有飞翔的各种水鸟在天际和水面上浮动；下游的七星湿地笼罩在一片灿然之中，远处的七星山逆光而立，山上的辽代古塔隐约可见。山下村落即辽时的“双州”，今天是石佛寺朝鲜族锡伯族街道办事处。水库因古村而得名，站在水库大坝上，遥看古双州城遗址，颇让人感叹世事变迁、沧海桑田的巨大变化。

古城遗址石佛寺我去过多次，七星山也登过不止一回，我想寻一个天清气朗的日子，再登七星山，在那里遥看石佛寺水库，感受辽河大平原上留住的这一泓浩瀚碧水，当是另一番壮观气象。

七星诗意

沈阳有一座七星山，七个山头如北斗一般，罗列在沈北平袤的土地上。这里有北魏拓跋氏兴建的石佛寺院、有辽道宗耶律洪基敕建的古塔以及辽代“双州古城”遗址，有明代的边墙和烽火台，有清代左宝贵修建的辽河套堤和纪念碑，有往返了数百年的古渡口……奔涌的辽河水从山下流过，或许是惊异于七星山的历史与风采，盘桓不去，于是，形成了一片万余亩的湿地。如今，这片荒蛮的所在已经出落为“一年有四季、四季不同林”的国家级湿地公园。

数年前我登七星山时，也曾站在山顶眺望过如带的辽河、旷远的湿地，但因为时值冬日，天不作美，但见黑土残雪，摇摇枯苇，一片萧索景象。后来，不止一次听到同事、朋友谈及七星湿地之美，心又蠢蠢欲动起来，终于选择一个周末，离开城市的喧嚣，驱车一路向北，过道义、兴隆台，抵达石佛。车子行驶到公园入口的一刹那，便觉不虚此行：两边是花的海洋，让人目不暇接；空气如此清新，深深吸了一口，全身都放松下来了！等到进入湿地中心，只见清澈的河水蜿蜒流淌，波斯菊、鸡冠花、五彩石竹竞相开放，无数蜜蜂、蝴蝶在其间飞舞，好一场“花间派对”！

这不过是一个序曲。

我了解到，辽河·七星湿地公园于2012年8月21日正式开放，秉承“亲山近水、回归自然、觅古寻踪、多元文化”的理念，辟有辽河花海、七星山橡胶坝、万泉河湿地、七星赏葵四个主题景观区。“辽河花海”堪称第一乐章，占地达6000亩，种植了鸡冠花、天人菊、黑心菊、波斯菊、凤仙花、五彩石竹、月见草、薏米及杨柳等，更有大片大片野生的芦苇。辽河与花海辉映，呈现出滩地错落、芦苇丛生、水岛相映、绿树成荫的自然景观。花海旁的稻田犹如点睛之笔，融大自然的清新脱俗于设计的鬼斧神工，打造了一处繁华都市的心灵后花园。

最能感受湿地风情的所在，是景区内那些曲折蜿蜒的木栈道。置身其上，各样各色的植物尽入眼底，宛如行走在鲜花盛开的旷野，迎面清风浩荡，头顶碧空如洗，有三三两两的白色云朵飘过，趁你不注意随光影变换着颜色，倒映在池塘水面，那种蓝中泛紫的瑰丽简直无以言说。如果要明确一个主题的话，沿着栈道，在不同的季节和时间，游人可以分别领略春风金海、秋雨观荻、水岸映绿、水袖花田、蔓舞星苑、荷塘月色、绿藤翠屏等花样，个个美不胜收。

浪漫的诗人尝试这样为在季节转换中的湿地画像：春如水彩——明丽的水，浓浓淡淡的绿意，鸟儿在游弋翻飞，处处是生命的涌动，那画风温暖而有力；夏似工笔——但见水波潋滟，花木繁盛，间或有喁喁低语传来，那是鸟妈妈与鸟宝宝的亲子时光；秋像写意——芦花飞舞，蒹葭苍苍，落霞孤鹜，秋水长天；冬如木刻——冰封雪盖，雾凇婆娑，苇黄蒲苍，看似一切凝固，其实冰封下正孕育着下一个春天。

同为湿地，盘锦红海滩红得绚烂、热烈，然而多少失之单调，七星湿地则完全是另一种格调。沿着全长18.23公里的滨水路一路走来，一年四季，黄色的油菜花、紫色的薰衣草、粉红的芙蓉、金色的向日葵，纷然铺陈在

由田田荷叶、亭亭芦苇和茵茵芒草构成的绿色背景中，规模化地跃入眼帘，犹如色彩斑驳的油画，自有一种惊喜和震撼。水鸟或在杨柳间休憩，或在

| 辽河 · 七星湿地公园 刘卓摄 |

芦苇丛戏耍，或在荷叶上漫步，或在水面上悠游，猛然间飞起或将头扎入水中，向水下的鱼虾发起进攻。因为安全的环境和充足的食物，七星湿地

已经成为鸟类的天堂，每年，野鸭、雉鸡、丹顶鹤、白鹤、大雁、白鹭、灰鹭等成群结队在这里集结，野生草鱼、鳙鱼、鲫鱼、鲤鱼、鲇鱼、鲢鱼等在这里繁衍，呈现“百鸟彩练当空舞、水清草壮鱼更欢”的画面。

对于植物爱好者来说，七星湿地的迷人之处不在其色彩，而在其植被的丰富性。资料显示，这是一个水生植物群落、沼泽植物群落、草甸植物群落、林地植物群落的联合体，水生生态序列完整，具有典型的平原河流湿地特征。河流、沼泽、湖泊、滩涂、草甸、灌丛……晨曦微芒，伴随着声声鸟鸣，无人机盘旋而起，为人类开启了另一个视角：那是一片神奇的土地，那是令人震撼的多维度美丽，蓬蓬勃勃向上的生命呈现出浩茫、荒芜、永恒的

| 悠闲的黄牛　刘卓摄 |

主题，你甚至能聆听到它野性的呼唤，感觉到它沉静外表下掩藏的神秘，在瞬间产生心灵的感悟。

的确，与精心设计出来的色彩和景观相比，我更乐见那种不加修饰的野性之美。离开游人密集的所在，你随意走向远方，来到一处隆起的草甸，但见芳草遍地，花色参差，野树恣意，低洼处甚至野草没膝。脚下是一片浅浅的池塘，菖蒲、水茭白、水葱、浮萍、野芹菜挤挤簇簇，掩护着水下的游鱼。在这些盆景般的画面中，偶然会有慢悠悠的黄牛或羊群闯进来，驻足水边，低头喝水，喝饱了，也不急着离去，继续在那里欣赏自己的倒影。这些冒冒失失的闯入者，莫非像我一般，也在惊叹大自然的玄妙与创意?

走进七星湿地，就走进了大自然，也走进了诗意和文化。那部古老的《诗经》开篇写的正是湿地："关关雎鸠，在河之洲，窈窕淑女，君子好逑……"湿地里最常见的植物——芦苇，也是可以入诗的重要意象，所谓"蒹葭苍苍，白露为霜……"，而且最得王国维《人间词话》激赏，称之为"最得风人深致"。还有那"左右流之"的"参差荇菜"，不仅是可口的美味，也是水环境的标识物，它对水质要求苛刻，污秽之地，绝对不见荇菜的踪影。此刻，你是不是又想起徐志摩的《再别康桥》？"软泥上的青荇，油油的在水底招摇；在康河的柔波里，我甘心做一条水草！"

寻找浑河源

浑河有南北两个源头，北源在抚顺市清原县湾甸子镇滚马岭下，称英额河；南源在抚顺市新宾县红升乡南蜜蜂沟。

第一次访浑河北源是参加抚顺市政府主办的“行吟抚顺”活动，同行的有李松涛、林正义兄等几位作家和画家。从抚顺到滚马岭下的浑河源并不难，在湾甸子镇政府的食堂吃完中午饭，坐上面包车顺着英额河上溯东南方向，过后楼水库、砍橡沟、地车沟即进入茂密的森林中。再行十几分钟的土路，停车步行，沿着一溪浅水，不一会儿就看见一块立起的大石头上题写着三个朱红大字：浑河源。

观览源头处，似乎不久前这里有过开发经营，人工圈了好几处小池塘，池塘边上放置了石雕吐水龙头，摆了观赏石，石上题写着口号式的文字。再往里行，见山坡下自然青石缝边有一泉眼，流水细细，清澈透明，石上题着“源泉”二字，我想这就是真正意义上的浑河源了。于是，大家拍照留念，我则于泉眼处顺着山坡向上爬去，欲站上高处看一下这源头的景观，但见层峦耸翠，山不见顶，想来这长白山西脉，当年唐朝大将薛仁贵贪恋此处景致不慎滚马的地方，轻易是不会爬到顶上去的。

| 滚马岭下之浑河北源 |

下得山坡，顺着源头小溪而行，但见浓密的树荫下，各种野花竞相盛开，草丛中不时有灰蛇穿行，林蛙跳跃。大家不敢再沿小溪行走，只好规矩地回到石板路上。

在离开源头的车上，大家都感到这样顺利地就到了浑河源头，似乎缺少了许多跋涉寻找的逸兴，不历艰险，即到源头，恐怕再好的风光也都打了折扣。另外源头的人为痕迹太重，破坏了原生态的自然风貌，让人感到缺少了“源”的美感。在车上，当地官员谈到浑河源的保护与开发问题，我对他们说：最好的保护就是不开发。给子孙后代留一块净土，留一处原生态的浑河源，某种程度上说，就是官员的最大政绩。或许我的观点有些偏颇，但历史会证明，原生态的自然环境，对我们人类未来生存的意义是无可估量的。

浑河北源出滚马岭后一路向西，汇同红河，于铁背山和元帅林之间穿过，与南源苏子河一起在铁背山西山角处合流，共同融入今天的大伙房水库。抚顺当地老掌故人告诉我，浑河南源比北源更远，想寻浑河源，最好去苏子河源头。于是在一个月之后，我约朋友一起，踏上沈阳到抚顺的高速公路，去苏子河寻找浑河南源。

朋友开车从南杂木下高速，沿着苏子河边经上夹河、木奇、永陵、新宾县城、五副甲到了苏子河上游史书上没有的红升水库。正是秋收的季节，苏子河两岸红叶离离，稻谷金黄。稻田里割好的稻子堆在一起，田畦里飘散着谷物和泥土的芳香。山坡上一家家正在收割玉米，黄牛拉着装满玉米棒的胶轱辘大车，慢悠悠地在路上走着。早年就听说过“苏子河”这个名，开始总感到它不太像北方的河名，是很南方很秀气的那种河。翻了很多资料才得知，“苏子河”是满族的发祥地，是努尔哈赤建立后金政权的地方，当年后金的王城赫图阿拉就建在紧傍苏子河的南岸上。所以苏子河最早的满语称呼就叫“苏克素护河”，“苏克素护”满语的意思是“鱼鹰”，意即这是一条有很多鱼鹰的河流。当我们的车过新宾县城到苏子河上游的时候，确实看到有许多鱼鹰在河边飞来飞去，有的嘴里还叼着小鱼。山光水色，苏子河的秀美韵味，在鹰扬鱼影的细节中愈发显得生动和富于灵气。

在红升水库，一位老人正在聚神执竿垂钓，在他放下钓竿卷烟的时候，我走上前向他请教苏子河的源头。老者姓宋，为红升当地人。老人对这一带山水形胜了如指掌，他说红升水库建在苏子河上游，截住了从三个支流汇到苏子河的水，这三个支流一是关家沟，二是南蜂蜜沟，三是旧门。问哪个最长最远？老人说当然是关家沟，其次是南蜂蜜沟。老人还告诉我说：关家沟里的水发源于四花顶子山北面，从沟口到源头大约有十几里。蜜蜂沟虽不及关家沟长，但那里引来了富尔江的水。

于是我们告别老人绕过水库上游，驱车关家沟。进了沟口后，路越走越窄，山也越来越高，只能停车步行，此时秋阳高照，桦楸树上的红豆鲜艳如血，藤蔓一样的野生猕猴桃树上挂着翠绿的果子。我和同伴在浓浓的树荫里，沿着沟沿的草丛和石缝间前行，越往沟里走，树林越是茂密，沟岔很多，只能拣溪水最多的那条沟里走，因为水多自然沟长源远。有时溪水在倒伏的古树和深深的柴草下流淌着，那就只好循着水声前行了。快到沟底的时候，一块直立的峭壁拦住了去路，峭壁上云雾飘浮，不时有小雨点在阳光中闪亮地飘到脸上，冰冷中透着柔细的感觉。深沟里人迹罕至，四下里尤为寂静，远远有炮声传来，声音好像在瓮里。看看同伴，我想起了《茵梦湖》中两位主人公在树林里找莓子，迷路而听见午炮响的情节……

然而，在关家沟终因太多太多城里人称作“胖小”，农村人称作“花大姐”的七星瓢虫的围剿而失败，我和同伴落荒而逃，只好改访南蜜蜂沟。相比关家沟，南蜂蜜沟确实好走多了。在山脚下，收割的老农告诉我，眼前的这座东山就是苏子河在南蜂蜜沟的源头“分水岭”。分水岭下，我们找到了南蜂蜜沟河的源头，一溪细流从山脚下渗出来，于乱石中穿过，悄无声息地奔向南蜂蜜沟村，奔向红升水库。苏子河南蜂蜜沟之源远没有关家沟的长，但这里却有来自关家沟所不能比的更长更远的源，那就是引入苏子河的富尔江水。

在南蜂蜜沟村，我们还找到了引富尔江水入大伙房水库的出水口。出水口处建有一个两层楼高的出水闸门，大多数时间此闸门是打开着的。闸门口一潭碧水，清澈见底，不时有鸭鹅游来，寻觅着水中的游鱼。引富尔江入大伙房水库是20世纪90年代辽宁省最大的“引富济浑”工程。这个工程打通了南蜂蜜沟东面8.8公里的分水岭隧道，将富尔江水引到了红升水库和苏子河，再入大伙房水库，从而解决了大伙房水库蓄水不足和沈阳等辽宁中部用水困难问题。

富尔江发源于新宾县东北角的头道沟，古称“沸流”，和清原滚马岭下的浑河源只一岭之隔。清原的浑河源在滚马岭之北，富尔江之源则在滚马岭之南。如今，富尔江水又引到苏子河里，苏子河里也流淌着滚马岭下的清泉，浑河的两个源头不仅有一山之缘，还有一脉之缘。因为富尔江之水，让苏子河的源头又延长了 100 多公里。而就在我探访浑河南源的时候，发源于龙岗山脉南麓的浑江水已通过长 85.5 公里、直径 6 米的圆形隧道引到苏子河，进入大伙房水库。以后，辽宁中部地区甚至辽南地区都能享用到大伙房水库的蓄水。大伙房水库，已真正成为容纳百川的大湖；浑河，也成为众水汇聚的大河。

离开南蜂蜜沟已是斜阳时分，路过大伙房水库，在夕阳里观看英额河与苏子河交汇处的壮观景色。落日下，浩大的湖面波光潋滟，半是瑟瑟，半是橘红。我回想两次寻找浑河源的过程，

| 南蜜蜂沟水闸下涌出的是 40 公里外富尔江的水 |

最后竟确定不了浑河源到底在哪里。是滚马岭下的英额河源，还是四花顶子山下的关家沟，抑或南蜂蜜沟里分水岭下的涓涓细水，似乎都是又都不是。迷离间我忽然明白，不要再穷追浑河的哪一个源，因为大河是不会只有一个源的，大河甚至是没有源的。这就如同大音希声、大象无形、大藏无器、大水无痕一样——大河无源。大河以其汇纳百川万壑的宽广胸怀和吸纳万物众生的无尽包容性，从不计较来自哪里，源自何处。因此，浑河之源既是英额河的，也是苏子河的；既是红河的，也是关家沟的，甚至是富尔江和浑江的。它真正的源，是在长白山脉的每一条沟壑里，每一抔泥土中，每一株树木下、每一棵草尖上，以及缭绕山间的每一朵云雾里和在关家沟阳光中闪亮地飘到我脸上的小雨点中。

浑河『八大渡口』

暮春时节，陪外地朋友乘画舫，游 40 里浑河，尽享两岸花团锦簇、细柳摇金的春光美景。临河而建的盛京大剧院、K11 博览馆等标志性建筑，雄伟壮观，倒映水中。水上集训的赛艇队，竞相追逐，一如诗画，赏心悦目。游船犁开碧波，激起浪花飞溅，引来水鸟随浪起舞。朋友对此景色赞不绝口，连说没想到沈阳浑河两岸这般美好。

浑河如今已成为沈阳的城中河，其航运也主要是观光游览。坐在游船上，让我想起当年的浑河，曾是沈阳通往渤海湾的重要漕运水路，是沈阳与外界沟通的唯一通商口岸，在明清时期至民国初年的五百多年间，浑河航运相当发达。当时，浑河沈阳段两岸还没有如今天这样的堤坝，河面浩大，水深流急，当地人称“龙摆尾”，是说浑河河道在不断滚动。每到春天之后，冰化河开，水面上白帆悠悠，舟楫如梭，形成完善而颇具规模的内河航运体系。当时，沈阳商人将人参、鹿茸、乌拉草、木材等土特产，用船只沿浑河运往营口交易，再由商贾们从渤海湾入海，与全国各地乃至海外贸易；返回时，沈阳商人再将各地的产品运回沈阳。浑河成为繁荣沈阳经济贸易，建设东北中心城的一道重要“黄金水道”。进入 21 世纪之后，随着大规模基本建设和河道建设，在浑河沈阳段曾多次出土过清代沉船和多个码头缆桩，由此也可见当年浑河黄金水道的繁忙景象。

在这条黄金水道上的沈阳段沿岸，分布着不少港口码头，成为一个个繁忙的贸易集散地。此外，在乾隆朝之前，浑河上没有桥梁，过河全靠船只摆渡。成书于乾隆四十四年（1779）的《盛京通志》才有了“浑河桥【城南十里】”的记载，说明当时的浑河上已经有了木桥或浮桥。生活在乾嘉时期的著名诗人缪公恩有《晓渡浑河》诗，其中写道：“为看沙上青霜迹，已有行人早度桥。”同时此书还记载有浑河的几处渡口：“石庙子渡【城东二十里，旧设渡船二只。乾隆五年奉裁改设槽船二只，额设水手十二名】；七间房渡【城东六十里，雍正十年设渡船二只，额设水手三十二名，乾隆五年奉裁】；浑河渡【城南十里，额设渡船二只，水手四十名，又有渡船四只，系巨流河浮桥船，乾隆十九年拨至浑河渡口，额设水手二十四名】。”除了这里提到的石庙子渡口、七间房渡口、浑河渡口外，另据刘振超先生《盛京盛景》一书介绍，清代浑河沈阳段尚有古木场、望北楼、十里码头、

晚清时的浑河渡口

骡子圈子、磢鸡堡，共八大渡口。

清代浑河八大渡口在浑河两岸均匀分布，各有分工。如浑河渡又称浑河官渡，位置在今天的盛京大剧院附近，距当时的盛京皇城最近。当年努尔哈赤、皇太极营建盛京宫殿、王府等所用海城缸窑岭烧制的建筑构件和琉璃瓦等都是从此渡口上岸的。同时，浑河官渡还是迎接乘船来盛京之重要人物的场所，如《清初内国史院满文档案译编》所记，后金天聪七年（1633）六月初三，清太宗皇太极亲率诸王贝勒文臣武将，出盛京德胜门，在城南十里的浑河官渡，迎候前来归降的明将孔有德等人。可以想见，当年的浑河官渡，一定是很盛大而隆重的场面。又如上木场渡口，是转运木材的码头，又称“古木场”。《沈阳县志》记载：“兴京（今抚顺市新宾县）所产木材运入县境，尤以此为通津。”运至此码头的木材，除盛京城内建筑和日常生活所用，其他则转运各地。再如望北楼渡口，为日用产品码头。据成书于光绪初年的缪润绂《陪京杂述》所记：“望北楼冈，在城南八里，地不甚高而林木蓊蔚，自西北来脉蜿蜒里余，前临大河背负村落，蹑履而上，令人有振衣落帽之思焉。”《东三省古迹遗闻》则说：望北楼“上多树木，以桑为最，登冈北望，则城内之凤凰楼如在目前，遂名之曰望北楼。前清时铁轨未筑，通高货物，均由营口下船，载入浑河，至望北楼登岸，再由马车转运入城，实为盛京最盛之水码头。当繁盛时，春夏秋三季，买卖甚多”。在清代浑河八大渡口中，最知名的是十里码头，即清人笔下“盛京八景”之一的“浑河晚渡”所在地。清代同治年间成书的刘世英《陪都纪略》所载外圆内方的《沈阳城垣图》标有“留都十景”之位置，其中“浑河晚渡”即标在城南浑河北岸“十里码头”处。

由于浑河在沈阳地区航运之位置，清时对浑河各渡口的建设与管理都十分重视，时有重修。《东三省古迹遗闻》记载，浑河南岸之浑河堡村北三义庙前曾立有石碑，记述光绪十八年（1892），驻奉天总兵左宝贵扩建浑河渡口之事，言当年“春三月，曾溺一船，殒命者不下二三十人，觅死者何止百数十众，呼号终日，抱恨长天”。为防止浑河“风涛作险，波浪为灾”，于是“筹集巨款，造官船六只，以便商民，更利兵役”。从此，“虽西风浪紧，可常保于鹢退之时，即北岸冰消，永无患于雁来之候也”，保证了浑河航渡的持续繁荣。日俄战争开始，浑河航运日渐衰落，民国成书的钱公来《辽海小记》说：浑河官渡在 1904 年至 1905 年的“日俄战役时，为两军争夺沈阳最后之防御线。两岸渡口，时为俄军戍守，时为日军戒严。乡下百姓进城渡河，误触军禁，往往有被活埋者”。同时，沙俄军还将冬天入坞十里码头的 50 余艘木船，以缺乏薪炭为由，全部劈柴烧光，沿河船户，均遭洗劫，浑河水运事业，从此一蹶不振，浑河渡口遂成为当时国家衰败、外敌蹂躏、百姓遭殃的历史见证。

1903 年，东清铁路南满支线正式运营，浑河上有了最早的铁路大桥，之后，随着陆路交通的发达，浑河直通入海的航运功能逐渐式微。但民国初年，浑河仍有八大渡口，据沈阳市档案馆所藏 1932 年《沈阳县警察队分配

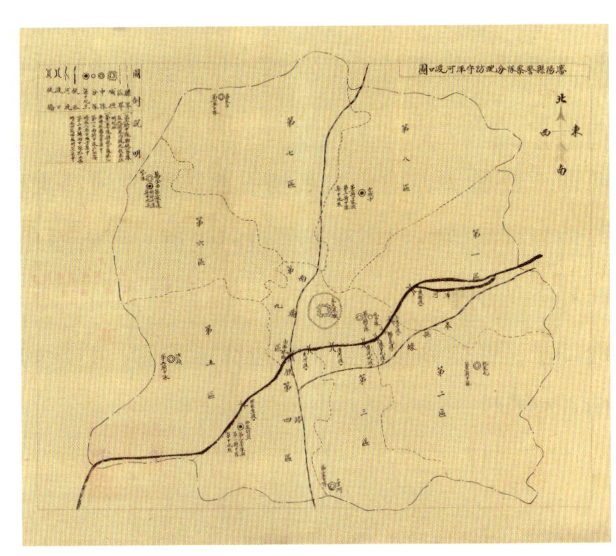

1932 年《沈阳县警察队分配防守浑河渡口图》
沈阳市档案馆提供

防守浑河渡口图》显示，当时浑河沈阳段自东而西的八个渡口是：陵街渡口、王湾子渡口、杨官屯渡口、张官屯渡口、黄泥坎渡口、浑河渡口、夹河渡口、郎家堡渡口。这说明浑河的渡口随着时代变迁和经济发展，地点也在做着相应的改变，民国时多数已和清时不一样了。这种变化说明浑河通达海上的航运功能已经失去，渡口更多的是两岸之间摆渡所用了。这一点，成书于1935年，金毓黻总纂的《奉天通志》卷一百六十三航路下“沈阳条”已有清晰的说明：县境内唯有浑河可通航，“此水通航由来已久，夏季水深时由营口上溯可以输入邻省特品，顺流则装载粮石出境。兴京所产木材运入县境，尤以此为通津，比年南满铁道落成，百货皆遵陆运，加以铁桥横阻，航运已停。唯上游木筏犹沿河漂运如昔”。1942年，钢筋水泥的浑河大桥（今青年大街浑河桥西侧）建成，渡口功能亦渐弱化。1955年，罗士圈渡口附近又架起木桥；1964年，工农桥建成，浑河摆渡最终隐入历史，浑河八大渡口则成为缥缃回忆的前尘往事。

如今，浑河已变成沈阳的城中河，成为沈阳自然景观与人文景观最为集中和最为旖旎的文化廊道，18座各式壮观的大桥横跨两岸，自东向西，分别为高坎大桥（东四环桥）、伯官大桥、凤凰桥（鸟岛桥）、东陵大桥、新立堡桥、长安桥（王家湾桥）、东塔桥、长青桥、富民桥、浑河大桥、三好桥、南京桥（工农桥）、胜利桥、南阳湖桥、云龙湖桥、浑河闸大桥（西三环桥）、中央大街桥、西苏堡浑河特大桥（西四环桥），而且在富民桥与浑河桥之间还有五爱过河隧道。浑南浑北变通途，坐在游河画舫上，在暮春的朗照和细碎的波影中品茶谈笑间，不时穿过雄伟的大桥，桥上车流如水，两岸高楼林立，水边红蓼绽穗，美景如画，朋友连连赞美道：“沈阳真好！”

浑河晚渡

历史上，任何地方的“八景”都会随着城市的发展兴替和审美选择而产生相应的变化，有的昙花一现，有的逐渐消失，有的几度更名，沈阳也不例外。然而“浑河晚渡”作为昔日“盛京八景”之一，从康熙朝到民国初年，不管哪个文人的笔下，都会有它的位置，这说明历史上沈阳人的栖居离不开浑河，少不了在水之阳的诗意。

“八景”文化为中国所独有，它是对一个地方具有典型意义的自然与文化景观的统称，一般以八项最具标志的景观组成，并以四字命名。自从北宋沈括《梦溪笔谈·书画》记载了画家宋迪“潇湘八景”之后，千年以来，在中国的许多地方，大到一个地域，一座城市，小到一个村镇，一座寺庙、一座山、一所园林，都有“八景”之说。华夏大地，大大小小的“八景”举不胜举。这些“八景”中大都含有三方面的内容：一是自然景观，包括山川河流、芳草花树和日月星辰、烟雨风雪等自然景象；二是人文胜迹，包括聚落建筑、历史遗迹等；三是富有地方情韵的日常生活景观等。这三方面内容有时也会相互融合体现在“八景”中，如“浑河晚渡”就是自然与人文景观的融合。

“八景”作为传统景观概念的重要范畴，是人居环境颇具情趣的诗化文化现象，这一点也很能与德国古典浪漫派诗歌先驱荷尔德林所提倡的“诗意地栖居”所暗合。从这些“八景”中，我们可以看到中国历代先贤追求诗意栖居的影子。沈阳历史上自大清王朝迁都北京之后，这里作为留都或陪都，积聚着大量的名胜古迹和当地特有的民俗风情，因此吸引了大批文人墨客驻足于此，他们选择此地最具代表的标志性景观，以充满诗情画意的四字词语作品牌标示和地方名片，并赋诗咏志以表达赞美之情，从而为后人留下了一笔宝贵的文化遗产。

不同年代的“盛京八景”在一定程度上浓缩了沈阳历史上各个阶段自然与人文的标志性文化景观，并随着时代的演变而不断更新，体现了城市的变迁过程。沈阳最早的“八景”当在清初顺治年间，据《东三省古迹遗闻》“沈阳旧八景”条记载：“沈阳新旧八景，邑乘详焉，尚有所谓旧八景者，即庙里有井、井里有庙、人从碑下走、水自桥上流、铜匾一块、铁匾一块、和尚枕着城头睡、金钱眼是也。”这所谓“八景”虽是八种，但按常规，既非每景四字，亦缺诗意，当是民间所传，非文人墨客所选。康熙三十四年（1695）秋天，被流放沈阳第13年的翰林陈梦雷辑选出了“留都十六景”，这是目前所见沈阳最完整意义上的“八景”，基本囊括了清初沈阳最具特色的自然与人文景观，因此成为后来各种“八景”所宗法的蓝本，且每景赋五言律诗一首。“留都十六景”中第一次出现了“浑河晚渡”，并赋五言律诗：“羁人当日暮，最易起乡愁。况值他乡客，争喧古渡头。飞飞林外鹊，泛泛浪中鸥。天地皆行旅，何须问去留。”此诗以浑河晚渡暮色苍茫，归鹊绕林之景，抒发了一位贬谪之人的乡关之情，由此不仅让沈阳诞生了一个最有名气的“八景”胜迹，也为沈阳文化史上留下了一个不朽的诗意符号与文化品牌。

“浑河晚渡”在什么地方，最直接的证据是清代同治年间成书的刘世英《陪都纪略》所载外圆内方的《沈阳城垣图》，此图标有“留都十景”之位置，其中“浑河晚渡”标在图的左下方城南浑河北岸“十里码头”处。依此图所示，当在今天和平区沈水湾公园至罗士圈公园之间，当代恢复的“浑河晚渡”景观位置，大致相仿。

当年，代表“浑河晚渡”之景的十里码头在浑河八大渡口中最为繁华。20 世纪 90 年代，著名学者刘振超先生曾有一段时间集中做浑河晚渡的民间调查。他告诉我说，十里码头正如其名，规模很大，渡口有一个大码头，两个小码头，大小帆船来往停靠连成一片。码头所涉范围大抵今天的西起新华广场、东到三好桥、北到光荣街，是沈阳最为热闹的场所之一。2005 年春，当年十里码头地区棚户区改造，曾挖出七个近千斤重的大铁家伙，人们以为是炮弹，后经相关专家辨认，原来是当年码头上系泊船只的铸铁缆桩。于此亦可见当年十里码头的规模。

| 浑河晚渡 |

十里码头所在的“浑河晚渡”当年是怎样一种景色，我们今天已难以见到，只能从陈梦雷及以后诗人的描述中猜想大概。陈梦雷所作“留都十六景”在当时诗人间多有唱和。1691 年就被流放到沈阳，与陈梦雷相交往的著名火器专家、诗人戴梓依其韵所和最为知名，《耕烟草堂诗钞》收有这首《浑河晚渡》：“暮山衔落日，野色动高秋。鸟下空林外，人来古渡头。微风飘短发，纤月傍轻舟。十里城南望，钟声回戍楼。”戴梓不愧为著名学者和诗人，依韵和诗本就有局限，但戴氏此作却从限制中展现出高超的诗艺。全诗八句，每一句用一字动词串起全诗 16 种意象，每句两个细节意象组成一个动态画面，八个画面再组合成浑河晚渡的全景画面，从而将暮山衬托，落日纤月之下的浑河晚渡所独有的倦鸟回林、行人归渡之景生动展开，又以微风吹拂的短发和钟声杳渺的戍楼，曲折幽微地表达了谪居此地的孤愤与感慨。

正是因为陈梦雷“留都十六景”的独具只眼，再加上同时代诗人戴梓的唱和，遂使康熙朝之后的“盛京八景”知名度越来越高。

同治年间，出版了两部关于沈阳的典籍，一部是同治十年（1871）邸文裕编撰的《陪都景略》，载有“陪都十景”；一部是同治十二年（1873）刘世英编撰的《陪都纪略》，载有“留都十景”。两书所录“十景”略有不同，但都有“浑河晚渡”并题诗。邸文裕《浑河晚渡》云：“一勺水浑沦，百折入于海。时作不平鸣，清流清不改。”刘世英《浑河晚渡》道：“暮景河间系短篷，客旅无边渡口行。但听钟声出晚寺，归舟隐隐有无中。”刘诗意象纷呈，颇有入画感，读此诗即可映现当年浑河晚渡之情形，近景短篷系岸，人迹渐散；远景归舟隐隐，烟水莽苍；又有不远处山门寺悠悠钟声，与渡口之情景，声画互补，杳渺之意境可谓出神入化。

到了光绪年间，著名诗人、翰林缪润绂综合前人之说，重新归纳，在《陪京杂述》一书中选出新的“盛京八景”并题诗，其中《浑河晚渡》写道：“城南九里余，行行唱官渡。河势东北来，风涛截行路。河岸人唤舟，波明起鸥鹭。车马何仓皇，欲渡安能驻。双浆划如飞，残阳下高树。”因为缪润绂当年的名气，其所提“八景”在社会上影响很大，20世纪初官修《沈阳县志》中的“沈阳八景”就是沿用缪氏版本，并为世人所称道，知名度甚至盖过写此景最好的戴梓的那首五律。

民国年间，“沈阳八景”也时有出现，如金梁辑著《奉天古迹考》中的“沈阳八景”没有了“浑河晚渡”，之后钱公来《辽海小记》中的“沈阳八景”则再度列入。伪满时期，《盛京时报》载有“奉天八景”，其中也有“浑河晚渡”。1946年之后，国民党统治时期的《东北先锋日报》评出的“奉天八景”不见了“浑河晚渡”。究其原委，一方面是“八景”随着城市发展和人们审美变化在自然调整，同时也是由于交通逐渐发达，浑河渡口的功能日趋衰落，已开始淡出了人们的视野。

如今，浑河已成为沈阳的城中河。当年“浑河晚渡”等“盛京八景”所寄寓的诗意栖居已成为沈阳人的现实。古渡头上，虽已不见短篷系岸，归舟隐隐，但可见一河两岸，多桥飞架，高楼画舫，尽呈无限风光。

鸟岛秘境

在农村长大的人，无论在城市里生活了多少年，也总摆脱不了身上那种“土”气，说得好听一点儿，就是对大自然的亲近感。晨起的鸟鸣，午时的蝉噪，晚间的蛙声，没有一样不亲切，没有一样不令人怀恋。当然，今天的城市已经与昔日大不相同，花木葱茏的小区雨后春笋般建了不少，躺在床上也能听得见鸟声了，但总还是缺少那么一点儿味道和氛围。好在这一缺憾很容易得到补偿，因为沈阳还有一个鸟岛。

鸟岛又名干河子岛，占地面积 49.26 公顷，位于棋盘山开发区

浑河河心岛——鸟岛 刘卓摄

境内，毗邻东陵公园和世博园，其实就是浑河的一个河心岛。因其形恰似一条巨龙卧于水中，得名“龙滩垂钓”，成为历史上著名的“辉山八景”之一。

鸟类的天堂
张庆东摄

今天的鸟岛已不见垂钓者，每天倒是迎来大批爱鸟赏鸟的人——因为这里已经成为沈阳唯一一座自然生态的鸟类观赏中心，岛上鸟类种数约占到全省鸟类种数的78%。

近水楼台，在沈阳生活了20多年，我不止一次登上鸟岛。特别是每年三四月间，春暖花开，鸟类在南方度过漫长冬季向北迁徙之际，浑河上“百鸟盘旋”的景象总是让鸟类爱好者乐在其中。这些长途飞行、需要歇歇脚的鸟儿为什么对这个小岛情有独钟？根据专家的说法，是因为它得天独厚的湿地环境，而且处在全球八大候鸟迁徙通道之一的东亚－澳大利西亚候鸟迁徙通道上。作为地球上重要的生态系统之一，湿地素有“地球之肾”的声誉，兼具淡水供应、食品供应、调节降水、调节空气、分解有害废弃物等功能。从生物多样性的角度来说，湿地将陆地、天空、水体连接在一起，丰富的水源和植被使其成为众多陆地动物、水生动物的生活场所，尤其是游禽、滨岸鸟类的天堂，更是为候鸟提供周到饮食和差旅服务的驿站。

鸟岛湿地的面积并不大，只有 10 万平方米，但水质优良、环境极佳。鸟岛植被原本就比较丰富，近年来又人工种植了大量油松、辽东桦、白蜡、落叶松、蒙古栎、白桦等高大乔木，培育了忍冬、红瑞木、柳叶绣线菊、黄刺枚、山梅花等灌木，总量达数十万株，再加上菱角、荷花、菖蒲等水生植物，让鸟岛成为一个集湿地、森林、河流、湖泊于一体的良好生态系统。漫步岛上，随处可见白天鹅、白鹭、灰鹤、斑头雁、孔雀、鸳鸯、鸬鹚、白鹇、红嘴鸥、鸵鸟等怡然觅食、戏水，对来来往往的游人爱搭不理甚至视而不见，完全是一副大摇大摆的主人派头。

在鸟岛常客的眼中，不同的季节，甚至一天里的不同时间，岛上都有不同的美。春季万物复苏，姹紫嫣红，天鹅在湖中优雅漫游，鸳鸯在情人桥下谈情说爱；夏季草木葱茏，绿意由浅转深，鸭、雀在树荫间小憩，丹顶鹤气定神闲地舒展翅膀，白鹤在苇塘中觅食；秋季层林尽染，蓝孔雀在黄金般的背景中惬意地抖动羽毛，蹒跚的鸿雁跟在母亲后面，在匝地的落叶间摇摇摆摆；冬季冰天雪地，一片肃杀，却还是有大雁和黑天鹅留下来，在浑河橡胶坝一带未结冰的水面上自由自在嬉戏，让寻踪而来的摄影师瞬间被打动。

最近一则让沈阳市民尤其是鸟类爱好者倍感振奋的消息，就是国家一级重点保护野生动物——中华秋沙鸭的光临。进入 3 月，鸟类摄影爱好者惊讶地发现，与天鹅、赤麻鸭、绿头鸭等老朋友一起抵达鸟岛的，还有一百多只苍鹭，以及数十只难得一见的中华秋沙鸭。中华秋沙鸭是中国特有的、第三纪冰川末期遗留下来的古老物种，名列国际自然保护联盟濒危物种名录，素有“鸟中大熊猫”之称。其实，全球现存中华秋沙鸭的数量比大熊猫还要少。说它“特”，还不仅仅表现在数量上。在鸭科动物中，大部分鸭类都是平扁喙，中华秋沙鸭与众不同，长了一个侧扁嘴型；除此之外，它的身体具有更好的流线结构，且覆盖着祥云式鳞状花纹，飞行速度比其他鸭类迅速不说，看起来非常漂亮，犹如一幅水墨丹青小品。不过最值得强调的一点也许是，中华秋沙鸭对水质、环境要求十分苛刻，通常被认为是“生态环境指标性物种”。它们能来鸟岛做客——据工作人员讲，这种现象已经连续好几年——正是对鸟岛生态环境的肯定和褒扬。考虑到中华秋沙鸭的“挑剔”，倘若它们在迁徙途中找不到合适的补给点，是很难飞到江南地区的。如此看来，鸟岛生态环境保护实在是责任重大。在这方面，鸟岛正本着“去伪存真，舍人工雕琢之精细，求浑然天成之朴素”的理念，人工辅助恢复自然景观，同时引进大批野生鸟类，使这里成为名副其实的鸟类栖息地和沈阳人亲近鸟类、亲近自然的乐园。

对我而言，即使没有中华秋沙鸭之类的“贵客”光临，鸟岛也是让人

| 中华秋沙鸭 张庆东摄 |

惬意的。尤其是清凉的早晨，或者落日时分，独倚一株古树，倾听远远近近的鸟鸣和潺潺水声，躁动的心也一点点沉静下来。鸟鸣山更幽，没错，此刻，闯入你脑海的正是南北朝诗人王籍《入若耶溪》里的诗句。在这样的意境中，你尽可敞开心扉，与大自然交流，与内心对话，总之从喧嚣的城市逃出来，抛弃人世间种种烦扰，小心擦拭蒙尘的感官和灵魂，在白桦林最温柔的光影中做上一帘幽梦，默默感受那份“时光未央，岁月静好”。

告别鸟岛，已然华灯初上。踏上连接北岸的大桥，举目望去，天柱山连绵起伏的暗影在眼前展开。这是一座无比熟悉但依然陌生的城市。呼啸的车声淹没了鸟鸣、淹没了诗意，让我心生怅然；眼前依稀还有归鸟的影子。倦鸟暮归林，浮云晴归山。其实，每个人都是一只倦鸟，每个人都梦想栖落在故乡枝头，每个人都渴望登上自己的鸟岛。

赛艇之都

一项水上最具动态力量与时尚美感的体育运动在沈阳母亲河浑河中心段展开，并由此获得“赛艇之都”的美誉，成为沈阳新时代拼搏进取的城市新地标与城市名片。

| 壮观的“赛艇之都” 张文魁摄 |

城市发展，不仅要创新进取，还要进步繁荣，达成生活的美好。美国著名社会学家刘易斯·芒福德在《城市发展史：起源、演变和前景》一书中认为，城市“是人类赖以生存和发展的重要介质。城市不仅仅是居住生息、工作、购物的地方，它更是文化容器，更是新文明的孕育所……人类文明的每一轮更新换代，都是密切联系着的城市作为文明孵化器和载体的周期性兴衰历史。换言之，一代新文明必然有其自己的城市，离不开城市的根本反思和进步”。经过阵痛和反思的沈阳人，对如何进行城市新文明建设做了多方探索与努力，最终达成日新月异的变化，其代表性的符号则是“赛艇之都”。

起源于18世纪中叶英国的赛艇运动，对大多数中国人来说在2008年北京奥运会之前鲜有人知。2008年北京奥运会，赛艇女子四人双桨决赛，由唐宾、金紫薇、奚爱华和张杨杨组成的中国队在最后冲刺阶段成功反超夺冠热门英国队，获得金牌。这是中国参加奥运会以来在赛艇项目上的第一枚金牌，中国队的夺冠，也宣布了欧美选手垄断赛艇项目金牌的局面成为历史。这是中国赛艇的经典一战，更是属于辽沈赛艇的传奇一幕。因为4朵“金花”中，有3位是辽沈人。

北京奥运会之后，赛艇运动在中国蓬勃兴起，走在前列的是辽宁，辽宁的领军者在沈阳。辽宁省赛艇队训练基地原来在大连旅顺，2016年8月，沈阳市赛艇队将训练基地迁到浑河，2017年，辽宁省赛艇队总教练姜海洋也率辽宁队来到浑河。从此，沈阳浑河赛艇训练基地成为中国北方乃至全中国最好的赛艇训练场。在5年多的时间里，沈阳浑河赛艇训练基地和沈阳市赛艇队培养出了大批优秀赛艇队员，不仅本地队员成绩突出，同时还向国家输送大批优秀运动员。2018年，在辽宁省第13届运动会上，沈阳市赛艇队收获35枚金牌中的11枚。2019年9月在奥地利奥腾海姆赛艇世锦赛上，中国赛艇队一举获得3金1银。来自辽宁省赛艇队的崔晓桐和刘治宇，分别在女子四人双桨和男子双人双桨比赛中夺冠，这两个项目均为奥运项目。2021 年 7 月东京奥运会赛艇女子四人双桨决赛中，中国组合陈云霞、张灵、吕扬、崔晓桐夺得金牌。而这些金牌选手和优秀赛艇运动员，很大比例都是沈阳人。如亚运冠军姜海洋、戴海振、陈乐，奥运冠军金紫薇、世界冠军王树娟、世界大学生比赛冠军王淼等都是地道的沈阳人，且几乎都是从浑河训练基地划出去的，获得东京奥运会赛艇女子四人双桨冠军的姑娘们就是在这里练了 4 年。所以业内人士说，沈阳浑河赛艇训练基地和比赛场地完全可以和世界上著名的瑞士卢塞恩与美国波士顿查尔斯河相媲美，堪称赛艇运动的金牌摇篮。

沈阳浑河赛艇训练与比赛场地位于沈阳市中心。流经此处的浑河豁然变宽变深，犹如一座城中湖，在长 8.5 千米笔直赛道上，最深处 20 余米，平均深度 10 米左右；最宽处 800 余米，平均宽度 400 多米。静水深流、波平如镜、水质清澈、水温适度。同时，这一段水域景观壮丽，运动员背划可参照物北岸有沈阳新地标建筑俗称“大钻石”的盛京大剧院和 K11 博览馆，南岸有赛艇、皮艇、划艇、摩托艇、冲锋艇齐齐叠放在岸边的盛京赛艇俱乐部，还有最早建造交通最为繁忙的浑河桥。从而使赛艇这项线条优美且力量感十足，最为优雅时尚的运动，与得天独厚的自然水景与现代壮观的两岸人文建筑浑融一体，形成国际一流的水上运动场和最美静水赛道。

如此具有国际范儿的赛艇水道，每年都会有十几支省市赛艇队在此集训，同时也引起各方的兴趣与关注。2021 年 9 月 17 日，新华社民族品牌工程服务“中国沈阳国际赛艇公开赛”专项合作签约仪式在沈阳举行，这是首个入选新华社民族品牌工程的文体品牌。根据协议，双方将在品牌推广、指数发布、智库研究、赛事传播、重大活动、专业影像、专业出版、“一带一路”走出去等领域开展全方位合作。由此，“赛艇之都”成为新华社、《人民日报》《光明日报》《经济日报》、中央电视台等各大媒体争相报道的内容，如《今天，浑河里划出了奥运冠军！沈阳打造“赛艇之都”未来可期》《沈阳加快“赛艇之都”的“艇”进之路》《沈阳划向“赛艇之都”》《“赛艇之都”“艇”进未来》《征战“赛艇之都”》《民族品牌工程助力沈阳打造世界级“赛艇之都”》《2022 浑河开桨季“赛艇之都”逐浪起航》等题目见诸各家媒体，引起世人的高度关注。

如今，每年一度的中国赛艇大师赛、沈阳国际赛艇公开赛与高峰论坛、沈阳青少年赛艇邀请赛等一系列重要体育赛事活动在浑河两岸展开。沈阳许多大学、中学都成立自己的赛艇队，为国家赛艇运动积累了丰厚的后备人才。盛京争渡，沈水竞舟，赛艇这种有着极高竞技娱乐、观赏价值和深厚文化内涵的运动，不仅充分体现“更高、更快、更强、更团结”的奥林匹克精神，还能全面地体现人与自然、人与社会、人与人之间和谐发展关系，

| 沈阳赛艇基地　张文魁摄 |

同时也高度契合沈阳城市转型和高速发展的精神格调。恢宏的历史，灿烂的文化，卓越的城市品牌，交汇着世界一流静水赛道的韵律。“‘艇’进浑河”已然形成了沈阳独特的城市气质和转型发展的文化坐标。“赛艇之都”的崭新形象，向世界唱响了最强的沈阳和中国声音。

“赛艇之都”在沈阳所代表的绝不仅仅是一条水域或一条赛道，它是一种奋勇向前、创新进取的城市精神和品牌精神。它的内核就是奋发进取，扬帆远行，再创辉煌。

梦回西峡

沿着浑河一路向西，在谟家堡大闸至铁西产业新城西边线之间，有一段峡谷地带，如今已被改造成为占地 3.5 平方公里的拥河绿带，名曰“西峡

谷”。站在观景台上，但见一湾碧水横贯东西，六个小岛错落水中，桥梁岸堤相互连通，凉亭栈道忽隐忽现，让我想起明代园林专家计成在《园冶》中营造的那种意境：“江干湖畔、深柳疏芦之际，略成小筑，足征大观也。”

没想到，与“关东第一才子”王尔烈的第一次“邂逅”，居然是在这里，是因为镌刻在观景平台上的那首诗：“沈水西峡隐奇观，芳林幽草马不前。圣境仙风三忘返，分明关东桃花源。”诗未必好，但因为出自王尔烈之手，而且关系到“西峡谷”的命名，就有必要讲一点儿这位才子的轶事。

王尔烈（1727—1801），字君武，别名仲方，号瑶峰。祖籍河南，生于辽阳。一生以诗文书法、聪明辩才名世，曾参与纂修《四库全书》。据说，王尔烈平生最得意两件事。

一件是乾隆四十年（1775），他当时担任会试同考官，一位江南举子颇为自负，在贡院门前贴出了一副上联：江南多山多水多才子，征求下联。

| 浑河西峡谷 张庆东摄 |

一位山东举子以“山东一山一水一圣人”对之。因上下联“山水”二字重复，并不工致。王尔烈颔首一笑出来解围，吟出“塞北一天一地一圣人”的下联，并解释道：塞北是大清发祥之地，江南纵有千山万水，全包含在天地之间，再多的才子也顶不过一个圣人。此联此语一出，南北举子皆服。“文压三江”的典故即源于此。

一件是嘉庆元年（1796），时值王尔烈70岁寿辰，同朝为官的僚友刘墉、纪昀、翁方纲、王念孙、程伟元、伊秉绶等125人创作字画126幅，制成九条屏为王尔烈祝寿，一时传为美谈。这些人个个都是乾嘉时期的名流，他们如此给面子，一方面可见王尔烈的人脉，另一方面可见其为学为文为人的影响。事实上，对于这位出生在关东的老朋友，纪昀和刘墉都厚爱有加，前者称他“鹤立霜林，神骨耸秀”，后者赞之曰“骨气乃有老松格，声名须共古人期”。

其实，王尔烈与沈阳的缘分并不止“西峡谷”这个名字。嘉庆四年（1799），72高龄的王尔烈告老辞官，离开京城，过浑河西峡谷返回原籍辽阳，旋即返回盛京，执掌萃升书院两年之久，直至去世。王尔烈的到来，使萃升书院名声大振，关东学子趋之若鹜，以能同王尔烈切磋为荣。王尔烈还亲题匾额，悬挂在书院大门之上。他的字宗法二王，骨肉匀停，遗憾的是，这块宝贵的匾额后毁于入侵俄军之手。

斯人已逝，风景长留。面对眼前的西峡谷，想象着两百多年前王尔烈策马而行、踟蹰河畔的身影，我不禁思绪万千。是啊，“芳林幽草”仍在，但此风景早已不再是乾嘉时代的悠悠烟水、澹澹云山、泛泛渔舟、闲闲鸥鸟，更不是让诗人流连忘返的“桃花源”。今天的西峡谷犹如一幅充满自然气息的写意画，镶嵌在高楼大厦和熙熙攘攘的车辆、人流之间，简洁明快、运动时尚，笼罩着浓浓的现代味道。更准确地说，是一种打着铁西区烙印的工业味道，比如百岁墙上铭刻着的优秀铁西人的手模，再比如太阳广场上耸立的那 16 根天然多棱石晶，它们如机械锻造般挺拔向上，展示了铁西人的精神，表达着对力量和阳光的热爱，演绎着工业文明和自然文明的有机融合。

在西峡谷的 15 个主要景点中，总面积 10 万平方米的观景平台位于景区核心位置，宽阔而平坦。站在这里，不仅可以饱览远近美景，亦可观察人生百态：跳健身操的老人，蹬脚踏车的恋人，放风筝的中学生，吹肥皂泡的小朋友……偌大的广场上，处处洋溢着欢笑、自由。在观景台左右两边，各有 15 米高的灯塔一座，塔分四层，内设水吧、瞭望台等，是景区制高点，也是景区标志性建筑之一。如果你想居高临下地欣赏西峡谷美景，那里就是最好的选择了。

| 俯瞰浑河西峡谷　刘宝成摄 |

下观景台，走过阶梯和木栈道，就是奇石岛。峡谷里当然不缺石头，不过，在这个小型石头博物馆，你可以看到阜新的玛瑙石、岫岩的玉石、鞍山的铁矿石、本溪的紫云石、海城的太湖石、调兵山的玄武岩……也感受到时间的硬度。它们来自全省 14 座城市，经过岁月的淘洗和自然的冲刷，每块石头都形成了独特的纹理，再加上工艺美术大师的匠心，更显得光彩照人。西峡谷是很会拿石头做文章的。除了奇石岛和太阳广场上的玄武岩石阵，我在景区东北角细河 U 形谷处还看到一块巨大的云石，据称重达 20 吨，立于被玻璃罩住的支柱之上。绿油油的草坪、湛蓝蓝的天空、横空而出的云石，让人感到莫名震撼，这固然是因为其色彩、构图之美，但在我看来，恐怕更是因为力量的对比和反差，以及其中演绎着的轻与重的哲学。

其实，西峡谷的建设，一直坚持绿色低碳理念。人文元素也好，工业元素也好，都是以自然元素为底色，避免破坏生态的和谐。诗意满满的“纳雨湖”可算一个成功标本。伫立湖边，你可以看到木板桥如波浪一般起伏，细密的白石子铺陈在清澈的湖底，不时有成群的鸟儿飞来飞去……说起来难以置信，这个小小的湖泊竟然是靠天然雨水维持的。换言之，它是利用现代化的雨水收集系统，将周边景区如蚂蚁王国等区域的雨水收集起来，不让它们白白流失掉，巧妙地造就了人工湖、飞瀑等养眼的景观，可谓取之于自然用之于自然。

今天的西峡谷，是现代人趋之若鹜的乐园；王尔烈时代的桃花源，唯有梦里可见了。

沈水三叠（上）

在沈阳住了 40 多年，虽然几次搬家，但搬来搬去，最终还是回到新乐附近，是与 7000 年前的新乐人有缘，每每外出时都能从他们的部落前经过，并多次入馆，细读这里的每一件展品。最能引起我思考的是展馆橱窗里那幅沈阳地区古代地貌图，图上示意性地标出了浑河几次改道的路径。我在这张图前伫立许久，眼前沈阳城的三叠水系，让我心头悸动，它再度勾起了我对沈阳城前世今生的诸多思考。很多喜欢城市的人，只迷恋城市的大街、高楼和夜生活。其实，这样对待城市是一种短视甚至苍白。如果城市的记忆不从一条河流讲起，那就是基本不了解这座城市。因此说想了解沈阳，就应当从浑河开始，从浑河千万年以来的三条河道，三叠波影开始。

如果说城市是一个大合唱的舞台，那河流就是舞台上的五线谱。如果城市没有河流，就如同一台音乐会缺少了配乐，而没有了生动、秩序与格局。沈阳城自古以来就是三川环绕，辽河拱其北，浑河穿其南，蒲河居其中。如今随着城市的发展与扩大，浑河、蒲河均已成为城中河。尤其是自沈阳向南发展战略确定之后，以浑河为界，沈阳已形成南北新旧两大城区。沈阳的“一河两岸”格局已然形成，浑河不仅是沈阳的母亲河，同时也成为

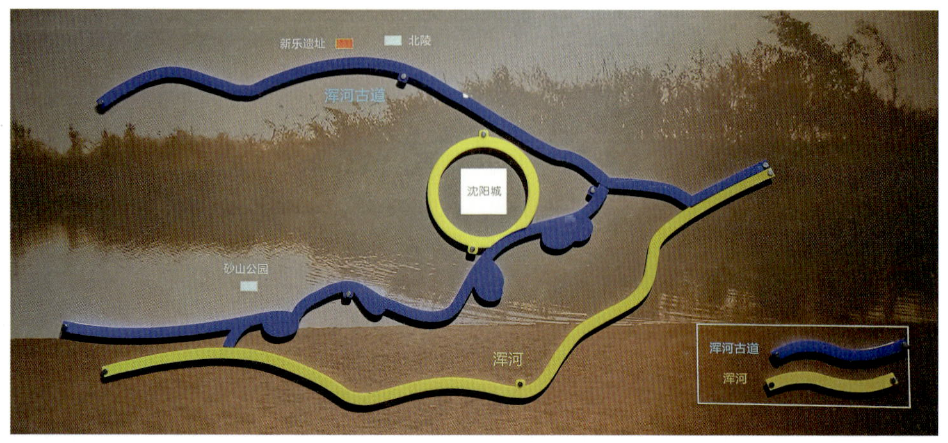

| 沈水三叠：浑河两次改道示意图 |

与市民和生态发展息息相关的城市内河。这座城市不管是 11 万年的人类活动史，还是 7200 年的人类生活史，抑或 2300 余年的建城史和近 400 年的都城史，从来都是让浑河牵着走的历史，浑河往哪里改道，城市就往哪里发展，城市随着“沈水三叠”而存在，而壮大，而辉煌。在浑河改道而留下的三条河道所谱就的城市三叠曲谱上，从候城、玄菟、乐郊到沈州、沈阳路、沈阳中卫，再到盛京、奉天、承德，直至今天的沈阳，这座城市舞台上弹奏出了一个个历史性的高潮。而这一切都缘于母亲河的三叠效应。

浑河进入沈阳最早的河道我们目前所知是从沈抚交界处的下木厂经东陵天柱山和沈阳农业大学前，流经二台子关帝庙、昭陵、新乐遗址、塔湾南，到丁香湖后向西。20 世纪 80 年代，沈阳的水文地质工作者曾经对北运河即新乐遗址南部的河道进行过考察。从新乐遗址台地下的沙河子到塔湾的勾连屯，曾挖开过 10 多个沙坑，沙坑的底部都在距今地表的 15 米之下，说明古浑河的河床比今天低上 15 米，古河床的底部散布着许多粗大笔直、保存良好的榆树古木。人们对其中的一棵进行测年后，其埋藏时间定在 7340 年上下。也就是说，在新乐下层的同期，浑河的古河道里正在经历着一个凶猛的洪水泛滥期。另外，考古学家还发现，在新乐二期，也就是距今约 5000 年的偏堡子文化层，也存在着一个洪水泛滥期。

从新乐往西，在今天的丁香湖地区，早年是沈阳最著名的采沙地，因为大量采沙所以才有了今天的丁香湖。为什么这里有这么丰富的沙子资源呢？说明这里原是浑河古河道，最早的浑河是经这里一路向西的。由此我们就大略可以勾画出沈阳城最早的浑河是在大致现在的北运河一线，即后来称为“沈水”的第一叠。

沈水一叠的贡献是让沈阳在 11 万年前就有了人类。他们在如今沈阳农业大学的后山上活动，滚滚的浑河水从山前流过，为他们的生存提供了水源，同时也创造了渔猎条件。11 万年之后，当沈阳人发现这个遗址，在感到惊奇的同时，又佩服祖先的智慧，那时他们就会利用浑河，开始“一河两岸”的幸福生活。

当然，沈水一叠的最大贡献还是新乐文明。7000 多年前的新乐人临水而居，选择了沈阳北部这第一个高台地，创造了举世皆知的新乐文明。

20 世纪 80 年代初，我大学毕业后住在新乐附近，有幸认识了住在新乐电工厂的北陵公社农业技术员孟方平先生。他从关注散落的陶片开始，成为新乐遗址的最早发现者和研究者。我在写作《发现太阳鸟的人》时他为我提供过许多资料。对于当年的新乐地区，他曾诗意般地向我描述说：“这里在距今 7000 年的时候，浑河水浩荡西流，四季温暖，雨量充沛，草木繁茂。新乐人居住的台地上有以柞栎为主的阔叶林，林缘和河边坡地则有山杏、山里红、悬钩子、榛子等野生果树，河流两岸的平川地，则有茂密的榆木林，雨季到来，河水泛滥，水势凶猛，颓岸拔树。枯水季节，河汊纵横，池沼棋布，水族富饶，鸟兽群集。因为浑河，因为这样的自然环境，才养育出了新乐文明。”孟先生的描述，对照今天沈阳寒冷的冬天和不断干燥的风沙气候，新乐下层所代表的 7000 年前的世界，真是沧海桑田般的不同。

当年沈阳祖先新乐人傍河所居的浑河第一条河道存在了多长时间，史无说明，我们现在只能从有限的文字记载中略知在辽金之时，新乐前的浑河还没有改道。《东三省名胜古迹遗闻续编》中有这样的记载："省北八里村，有一关帝庙，曰观泉寺。……考辽金时，浑河之水，曾由寺前东流，故此寺名为观泉寺云。"由此可知，于观泉寺（现昭陵东观泉路附近）中所观之泉即为浑河，那时浑河尚未改道。这说明，浑河第一次改道最早也应在辽金之后。

浑河虽然改道，但其故道仍在，清初时为皇太极建昭陵时，陵前浑河故道仍有水流，建陵同时，还把浑河之水引进陵园内，使神道桥所在的玉带河能与河水相通。因此，后来的"昭陵十景"中亦有"浑河潮流"之一景。

沈阳的得名说法不一，专家学者也有不同意见，甚至有过争论。但更多人习惯上是接受沈阳之名因为沈水。山之北谓阴，水之北称阳，因沈阳城处于沈水之北故名"沈阳"。沈阳为什么会在沈水之北？这说明是因为

| 浑河岸边的盛京大剧院与 K11 博览馆夜景　于鑫摄 |

浑河的向南改道，即二叠浑河位于城市之南，并称为沈水，所以才有了沈阳之名。

浑河何时有了“沈水”之别称?《奉天通志》说：“浑河之名，著自辽史。”说明在辽时就有了浑河之名，而非民间所说的努尔哈赤为了迷惑明军故意以马粪将河水弄浑，才有了浑河之名。成书于元世祖至元三十一年（1294）的元朝官修地理总志《元一统志》有这样的记载：“浑河，在沈阳路，源出废贵德州（今抚顺老城）东北，西南经沈州南一十五里，辽阳西四里会太子河，合辽水南注于海。旧称沈水。水势湍激，沙土混流，故名浑河。今水澄澈，遇涨则浑。”所谓“旧称沈水”，当指元以前的辽、金时代，或许更早的时候也未可知。正是因为辽代以前浑河就已称“沈水”，所以才有了《元史・地理志》记载元世祖忽必烈至元二十七年（1290），将沈州径直按“水北曰阳”的原则改为了沈阳路，由此历史上有了“沈阳”之名。而这一切，都是缘于浑河的第一次改道，即二叠沈水。

辽金之后，浑河改道现在的南运河一带，从下木厂经东塔、小河沿、万柳塘、青年公园、南湖公园、罗士圈西流。沈水第二叠大约只存在了百余年，即在元末明初时再次向南改道至今天的浑河。

再次改道的浑河故道亦如昭陵、新乐前的故道一样，很长一段时间内仍然水流不断。所以明初成书的《辽东志》和《全辽志》等书都称其为“小沈水”。《盛京通志》在上卷二十五“山川”一节里，谈及盛京城南那条河时也说：“小沈水，城南四里，俗名五里河。自东关观音阁东泉眼发源。一曰万泉河，至骡子圈，南入浑河。”这说明在《盛京通志》编撰的乾隆年代，小沈水已经是自“泉眼发源”，通过大量地下水源来补给的内河。

沈水三叠（下）

浑河改道形成的二叠沈水，同样为沈阳城的形成创造了新的格局。这就是在自然生态上留下了有“小沈水”之称的万泉河，即今天的南运河，在人文建筑上则有了沈阳故宫与沿河所建的公馆与名园。

由浑河故道所形成的“万泉河”有浑河水在地下伏流，当然会呈现“珠泉万孔”的壮观景象，民国初年《沈阳县志》记载，万泉河源出观音阁之涌泉，

| 南运河　张庆东摄 |

西向流入浑河，俗呼小河沿。清波一泓，珠泉万孔，以四时不涸而闻名。从康熙年间陈梦雷“留都十六景”中的“东园泛菊”开始，历代“盛京八景”几乎都少不了万泉河，或是“万泉垂钓”，或是“万泉莲舟”，或是“柳塘避暑”，而万泉河也由此成为沈阳城中一条著名的诗人之河，历代咏万泉河的诗有几百首之多，足可编成一部《万泉诗集》。同时，沿河出现了许多知名公馆，如保留至今的赵尔巽公馆、吴俊升公馆、杨宇霆公馆等。还有如也园、半可亭、鸥波馆等好听的景观建筑。

1952 年，为了彻底治理沈阳城中的这条名溪，市政于东塔闸口引入浑河而来的北运河水，使万泉河水量开始增大，并形成今天的南运河带状公园。它东起东塔闸门，蜿蜒 14.5 公里，贯穿大东、沈河、和平三区，串起万泉公园、万柳塘公园、青年公园、鲁迅儿童公园、南湖公园，最终于浑河北岸山门寺西的龙王庙闸门入浑河，从而使万泉河获得新生，二叠沈水成为沈阳城中知名的南运河。

因为二叠沈水，当年明代建沈阳中卫城和清代建皇宫时就自然选择了现在的位置，这个位置不仅是真正意义的“沈阳”，同时，也是城北浑河故道和城南浑河及小沈水之间的相对高地，沈阳的第二条“龙脊”。

对于这一点，著名学者张志强先生曾这样向我介绍：沈阳市区西部是辽河、浑河的冲积平原，而市区中心则由新、老两大浑河冲积扇构成，总体地势由东北向西南缓缓倾斜。扇面的高点在大东区，海拔约在 65 米；最低处在铁西区，海拔 36 米。落差 29 米。皇姑区、和平区和沈河区的地势，略有起伏，高度在 41 到 45 米之间。值得一提的是，在扇面沿中轴的位置上，也有一道由东向西隆起的线，从东陵起、经沈阳故宫向西连到沈阳站。明、清时期的沈阳方城就在这条线上。这条线是沈阳市内地表径流的分水岭，也是老沈阳人眼中在城北天柱山到昭陵、新乐之外的另一道“龙脊”，而沈阳故宫则建在这条“龙脊”上。

有“小沈水”就一定有相对应的“大沈水”，“大沈水”在哪，那自然是今天的浑河，这也是“沈水三叠”中的第三叠，即浑河第二次改道后所形成的今天的浑河。

浑河在20世纪80年代还在沈阳城市南郊，今天已变成城中河。经过几十年的治理，尤其是21世纪沈阳向南发展战略确定之后，以浑河为界，沈阳已形成南北新旧两大城区。沈阳的“一河两岸”格局已然形成，浑河不仅是沈阳的母亲河，同时也成为与市民和生态发展息息相关的城市内河。如今，浑河沈阳城区段已架起18座桥梁，两岸在自然生态上已达成水清、岸绿、景美、路畅的目标，城市滨水形象蔚成大观。尤其是两岸大量花草树木的栽培，芦苇、菖蒲、白茅、荷花、百合、郁金香、油菜花、海棠树等，不仅护岸保堤，形成“蒹葭苍苍”“荻花瑟瑟”的诗意景观，同时众多特色花园也让浑河成为著名景观带。同时浑河两岸的人文景观也是星罗棋布：鸟岛、五里河公园、赛艇基地、游船码头、盛京大剧院、足球公园、钢琴广场、城市会客厅、北岸书房、沈水湾公园、云飏阁、山门寺、浑河晚渡、足球博物馆、西峡谷等。它们成为这座城市不可或缺的水上文化廊道和最靓丽的一张名片。

浑河在一个城市里的两次改道，形成三叠沈水，这在世界所有城市中也是不多见的。如果说城市是一个大合唱的舞台，那河流就是舞台上的五线谱。如果城市没有河流，就如同一台音乐会缺少了配乐，而没有了生动、秩序与格局。沈阳城从来都是让浑河牵着走的历史，浑河往哪里改道，城市就往哪里发展，城市随着“沈水三叠”而存在、壮大和辉煌。在浑河改道而留下的三条河道所谱就的城市三叠曲谱上，从候城、玄菟、乐郊到沈州、沈阳路、沈阳中卫，再到盛京、奉天、承德，直至今天的沈阳，这座城市舞台上弹奏出了一个个历史性的高潮，而这一切都缘于母亲河的三叠效应。

作家苏童在《河流是一个秘密》中说：“河流在洪水季节获得了尊严，

| 今日浑河 张鹏摄 |

它每隔几年用漫溢流淌的姿势告诉人们，河流是不可轻侮的。”浑河对于沈阳来说，就是一部交织在一起的社会史与自然史，关注沈阳，研究沈阳就不能不关注浑河，就不能不关注浑河的昨天、今天和明天。

然而，我们多年来对这条母亲般的河流却索取得很多，关注得太少，包括我们的祖先。比如在乾隆皇帝下令修撰的《四库全书》里竟找不到一篇来自东北、关乎东北的地方文人笔记，更不用说是浑河。这对研究过去浑河的记忆无疑是个巨大的障碍，从而才让浑河的身世变得扑朔迷离，直到今天，连沈阳的名字到底是不是因为沈水而来仍然在聚讼不已。包括我们许多关于沈阳城市史研究著作也多是侧重地理学和城市建设，诸如产业转移、城市格局、城市化、城镇群的兴衰、城市交通及相关的社会分析为主，关注的往往是重大历史事件、地缘政治格局、经济模式变迁等，而很少关注或根本不涉及河流变迁与地域地景的意义及相关历史关系。其实，一个城市的历史进程与发展和这个城市的河流变迁及地域地景是有着绝对关系的。

由此，我们必须尊重河流，敬畏河流。不可否认，人世间存在着“河流美学”，更有“河流经济学”。但如果我们只注重河流的这两种价值，那河流不是变成卧室里的风景画，就是商人眼中的摇钱树，它似乎就脱离了奔腾咆哮或是浩瀚汪洋的自然属性，而成为人类的负担。

古人敬重河流的方式是建庙，建河神庙。河神是什么，是龙王，所以一般的河神庙都是龙王庙。在浑河进入沈阳的下木厂，乾隆年间就曾修过一座河神庙，拜的就是水中龙王。因为那个地方是沈水三叠的交汇处，也是浑河最为脆弱的地方，大水小水，放水截水，都需要龙王的点头，说明古人要相地时，对地形地貌都有着直接的感受。他们是很小心的，甚至很害怕的，所以要去建庙拜神。这是对河流的敬畏，也是对神明的敬畏。相比我们今天的选址造景，甚至连地方志都没有读过，就规划布局，随意而为，既不敬畏河流，也不敬畏神明，更缺乏历史尊重与生态科学，说到底只是政绩的炫耀，甚或是个别权力资源的外溢。

许多道理不用细讲，任谁都明白。当人类之于自然的力量越小，调动资源的能力就越差，所以就会因水而聚，傍水而生，并且，一路跟着水源的变迁而变迁，跟着河流的兴衰而兴衰。只是到了现代社会，这个原理似乎不成立了，因为我们看到许多沙漠里建起了现代化的城市，大河也可以做到南水北调。但是，这代价一定是巨大的，尤其是对于城中的母亲河，最好的方式还是敬畏她，尊重她，关爱她。因为她的信仰是海洋，我们永远都是她的子孙。

河流是历史，两岸是未来。浑河两岸的广阔空间留给了母亲河的子孙们，相信我们会在两岸描绘出最美的图景，为三叠沈水奏出最好的乐章。

城中有万泉

沈阳有“万泉河”，还有“万泉公园”。“万泉”这名字好听极了，不是哪都能有的。中国除了沈阳，只有北京和海南岛有“万泉河”。连素

| 俯瞰万泉公园 朱景星摄 |

有“泉城”之称的济南都不敢称“万泉”。汉时山西运城有个“万泉县”，以城东山谷中有井泉一百余口而得名，后改名万荣县，那井泉一百余口的地方只能称“万泉乡”了，声名当然远没有沈阳“万泉”叫得响。

沈阳的“万泉河”形成于何时，今已很难确认，明初成书的《辽东志》和《全辽志》等书都称其为“小沈水”。从这一称呼看，它的成因当与浑河第一次从沈阳北郊改道“城南四里”有关。我们知道，浑河旧称“沈水”，它这次改道的时间大致在辽金之后，走向为万泉河，即今天南运河的大致位置。浑河第二次改道则是从万泉河改至今天的浑河位置，时间最早应在元代。浑河二次改道后留下的旧河道仍有水流，从而形成浑河的分支，因此才称其为“小沈水”，即从沈水派生出来的。并说：“小沈水，东自浑河分流，至城东折流而南，傍城西流，复入浑河。”“复入浑河”的万泉河不仅成为城中著名水道景观，而且还解决了沈阳城的排水问题。今天的沈阳故宫和太清宫内地势虽低，但多雨季节从未有水患。于是民间就有当年邓公池

| 万泉冬景　牛恩坤摄 |

设计盛京皇城，地下留有七十二条堆石所成的排水系统，谓之“七十二地煞”，又名“七十二坑”的传说。光绪时著名诗人缪润绂《沈阳百咏》第二首也写道：“潦水无劳闸放行，不愁春雨涨连城。雨晴恰称妾心意，七十二坑春水平。”诗下按语说：“城内有池七十二，土人谓之泡子。春夏之交雨潦归泽，水不外泄而无泛溢之虞。城内资其潴蓄，为不时之备云。”缪氏所说“七十二坑”为“泡子”即池塘，与民间所传“七十二地煞”或有区别，但无论如何，这七十二陂春水的去向先是古城四周的护城河，再由护城河通向万泉河，最终排往浑河。在这其中，万泉河起到了承上启下的排水作用，同时还形成浑河的一个支流。到了清末之时，《光绪二十年奉天全省府州县地舆图志·承德县图》仍标绘小沈水是浑河的分流。到了《沈阳县志》中，则说“源出观音阁之涌泉”，这说明小沈水最晚在晚清时期就已由浑河支流变成了河道已淤、伏流地下、涌泉地上的“万泉”了。

由浑河故道所形成的“万泉河”有浑河水在地下伏流，当然会呈现“珠泉万孔”的壮观景象，并引起世人的注意。光绪四年（1878），沈阳人缪润绂的《陪京杂述》刊刻出版。在这本书的“卷首”中“盛京八景”条中就有“万泉垂钓”，并注云“在抚近门外”，还附有五言诗一首。在同书“胜境”中记“观音阁”一条说：“在抚近门外，东曰龙母庙，西曰三义庙。南对黄山一带，岚翠扑人，俯临万泉河，河水清澈可爱。”这说明早在光绪初年，“万泉河”已在沈阳成名，并成为一处世人关注的自然景观。

到了1906年，沈阳城内一位沈姓的士绅开始在这里疏河铺道、种花植树、点缀林泉，并修建水亭、茶榭、酒肆、舞台、戏棚、集市等，使这里形成既有亭台水榭的公园，又具热闹繁华和商业雏形的“杂巴地儿”。一年之后，沈氏将公园资产转让给天水氏。天水氏接手后又在公园内增建了津桥、鸥波馆、游船等。不久，公园再次转归赵氏，后来又归东三省官银号，并设专员管理。到了清末宣统年间，万泉已成为沈阳最具自然景观的游览胜地，来沈阳的外地人大都会到万泉一游。

1915 年，万泉公园里又建了方亭、温室等，还饲养了驼、狼、熊等少量动物，开始仿京师万牲园（今北京动物园），向公园和动物园相结合的雏形发展。1920 年，东三省官银号又将所经营的菜园、花圃、鱼池、球场等并入小河沿，还开挖了一条人工河让原来的两湖相通，构成对称的环形湖，湖上有两桥，名“落霞”与“卧波”，每年荷花盛开之际，公园里都要举办盂兰灯会，赏荷花，观河灯，游人云集，热闹非凡。所以民国初期金梁《奉天古迹考》和后来的《东北先锋日报》等评选“盛京八景”时，万泉公园分别以“万泉莲舟”和“万泉扁舟”入选。

新中国成立后，随着城市的不断扩大，万泉已从当年的“东关外”变成了城中园，万泉河经过疏浚，引入浑河水，变成南运河，继续担当城市排水的重要作用。1979 年，万泉公园改称“沈阳动物园”，修建了当时全国一流的熊猫馆、长颈鹿馆、狮虎山、猴山、水禽湖等建筑群，有珍禽异兽 130 多种，成为城中人接近自然、与动物为友的乐园。逛万泉“沈阳动物园”成为那个时代沈阳人最难忘的记忆。记得 1978 年我考入沈阳师范学院来到沈阳，去的第一个公园就是这里，那时“鸥波馆”还在，很喜欢这三个字，佩服当年的沈阳人真是有文化，能起出这么好听而有诗意的名字，足可以和北京颐和园的“听鹂馆”相媲美。

2000 年 9 月，沈阳动物园迁移到棋盘山。2001 年这里重新更名为“万泉公园”，2008 年万泉公园重新改造，成为完全意义上的以泉为主的生态公园。城中万泉，花溪柳韵，历史上的沈阳第一公园，遂成为市民游览、休闲、运动、健身的公共乐园。

小河沿，大历史

在沈阳，万泉河又称“小河沿”。这个名字听起来就有历史，考古学界有“小河沿文化”，那是在内蒙古敖汉旗小河沿乡发现的距今5000年的新石器时代遗址。沈阳“小河沿”的历史虽然远没有那般悠久，但沈阳自清末民初以来的许多大事都与这里有关。

沈阳人意识里的“小河沿”有两个概念，一个是万泉河、万泉公园的别称，如成书于民国六年（1917）的《沈阳县志》曾有这样的记载：“在邑城抚近关（大东关）之东，源出观音阁之涌泉，西流入东水栅栏至魁星楼，过虹桥折西南注逾南水栅栏，与二道河会，俗呼小河沿，即小沈水也。清波一泓，珠泉万孔，而四时不涸，故又名万泉河。”这说明早年的万泉河之源在观音阁遗址即今天的万泉公园，是因浑河故道地下涌泉所形成的源头。沈阳解放之前，万泉河风光不再，已沦为时常断流的臭水泡子。1952年经过重新治理，使名溪焕发新貌，形成今天的南运河。“小河沿”的另一个概念则是今天滨水的小河沿路。今天的小河沿路沿着南运河北侧，东北起自长安路和大东公园，与航空路，凯翔一、二、三街，堂子街，小什字街等呈丁字形相交，与滂江街交叉穿过，环绕万泉公园北侧，西至大什字街

| 南运河带状公园之南湖公园　张庆东摄 |

和万泉街，与东滨河路相接，双向二车道。两方面结合，其小河沿的地理方位则基本清晰，而中心位置则在今天万泉公园北岸。

自清以降，小河沿一直都是沈阳城里最热闹的地方。一河之中，碧水清涟，珠泉万孔，四时不涸，自春到秋，水草丛生，荷叶田田，红裙画舫缓荡清歌，尽呈无限繁华；河沿之上，到处是木荫亭榭，还分布着上坎胡同、周家园子胡同、声闻胡同、听雨胡同等特色胡同，成为文人名士和市民最喜欢的流连吟赏之处和游憩之所。自清康熙朝开始，历代“盛京八景”都缺不了此处景观，从陈梦雷的“东园泛菊”“龙石观莲”到刘世英、缪润绂的“万泉垂钓”，再到金梁的“万泉莲舟”，作为沈阳名片，万泉河、小河沿有着极高的知名度，居沈的诗人几乎都为其写过诗作。

小河沿最为繁华的时间是每年夏季，届时，盛京城内一些剧场、商号、茶馆，纷纷在这里搭建席棚，设立业点，有说书的、唱戏的、打把式卖艺的、拉洋片的、变戏法的、相面算卦的、卖膏药大力丸的，成为沈阳地方又一

清末时的
沈阳小河沿

处五行八作、群拥嘈杂的“杂巴地儿”。诚如民国著名诗人张之汉在《万泉河杂咏二十四首》其十一中所写“清明翻画上河图”句下自注：“鱼龙漫衍，百剧杂陈。清明上河之会，仿佛遇之张择端，宋画史上河图出其手。”当时，说书的聚在藕香榭，说相声、变戏法的来凝香榭，唱评剧的在福兆春，演杂耍的上倡观楼。随着水陆舞台的建立，各类艺术名角纷纷聚此演出。东北大鼓艺人刘问霞、霍树棠、张筱轩，奉天落子演员李金顺、筱桂花、筱麻红，皮影匠苗志用、张志绳，相声大师万人迷、人人乐，魔术大王韩敬文等都曾在小河沿献艺。其中民国初年人称“万人迷”，有“八德”之誉的著名相声大师李德钖，在北京、天津成名后，于 1925 年又只身闯关东，在小河沿的“凝香榭”茶社说单口相声，场场爆满。盛京城里小河沿，人人争说李大师，李德钖成为名副其实的“万人迷”。一年以后，李德钖染病不起，为不影响别人，他只身出走躺倒在小河沿的一条壕沟里，凄然而逝。李德钖出殡时有近万人送葬，沈阳第一代相声演员朱凤岐以相声语言作祭文诗以悼：“风神爷吹起喇叭，七仙女天上散花，众亲友前来送行，罕王爷派人接他。”

因为小河沿优美的自然风光，再有魁星楼和观音阁等知名建筑于此，从而令清末及民国的许多人都看中了这块地方，兴建医院、公馆、私宅等。如光绪九年（1883），苏格兰医生司督阁就在小河沿的一高地上买到一处住宅，创办了东北第一家西医诊所——盛京施医院的前身（原址即今辽宁省肿瘤医院），从此东北开始有了西医。清末东三省总督赵尔巽看中了小河沿东南临河之地，建了一座四合院，即今赵尔巽公馆。清军将领李锦芝则在小河沿北岸建四合院，后来将此宅卖给了东三省保安司令吴俊升，吴又在四合院南面建了一组现代楼宇，这就是今天小河沿路22号的吴俊升公馆。奉系军阀首领之一的杨宇霆公馆也建在小河沿北侧，四合院加现代楼宇，十分气派。如今，这些豪门大宅，朱颜已改，均以不可移动保护单位成为小河沿周边的旧时风景。

当年，因小河沿的知名度，许多来沈阳的达官显贵都要到此一游。1910年，即清宣统二年秋，清末遗老郑孝胥来沈阳小河沿消遣游玩，兴之所至，写了一首七言古诗，题为《八月二十六日游万泉河》，题下小注："俗呼小河沿，在奉天东门外。"诗中描写小河沿"东门闻道有泉源，便觉清甘起人意"。但又有两句说："北俗虽豪缺风雅，麕集屠沽作都会。"以尖刻甚至侮辱性的语言嘲讽沈阳人没有文化，这下惹恼了沈阳人，许多文人学士在表达不满的同时，也深受刺激。其中，最受刺激也最愤懑的就是正在奉天省立中学堂读书的23岁青年金毓黻。他在其《静晤室日记》中认为郑氏诗作"鄙视辽人之意溢于词表"，是"拘于方隅之见"，故步自封，孤陋寡闻。从此他立志效法汉末三贤，"适彼乐土，爰得我所"，开始研究东北文化。几十年之后，金毓黻终成"辽东文人之冠"和知名的国学大师。其成名之缘起，或说也有着小河沿的影子。

民国时，小河沿还是张作霖为首的奉系军阀为哀悼奉军阵亡将士放河灯的地方，届时奉天军政要员悉数参加，小河沿一带全部戒严，十分隆重。

张学良主政东北时，还利用小河沿的影响，多次于此举行大规模销毁毒品行动，起到了很好的效果。

小河沿最为惊世的是郭松龄夫妇暴尸事件，1925 年 11 月，郭松龄率部分奉军青年将领提出富国强兵，保卫桑梓，开发东北，抵御外侮，毅然倒戈反奉，最终因张作霖得到日本人的帮助，行动失败，12 月 25 日郭氏夫妇二人被枪杀。二人尸体运回沈阳，盛怒之下的张作霖命人在小河沿体育场暴尸三日示众。据当时的报纸披露：小河沿围观群众数以千计，极为轰动。今天我们从当年奉天华真相馆拍摄的照片上可以见到暴尸的照片。照片上分别写着“郭逆松龄”和“郭逆松龄之妻”。凛凛寒冬里，以暴尸三日之辱来惩罚这对夫妇，同时还将这种场景拍成照片各处张贴，传示东三省各市县，惩一儆百，情之惨烈，可谓古今少见。诚如冯玉祥在后来所写的《故上将军郭松龄被难记》中所说：“三十余年，中经百战，同志为国捐躯者众矣，未有若吾茂宸死事之烈者。其起也飚举，其仆也山颓，夫妇同殉，宗嗣斩焉，而不之恤，尤不肯托庇异族以求苟全，非所谓不欺其志者乎？”小河沿暴尸事件当年影响海内外，1925 年 12 月 27 日的《盛京时报》曾有详细报道。

一条小河，一湾河沿，碧波荡漾间，绿树浓荫里，竟隐藏着如许变幻的历史烟云。这就是沈阳，这就是小河沿，大历史。

一条诗人的河

沈阳城中心有条万泉河，那是一条诗人的河。历史上许多诗人曾流连于此，留下大量诗作。今天，在它的碧水波影里，依然荡漾着诗的韵律；

| 今天万泉公园的诗词漫道　张庆东摄 |

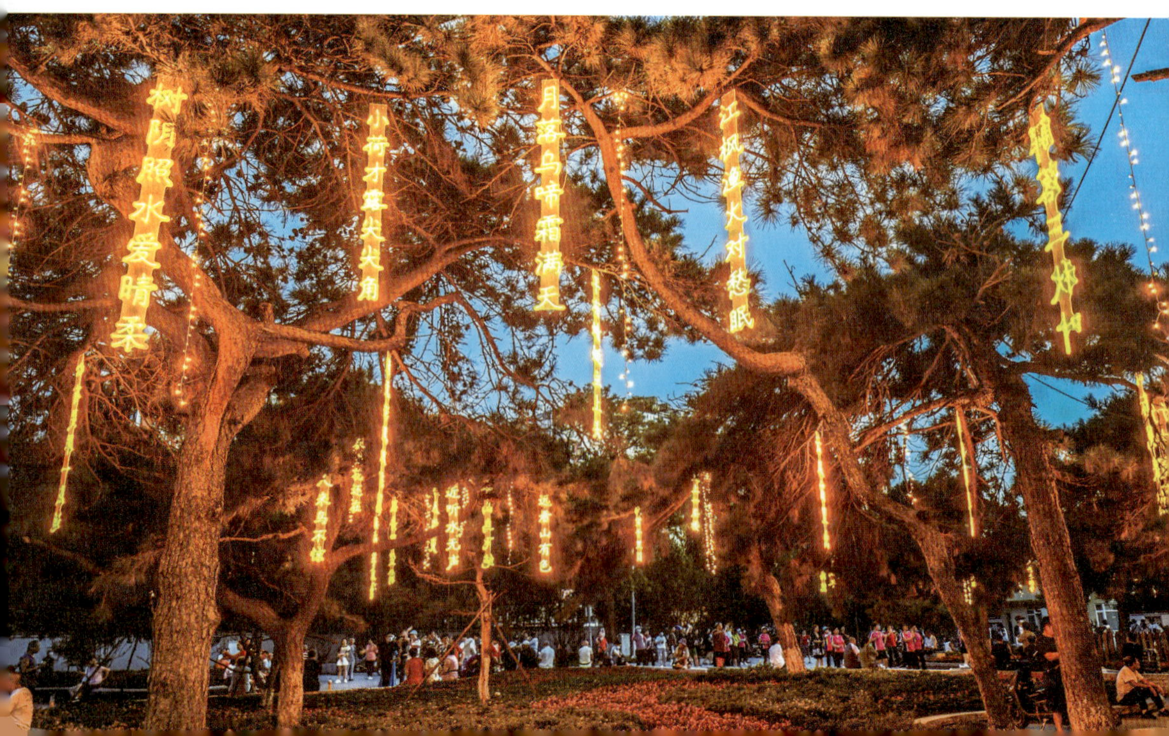

在它的曲岸垂柳间，仿佛氤氲着诗的风华；在它的桥畔亭廊上，犹自透泛着诗的包浆。它至今仍吸引着我们从缥缃宣纸的字里诗间，循着诗人的足迹，去追求万泉河的昔日风光和悠悠往事。

万泉河即今天沈阳城中的南运河，根据民国初年《沈阳县志》的记载，万泉河源出观音阁之涌泉，西向流入浑河，俗呼小河沿。清波一泓，珠泉万孔，以四时不涸而闻名。历史上，万泉河最为繁华的河段在今天万泉公园到万柳塘一带，涌泉递现，河湖相兼，岸上则是繁华的小河沿。居沈的历代诗人无不属意此河，河中诸多景观，遂为诗人笔下的趣致意象和这座城市文化史上的点点星光。

诗咏万泉河较早的诗人是流放沈阳16年的翰林陈梦雷，他在“留都十六景”中的《东园泛菊》中写万泉河边秋菊之景：“梁苑当年菊，犹开沈水涯。不携千日酒，空负一园花。冒雨还相约，无钱尚可赊。莫疑归路远，醉任夕阳斜。”这说明早在康熙年间，万泉河的东园之菊就已成为沈阳的著名景观了。

清乾隆时期，万泉河名气益大，并深得诗人青睐。在著名诗人缪公恩的《梦鹤轩梅澥诗钞》中就收有多首咏万泉河的诗作，如《万泉河步月》《万泉河纳凉二首》《万泉河夜步》《万泉河散步》《万泉河登楼感兴》《夜步万泉河》《晚晴万泉河小步》。从缪诗中可以知晓，清代乾隆时期万泉河已是沈阳城中游赏纳凉的好去处，并已有楼阁等建筑，如《万泉河登楼感兴》写道：“溪上轻烟拂水流，凉波细草乍成秋。尚余柳色舒青眼，未放芦花点白头。西岭云飞归别岫，夕阳人倦倚高楼。无端百感增萧索，安得忘情似野鸥。”其诗风清骨峻，雅润有致。当时的万泉河不仅可登楼观景，而且还是“步月”“夜步”的好去处，夜游万泉，河岸赏月，成为那个时代沈阳最时尚的夜生活。乾隆时期，许多居沈的诗人如沈仕临、潘扶云、八十泰、宝瑚等也纷纷步缪公恩后尘，为万泉河赋诗，同时还选出了“万泉八景”，分别咏之。如沈仕临的七律《碧溪春晓》："何处春来画最工，万泉入望晓烟笼。波光潋滟开朝镜，草色模糊扇远风。凭仗西湖一段秀，妆成沈水几分同。绿杨堤畔余寒恋，才见溪桃绽小红。"诗中将万泉河比为杭州西湖，充分表现了诗人对家乡美景的热爱与自豪。

同治十二年（1873）九月九日重阳节，"藕乡吟社"在万泉河畔小河沿成立，这是沈阳和东北文坛一件特别有意义的事件。诗社社员共九人：李小南、魏燮均、袁甘泉、王雪樵、王梦琴、宝会卿、王上之、高馨竹、李湘浦。李小南字大鹏，卜居小河沿，称为藕乡人，在有容乃大推举其为社主。当天，作为社员的著名诗人魏燮均有诗《九日小南招饮初开诗社即呈同社诸君子》。诗社每月一课，共会三课，得诗二百余篇，集为一册，题名《藕乡吟社诗抄》。诗社在小河沿成立，万泉河自然成为他们最喜欢的地方和吟诗的题材。其中著名诗人魏燮均《九梅村诗集》中就收有七绝《万泉河同诸友人月夜泛舟五首》，五律《夏日与鼎臣避开寇游万泉河因忆旧游感赋四首》《李小南大鹏明经迁居小河堰》等。《万泉河同诸友人月夜泛舟五首》诗前小序言："是夕月明如昼，荷花盛开。此岸有杨柳几十株，抵拂水岸。"其中第三首道："水波荡漾月珠联，一阵香风扑上船。唱罢采莲人不见，画桡飞过藕花船。"在一曲采莲歌声中，月色下的游船驶入荷花深处，其情其景，令人流连，于此亦可见清代沈阳夜生活的丰富多彩。

"藕乡吟社"带动了万泉这条诗人之河的创作热，之后的万泉河在诗人笔下几乎成为必写之处。如卧云居士刘世英《小河沿》道："夏日河沿爽气薰，往来茶肆尽游人。唯有莲花香馥馥，柳阴浓处看垂纶。"著名诗人缪润绂在《陪京杂述》写有五古《万泉垂钓》，在《沈阳百咏》中又有《万泉河》："红莲花小水潺潺，人听笙歌镇日闲。依到此来情更远，要登高阁看青山。"这里不仅能赏莲听歌乘凉，还能登阁远眺青山，诚如其诗所按：沈阳"近处无山，惟东南对观音阁一角，有远山焉"。还有晚清著名诗人刘春烺《沈城杂咏二首》其一："万泉河畔引清流，白舫蓝舆作冶游。六月莲花三月柳，醉人风月似杭州。"用杭州来比万泉河，与乾隆时期诗人沈仕临《碧溪春晓》中的"凭仗西湖一段秀"有异曲同工之妙，同时也足见当年此地确有醉人风月。

万泉河中还有一处著名景观"万柳塘"，又称"万柳堂"，位置在万泉公园西。因此处万泉河渐宽，形成湖塘，两岸多柳，柳丝抵水，柳叶藏莺，柳荫匝地，由此成为沈阳城夏日避暑的好地方。历代"盛京八景"中也多有此处，名为"柳塘春雨"或"柳塘避暑"，并赢得居沈诗人的关注，亦多有诗吟。如康乾时期著名文学家博尔都就有七律《万柳堂》，说此地"高堂翠绕柳千条，振策登临入绛霄"。乾隆时期诗人永亮也有七绝《万柳堂》："菜花黄泛野烟微，兰若堤边掩半扉。亭午不闻清磬发，板桥驴背一僧归。"黄色的菜花，微淡的野烟，半掩的寺门，无声的清磬，驴背上的归僧，一首声情并茂、情趣盎然的小诗，意象奇警，意境含蓄，生动再现了万柳塘的清雅小景与动人风致。道光年间的诗人张祥河也有七律《万柳堂》，尽写"此间万柳亦齐名""夹道浓荫直到城"的景色。辛亥革命前一年（1910），清末遗老郑孝胥来沈阳也曾留下了一首七言古诗《八月二十六日游万泉河》。

民国之时，万泉河更为知名，许多民国学者、政要和诗人都有诗作。如钱公来的《万泉垂钓》："小河沿上柳如茵，画舫竹声历历春。借问柳阴垂钓客，青衣行酒又何人。"将小河沿描绘得如诗如画。曾任辽宁省政府秘书长的著名学者、诗人金毓黻经常陪同友人游万泉河，在他的《静晤室日记》中就收有《游万泉河》《鸥波雅集》《咏新荷四绝句》《朝诣万泉河独坐，得二绝句》《晚同允滋再来河上，得二绝句》《万泉河纳凉即景》《鸥波第二集四首》《朝起诣万泉河上散步，口占一绝》《万泉河春晓口占》《万泉河得断句》等。其中《诘朝至万泉河上散步，不胜今昔之感，得一绝句》写于1932年9月15日，在当天的《静晤室日记》中，金先生这样记道："时逢中秋节，诘朝至万泉河上散步，不来此间已一月有半矣。荷叶半凋，修茎犹健，游人寥寥，景物萧疏，不胜今昔之感。得一绝句云：‘万泉州上北风遒，烟景萧疏眼底收。最是芙蕖饶健骨，高擎残叶到中秋。’”当时已届“九一八”一周年，金毓黻被困沈阳而不得脱身。寂寥之中散步万泉河，借秋荷“修茎犹健”“高擎残叶”之况景以抒国破家亡、劲骨不屈之心志。

在民国诗人中，写万泉河最为用力的是著名诗人、画家张之汉，其万泉河诗作有几十首。其中《万泉河水灾八首》，写沈阳连天大雨，万泉河变成别种模样：“犹道寻常雨，平添水一篙。”“霪霖天倒海，洪泽地成湖。”“驱来江海势，卷去管弦声。”“潮落门跳鲤，泥深灶伏龟。”“一般萧瑟意，渺渺古今愁。”形象描绘出了万泉河所遭灾难。同时还有五古《七月初旬大雨日夜不止即事感赋》，其中主要也是写万泉河水灾之重：“歌栖与舞榭，全供鱼鳖游。”同时感叹：“人为万泉惜，我为穷民忧。”当年，沈阳万泉河水灾的严重程度可在张之汉同僚，时任辽宁省省长王永江《铁龛诗存》所收七律《雨后观万泉河》最后一句“天上只须六日雨，人间多少妇儿啼”中得到进一步证实。这场大雨在沈阳下了六天，致使万泉河一片惨相。以诗证史，张之汉与王永江的诗，应该还有沈阳气象史上的价值。张之汉另有《万泉河杂咏二十四首》七绝组诗，诗前有小序，诗中多处有句下注，为清及民国写万泉河最为精彩之力作，堪称万泉河之诗史。

在中华文化史上，从《诗经》开始，诗人与河流就结下了天然的不解之缘。万泉河哺育了沈阳民生，也浇灌出了这块大地上丰厚的文化。一条诗人的河，承载着沈阳的过往，也寄寓着诗一样的未来。

张之汉与《万泉河杂咏二十四首》

万泉河居沈阳城中心，清以降至民国，这里是沈阳时尚游赏人气最旺之处，曾引得诗人纷纷赋诗题咏，成为沈阳城中一条最知名的诗人之河。在诸多诗人中，写万泉河最多最精彩者为张之汉。在其《石琴庐诗集》中收有万泉河诗达39首之多，其中最知名的当属《万泉河杂咏二十四首》。

张之汉（1866—1931），字仙舫，斋名“石琴庐”，奉天城南十里河驿（今沈阳市苏家屯区十里河街道）人。民国年间，曾任东三省银行督办、奉天省实业厅厅长、东三省盐运使等。终其一生，以一介书生勤勉奋进至地方高官，为官期间恪守“清、勤、慎”准则，对近代东北时政、金融、税务、交通、盐业等发展多有贡献，时人称其“有经世之学”，是一位具有爱国主义情怀的诗人和画家。其诗内容丰富，风格清新雅致，用

| 诗人张之汉 |

| 清末大雨过后的沈阳万泉河 |

词精妙，承古不拘于古。传世之作有著名的《阎生笔歌》等。

万泉河也是张之汉居沈期间经常光顾之地，其《石琴庐诗集》收有《冬杪万泉河散步》《暮春游半可亭五首》《万泉河杂咏二十四首》《七月初旬大雨日夜不止即事感赋》《万泉河水灾八首》等。其中《万泉河杂咏二十四首》最为突出，尽咏万泉河之风光建筑和人文情态，在同题材诗中，可谓淋漓尽致，精彩纷呈。且诗中有多处句下注，所注关涉当时历史人文，颇具史料价值。

组诗题下有小序："万泉即小沈水，一名'小河沿'。向为夏月瀹茗纳凉之地。近年楼台歌管，踵事增华，繁缛清凉，顿成今昔。潜居多暇，间亦涉足其地。意有所触，辄纪以韵言，略如板桥作记为名，区补一段小史。烟花过眼，鸿雪留痕，后之览者，庶有征焉。"小序中言明组诗就是效法清初文学家余怀《板桥杂记》，以补一段万泉河小史。

组诗第一首为万泉河形胜总览："万斛珠泉一镜涵，全城名胜占东南。荷渠柳荡歌楼遍，谁问香溪筑木庵。"接下分述万泉河诸种光景与风物。第二至第七首，主要叙述万泉河景观与繁华："品茶共上水心亭，甘泛泉花雀舌青。""赢得也园车滚滚，纳凉人逐马头尘。""斜阳画舫箫声里，不数扬州廿四桥。"第八至第十首，主要写万泉河笙歌娱乐与忧时感慨："忍听商女拨琵琶""琵琶声里擘笺吟""伤心岂独李龟年"。第十一至第十五首，主要描绘万泉河如《清明上河图》般的市井风俗："欲向择端求粉本，清明翻画上河图。""画桡谁唱晚凉归""风景浑如太古年。""种菜溪南绣陇平”。第十六至第二十一首，主要写万泉河并小河沿的建筑名园：“馆续鸥波题额在，年年春草忆王孙。”“甲第连云俯碧流，朱门新主尚鸣驺。”“名园买夏数荷钱，别墅谁营兜率天。”第二十二至第二十四首，主要抒发世事无常和历史兴废之慨：“如何车马炎凉态，只在红莲开谢中。”“漫说神州兴废事，眼前花国小沧桑。”

在组诗中最具史料价值的是诗下小注，共有十二处，详述万泉河历史细节与人文故实。如“一瓯寒渌汲中泠”句自注：“亭与凝香榭通，品泉香者多于此汲，自河心最甘洌。”说明当年万泉河水清澈，可煮茶。又如“风景浑如太古年”句自注：“昔年河上消夏，系就北岸架芦帘为棚，瓦铫村弦，颇饶野逸天然之趣。回想此风，渺如太古矣。”当年万泉河夏日充满天然野趣，有悠悠古风。再如“馆续鸥波题额在，年年春草忆王孙”句自注：“歌楼画舫，创始于故绅赵国铤所建鸥波馆，匾额犹存，不免风去楼空之感。”鸥波馆是当年万泉河最知名景观，注中交代建馆之人和犹存之匾。还有“西望吟龛感慨多”句自注：“西岸高楼，赵燕荪观察建，公在日，每召宾客觞咏其上，诗署‘一螺老人’。”此注提示了后来鲜为人知的万泉河西岸高楼。建楼者赵燕荪我们今天知之甚少，除了张之汉在此所言其人官职为“观察”即道员，能诗，并署“一螺老人”外，还有资料显示，此人1910年秋从铁岭奉调沈阳，其随行有周贻赓，即周恩来的伯父。也正是这一次的调动，周恩来随伯父到了沈阳，进入东关模范学校读书。另如“回首画楼衣扇影，也如珠履泣雍门”句自注：“水南李家楼，当年牡丹最盛，花时五色缤纷，扇影衣香，绎络不绝。此花萎后游屐遂稀，人去楼空，炎凉可慨。”这里提到在万泉河南岸李家楼有牡丹园，兴盛一时。还如“风定池莲香自在，佛天劫火冷华严”句自注：“北岸观音阁，崇文勤公督奉时留题‘风定池莲自在香’七字，阁毁电火，遗迹无存。”这里提到万泉河观音阁上有崇文勤公“风定池莲自在香”题匾。崇文勤公即完颜崇实，字子华，别号适斋，室名小琅轩馆，清代京师著名的“半亩园”即是他家私园。他与沈阳渊源很深，光绪元年（1875）任盛京将军兼兵部尚书都御史及奉天府府尹，行总督权。就是他将左宝贵调任奉天，对沈阳地方经济和文化多有建树。崇实颇具文才，他为万泉河观音阁所题七字源出宋人陆游《桥南纳凉》诗，用在此处可谓恰到好处。

张诗注中还有两处更具意义，一处是“赢得也园车滚滚”句自注：“南岸当路设高闬，题曰‘也园’，车马经此，嚣尘不绝。”关于万泉河题名“也园”之事，民间广有传说，但鲜有文字记载。据刘振超《盛京盛景》一书介绍，民国初年，经营小河沿万泉园的东三省官银号请著名书画篆刻家李西题园名，李信笔题“也园”之名并制匾以悬。不意此名遭多人非议，有人说“也”是“野”的谐音，不雅；还有学人提出“也”是虚字，如何能成园名，按《说文》解释，有辱斯文。甚至有人写诗讥讽：“亵渎名园足笑讪，恣将狡狯弄笔端。”最终“也园”二字只好撤下，李西又题了“万泉园”悬之园门牌坊之上，“也园”风波才算平息。今天看来，“也园”二字似无不可，含蓄韵致，蛮有趣味。查访一下，华夏称也园之地不止一两处，其中宁波也园已成名胜。倒是当年沈阳一众学人过于迂腐，有点大惊小怪了。我则希望今天城市建设中，似应于万泉河恢复“也园”景观，以发思古之幽情。

张诗另一处有意义的诗注是“半可亭空鸿雪漶，不堪花木忆平泉”句下：“观音阁畔，旧有半可亭，为某君别墅，名花异石任人游览。卅年前游此有诗，沧桑变后遗址无存。”“半可亭”在赵尔巽公馆处，今已不存，也未见有早年图片流传，想必应是当年赵尔巽受苏州留园“可亭”启发而命名，形制大约也与“可亭”相仿佛。此亭之妙当在“半”字，如同美酒微醉，好花半开，又如同绘画的似与不似，诗意氤氲，风雅曼妙。“半可亭”主人赵尔巽为官多地封疆大吏，文至翰林和《清史稿》主编，一个“半”字细节，足以证明其学养情致自是不俗。张之汉生活的清末民初，“半可亭”

| 赵尔巽公馆 张庆东摄 |

犹在，赵尔巽公馆已人去楼空，虽花木依然，但鸿雪无迹，所以诗人说“忆平泉”，用唐朝著名宰相李德裕别业“平泉庄”之典，以寓故国黍离之思。张之汉另有七绝《暮春游半可亭五首》，每一首都写得文字雅洁，意象隽美，如最后一首道：“玉棠蓓蕾压檐开，闲数花须点翠苔。鹦鹉似嫌人立久，一丸红豆怒抛来。”冲淡而不失高古之致，洗练而具旖旎之趣。今日赵尔巽公馆已为省级重点文物保护单位，如何令其展现当年园林之妙，恢复重建“半可亭”不失为恰当之举。一个幽微细节小亭，往往最能体现文化建设骨子里的丰厚与风华，“半可亭”是也。

张之汉《万泉河杂咏二十四首》内容丰赡，意象盈沛，文字优雅，趣致婉转，极具画面感和审美范式，在诸多同类诗中可谓翘楚，遂成沈阳诗人之河中一串最耀眼的浪花，诗之妙与注之详，堪称一部万泉河的微型诗史。

百里运河

浑河是沈阳人的母亲河，也是这座城市的灵魂。没有浑河，就没有沈阳城，也就没有那么多历史和风景。不过，如果你到今天的浑河上去寻找“柳塘避暑”“万泉垂钓”“塔湾夕照”“浑河晚渡”等景致，就有点刻舟求剑的味道了。上述被列入“盛京八景”的人文景观确因浑河而成，不过，桀骜不驯的浑河在历史上数次改道，像一个挥霍任性的富家子，把祖辈积累起来的家产统统抛在了身后。当然，这仅仅是一个比喻，有些遗产是扔不掉的。从20世纪80年代开始，沈阳市开始大力打造新的环城运河水系，北运河、南运河、卫工河重新被疏浚，清亮亮的河水穿越城区，全长49.7公里，其中南、北运河利用的都是浑河故道。于是，“百里运河”与生机勃勃的浑河一起，犹如四条玉带将沈阳城缠绕起来，为这座钢筋铁骨的工业城市增添了柔软和温润。

说起来，北运河最有历史。

北运河又称新开河，历史上也曾称永利河、太平世河。关于北运河的来历，《奉天水利局时务细则》所记颇详：宣统三年（1911）春，奉天当局为了更好地利用境内蒲河、浑河水利资源，扩大奉天西部、北部水稻种植面积，决定在蒲河与浑河之间开挖一条人工河道，以浑河为源头，蒲河为河尾。新开河起自县治东南 7.5 公里浑河右岸东陵上木厂村南，经大北边门、小北边门，抵达北陵。后又继续西向挖掘，经塔湾向西至刘家窝棚注入蒲河，使浑河与蒲河衔接贯通，河渠全长 27 公里。这条人工运河名为“新开”，其实是沿着浑河故道挖掘，如《北陵志略》所记：“陵前之河，原为浑河河身……上世纪初水利局为种稻田使用水利，又重新掘开此河，名为新开河。”它是浑河第一次改道后留下的“遗产”。

无论是《奉天水利局时务细则》，还是《北陵志略》，都说明了这样一个事实：新开河与沈阳城的水稻种植有密切关系。沈阳地区东高西低，尤其是浑河改道后，在北陵以西留下大片洼地，是种植水稻的理想之地。1906 年，家住丁香湖一带的王长兴聘用金时顺等几户朝鲜族人，在蒲河转弯处挖渠引水、整土开田，试种水稻成功，成为第一个吃螃蟹的人，也揭

北运河风光 张庆东摄

开了沈阳近代水稻产业发展的大幕。短短几年间，成片成片的稻田便在沈城西北部地区铺展开来，对水利资源的要求也与日俱增，在此背景下，开凿运河便被提上日程。

其实，新开河施工之前，奉天当局已经成立水利局，以试种稻田、振兴水利为职司，并在塔湾地区开设了电机水田试验场事务所。除了指导农业生产、推动水稻种植外，水利局在运河建设和管理方面用力颇多。新开河工程的主力军，就是水利局专门从山东、河北等地招募大量农民组成的。1914 年 5 月，历时三年、近代沈阳最大的水利灌溉工程——新开河灌渠竣工，成为沈阳农业发展史上的一个重要节点。从此，源源不断的浑河水通过鸟岛北侧的东陵水闸，一路向西，流经大东、沈河、皇姑、于洪，灌溉着大片农田，给城市带来一片欣欣向荣的景象。到了 20 世纪 20 年代，今天塔湾以东、以南地区，如陵东街、辽河街、诚信街、塔湾街、明廉街、向工街等地都种上了水稻，塔湾以西、以北的新开河两岸，水稻良田更是发展到 5 万亩。当时发行量很大的《盛京时报》就以“大置稻田”为题，专门报道了沈北种植水稻的盛况。到 1949 年新中国成立前夕，沈阳水田已达 8 万多亩。1958 年时，黄河大街西侧仍然是大片稻田。说起来可能让人难以置信，到了 20 世纪 80 年代，在辽宁中医路北、省社科院等地，仍然可以一睹稻浪滚滚的景象。

新开河的贯通，灌溉了万亩稻田，也让两岸土地炙手可热起来。1923 年，东北大学出资购买北陵附近土地 500 亩左右，作为理、工、农三科新校址（即今辽宁省政府院内）。20 世纪 20 年代初，被誉为“沈阳民族工业奠基人”的张惠霖在新开河南岸八王寺旁创办啤酒汽水公司。1928 年，张学良在新开河北岸建成北陵别墅，作为与赵四小姐的居住地和自己的活动中心。见证了很多历史大事的新开河就这样默默流淌，当然，它始终没有疏忽自己的另一项重要使命——沿着蜿蜒的玉带河为皇家陵园供水。神道桥下的清流、北陵公园内的大小湖泊，全部得益于此。缺少了它的浸润，环绕着陵寝的数千株陵松就不可能茁壮生长，始终保持着生机和活力。

与北运河相比，南运河胜在风景。

讲述南运河的故事，要从万泉河开始。熟悉沈城典故者都知道，作为浑河第二次改道后的产物，自清前期开始，万泉河就已经成为沈阳城最具代表性人文景观之一，名士学者如陈梦雷、纳兰兴安、缪公恩、魏燮均、缪润绂、刘世英、钱公来等都曾在此流连，流连不足，作诗咏之。“万泉垂钓”即“盛京八景”之一。《沈阳县志》则栩栩如生记载了“万泉莲舟”盛况：“每当炎官施令之际，火伞高张，凉台乍起，友人云集，商贩鹜趋。香尘与龙鹢齐飞，人面共芙蕖一色。昔日丘壑游钓之乡，遂一变而为罗绮管弦之薮。虽秦淮胭脂水，西湖销金锅，殆无以过之。”

并不是所有人都陶醉于歌舞升平之中。东北大学首任校长王永江心系

| 古塔映夕阳 张庆东摄 |

民生疾苦，让我们看到万泉河的另一种表情："万泉河涨水浮堤，桥作船行向下溪。歌馆断檐冒树上，茶亭挟柱徙塍西。阴阴颓屋精灵语，惨添低田鱼鳖栖。天上只须六日雨，人间多少妇儿啼。"二十多年后，万泉河泛滥的问题仍没得到彻底解决。此时，旧王朝已经倒掉，采莲冶游的人群星散沉寂，万泉河备受冷落，有些水面甚至沦为臭水泡子，令行人避之唯恐不及。

1952 年，为解决市区雨水排放问题，沈阳市正式启动改造工程，以万泉河故道为基础，历时三年，挖出一条新的人工河。因流经沈阳市区南部，故称南运河。它东起东塔闸门，西至龙王庙闸门，横跨大东、沈河、和平，如一条项链，将大东公园、万泉公园、万柳塘公园、青年公园、鲁迅公园、南湖公园、东塔永光寺像钻石一般串起来——一条水道把这么多公园连在一起，恐怕是绝无仅有。何况，"盛京八景"中的"柳塘避暑""万泉垂钓"也被它收入囊中，正所谓一带碧水、满城风色，难怪市民流连忘返。我曾突发奇想，倘若造一艘画舫，溯南运河而行，一路上公园复公园、风景复风景，不知有多少乐趣!

无论如何，百里运河已经成为古老沈阳城的一张新名片。在浑河以北，14.5 公里的南运河、27.7 公里的北运河和 7.5 公里卫工河绕着城市兜了一个圈，流经大东、皇姑、沈河、和平、于洪和铁西六个行政区域，以带状公园的形式连缀成一个总面积为 368 万平方米的环城水系。打开沈阳地图，这个水系的来龙去脉一目了然：浑河水经浑北渠首引入城区，北运河由浑北渠首引水至三面闸汇入浑北灌渠系统，接下来水分两路——南运河引北运河水从东塔闸门至龙王庙闸门汇入浑河；卫工河引北运河水从卫工河渠首闸门至仙女湖闸门汇入细河。

说到底，百里运河的环城水系，仍然是由母亲河——浑河供养着。

溯水 蒲河源

天地有造化，名城钟神秀。数尽世界上所有知名的城市，几乎都与一条名河相关，如西安有渭河、南京有秦淮河、广州有珠江、开罗有尼罗河、巴黎有塞纳河、伦敦有泰晤士河……相比这些城市，沈阳则更有河的优势，它不仅有浑河与蒲河两条大河分列南北穿城而过，而且还有距城中心不到40公里的蒲河之源。城边有河源，这在全世界有河的大型城市中又是绝无仅有的，只有“天眷盛京”的沈阳，才有这种城与河、河与源的因缘际会。因此在寻访辽河、浑河源之后，我自然就想要去蒲河源。

蒲河全长205公里，其中沈阳段180公里，蒲河源头一段20公里属铁岭市横道河子镇。沈阳段经过2009年开始的全面治理，昔日大雨成灾，少

| 蒲河源头想儿山全景 |

雨断流、污乱不堪的“龙须沟”变成了今日自然野趣与人文景观相融相契的著名文化廊道和城市名片。

第一次寻访蒲河源是在一个秋日的午后，有铁岭横道河子镇副镇长潘启良先生陪同，他是蒲河源十里八村的“人文通”。他建议我说，应当从沈阳溯水而上，更有意味。于是我采纳了他的意见，几天后驱车到辽中，从蒲河与浑河在老观坨汇流处开始溯水而行，经老观坨、乌伯牛、珍珠湖、卧牛湾、红蓼滩，再到新民新蒲岛、仙女湖，一天时间到达中游的兴隆堡。

历史上地理意义上的蒲河上游应当是从新民市兴隆堡镇开始的，因为明代以前，以“蒲河”为名的河流在此即注入辽河。明初，辽河向西改道，留下的故道则让给了蒲河，由此则形成了100余公里的蒲河下游。

从兴隆堡溯蒲河上行进入于洪区，经过光辉、马三家、造化、平罗四个街道，在黄土坎村与沈北新区接壤。此段蒲河近31公里，两岸多是连片的湿地和丛生的蒲苇，并星罗棋布着多处古代文化遗存和新建的“七园十景”。其中有两处文化遗存最值得一提，即恩格德里与妻子和硕公主合葬墓和永安桥。

于黄土坎村延蒲河向东，即进入沈北新区。溯水而行，依次是道义开发区、虎石台街道、蒲河街道，直到辉山街道辉山村，共33公里，是蒲河流域经济最活跃、景观最丰富的一段。两岸高楼林立，花树繁茂，蒲水迤逦着从城中悠悠穿过，为两岸花园式住宅小区注入了粼粼波光和重重花影。其中还分布着多个文化广场与多处文化遗存，历史上沈阳最早的蒲阳书院就在河北岸的蒲河故城遗址。蒲河文脉，由此发端。

溯水东行，过辉山街道所属的莲花村，即进入蒲河穿行的最著名棋盘山“三山一湖”风景区。“三山”即辉山、棋盘山和大洋山；“一湖”即三山环抱的“秀湖”。

如果没有蒲河，当然不会有今天的棋盘山风景区。当年，滞留北周的南朝文学家庾信因怀想故土，曾作《徵调曲》说：“落其实者思其树，饮其流者怀其源。”怀着庾信这种普世之情，出棋盘山景区东门，沿河上行，至百贯屯即进入属于铁岭市的蒲河源头地区。蒲河源头一段约有 15 公里，其间河两岸有多处文化景观与遗存，河边就有关帝庙、雷锋纪念馆、当年为沈阳“一宫两陵”建筑提供石材的武家沟等。

穿过一座三楹的石牌坊即进入蒲河源头所在的想儿山下的想儿山村，有溪水从村中流出，陪同我的潘启良镇长说：这溪流就是蒲河的源头，其源泉就在这村里。

村里有几十户人家，家家灰墙红瓦，与山上的绿树和部分泛黄发红的秋叶相互映衬，在蓝天白云的秋日里显得特别协调。村中每户的门前都挂满了刚收获的玉米棒，还有一片片从山上采来晾晒的榛子果。村子南面，就是想儿山的主峰，秋阳照在山岗上，草树和山岩都缥缈在五色氤氲的岚气中。倚门而坐的老人和小孩好奇地看着我们这些陌生人，有和潘镇长相熟的，不时站起来打招呼，或相互拍一下肩膀。几只小狗，自来熟地跟着我们，顺着一条窄窄的小溪，走到了一眼清泉边。潘镇长指给我说：“这就是真正的蒲河源泉。”

眼前是一泓用黑灰色石头圈垒成的碧水，潘镇长说它是泉，可我看又有点像井，只不过与通常的井不一样，那清澈的泉水是从垒叠的“井圈”石缝中汩汩流出的，所以只能说它是泉。坐在了泉边石头上，掬一捧蒲河最初的源泉水一饮而尽，清冽甘甜，似有菖蒲的芬芳，顿时心中注满了读书之外最为充实、最有情致的溯源之趣。“大河之源，莽莽昊天”，古老《尚书》中这句话的意蕴，只有见过大河入海，再见大河之源的人才能体会出来。

潘镇长向我介绍，20 世纪 80 年代以前，想儿山全村的人都吃这眼泉里的水，后来家家都有了压水井，这泉也就闲置下来。但蒲河源泉的水很特别，冬天从来不冻，夏天又瓦凉瓦凉。所以夏天里这眼泉就成了想儿山村的天

蒲河源小景 孙海波摄

然大冰箱，村民把啤酒放到泉中泡上一两个小时后，拿出来就如同冰箱冰镇过的一样。

在蒲河源溪水边，我惊异地发现这里的石头，大大小小表面都布满了小窟窿，再看家家的院墙，垒上去的也是这种石头。我顺手在溪边捡了一块，看上去像极了一个大蜂窝。我一边掂量着这块颇具观赏价值的石头，一边对潘镇长说："看，是不是该给它起个名字——蜜蜂部落？"潘镇长接过石头说："这名字好。你知这是什么石头吗？这是火山喷发后留下的玄武岩，在蒲河源漫山遍野，到处都有。"顺着潘镇长手指的方向，只见想儿山北坡刚收割的玉米地里，荒草丛中，有很多这种石头。远远看去，小的像是在地里觅食的群猪，大的则如山坡啃草的耕牛。这是蒲河流域里只有蒲河源才有的石头，藏在深山人未识，它们在此寂寞了 1 亿 4000 万年。

然而潘镇长却告诉我："这些石头一点儿也不寂寞，每年到了春天解冻时，它们都会兴风作浪，隆隆震响。”这是怎么回事？潘镇长叫过一位在溪边饮牛的村民，让他告诉我原委。老农看了看我手中的石头说：“自古以来就这样，春天化冻，山上石头和着桃花水一起滑落，蹦着高往下掉，轰隆隆的声音，像是老天打雷。老辈人说，这是春天来了，龙在叫唤，所以我们这地方原来就叫‘响龙山’。”噢，原来是这样，怪不得有的地图上对此地还是标注着“响龙山”，而不是“想儿山”呢。还有清人杨同桂在《盛京疆域考》中说：“今承德县东北四十里，香炉山蒲河源在焉。”这里的“承德县”是清时的沈阳，说明想儿山最早还有“香炉山”的称呼，这“香炉”之称是不是与火山喷发有关呢？

那当年喷出这些石头的火山口在哪里，潘镇长说就在想儿山的山顶。于是我们告别蒲河源泉，用了一个多小时爬上了“火山口”——如今已形成崮顶式的高山草原。大片的草场，平坦辽阔，半人深的草丛里，到了秋天还依稀开着各种各样的花朵，偶见几株槲树，独立高秋，在草原的衬托下愈显傲然。草原四周，是一人多高的榛子林，无人采摘的榛果，玲珑地挂满枝头。山顶上，还有火山喷发后留下的18块平坦巨石，当地人称“十八铺炕”，相传这里是当年努尔哈赤携18位妃子游山时住过的地方。奇异的石阵与浪漫的传说，让火山口和高山草原更加显得迷离和神奇。

站在想儿山顶，放眼四顾，只见苍山渺渺，河川逶迤，沈阳、铁岭、抚顺三市地界一览无余。山下的蒲河，由近及远，如一条细丝线，从蒲河源、想儿山的线团里抽出，越抽越远，次第牵着武家沟、棋盘山、沈阳市区、永安桥……一路向西，经新民、辽中，再牵手浑河，奔入大海。从河源到河尾，一条蒲河，不仅牵系了沈阳2300年的城市发展史，还留下了无数珍珠般的历史人文遗迹，从而为蒲河流域和沈阳这座历史文化名城增加了诸多的文化底蕴，一时难以说尽。

从想儿山下来，已是夕阳时分。想儿山和山下的村庄都沐浴在晚霞之中，一片灿然的橘红色。我特意灌满了一大桶蒲河源的泉水，当地的村民告诉我，用这泉水泡茶特别好。回到家中，我把捡到的“蜜蜂部落”植入紫砂盆中，又栽上数茎紫兰花，蒲河源头的玄武岩就这样成了我书房案上的盆景。每天看到它，都会想起一次次溯水寻源之趣，想起蒲河源，想起想儿山，还有山上的草原，以及山上山下、草原榛丛中的传说与故事。

野趣的蒲河

家住沈北，得以亲近蒲河。最喜欢的是蒲河那一水迤逦，草树蓊郁，花团锦簇，鸟语啁啾的自然野趣。城中有条野趣的河，无疑为现代都市生

| 蒲河野趣 刘卓摄 |

活增添了一抹最惬意的亮色。

所谓野趣，本义是指郊外、山林、田野、乡村之自然生动之情趣，宋人周密《吴兴园圃》中描写倪文节别墅时说：“在岘山之傍，取浮玉山、碧浪湖合而为名。中有藏书楼，极有野趣。”这是说别墅与山林湖水融为一体而极有野趣。野趣遂成为中国历代文人居住环境的最高审美追求。

在中国人的审美观里，野趣与雅趣是审美的两大分野和最高境界。为什么野趣在人们的审美体验中如此重要，因为它是以野为途径生成趣致的审美体验，最终目的在于人之为人的自由与完整。野趣自然朴素的直观审美形象和神秘而丰富的审美内涵，最能亲近和感染人，从而给人以精神的最大慰藉和美感，让人获得自然、怡情与奇妙之趣，令生活于伦理规范、生存压力之下的人们释放自由人性，唤醒空间意识、自我意识和审美意识，从而构建出空明澄净的心灵空间，调动起生命的内在活力，使尘封在心底的激情喷薄而出。这对生活在全媒体时代、几乎机械化和物欲化的现代人来说极其珍贵。可以说，在当代，唤醒自由人性，激发生命激情，野趣具有其他手段不可替代的作用。

关于野趣之情态，元代诗人周权在《野趣》诗中有最具体的意象：“地偏居自稳，石路接平田。云合茅檐树，雨添花涧泉。空山晴滴翠，远水绿生烟。唤酒青林度，斜阳系客船。”每句各用一个动词连接起石路、平田、茅檐树、花涧泉、空山、远水、青林、斜阳、客船等十几个意象符号，从而构成了野趣的诸多元素与画面。

对照周权《野趣》诗中的意象，当代蒲河两岸都能找到相应的对照物，不仅如此，还有多种周氏诗中所没有的趣致，更为生动和鲜活。

香蒲之趣。蒲河之名源于河中多香蒲。香蒲又名甘蒲、蒲草、蒲黄、水蜡烛、水烛、毛蜡，蒲剑，因有别于室内做盆景的细叶石菖蒲，又称水菖蒲，中国各地均有生长，沈阳蒲河尤多。它生长在近岸水中，高过两米，在蒲河水草中姿态最美。入夏时节，丛丛香蒲青翠而细长的叶片抱茎而生，修长柔韧，宛若一柄柄绿剑。继而抽莛开花成蒲棒，摇曳于波光粼粼的水边，颇能入画。晚秋之时，蒲棒破肚开花，如棉花般的蒲絮包裹着种子像蒲公般飞舞，如诗如梦，野趣横生。蒲河由此成为一条蒲草飘香的河，一条香蒲染绿的河，一条蒲棒飞梦的河。

出山之趣。蒲河在棋盘山秀湖之上的走向完全是在两山之间穿行，经过秀湖的积纳与蓄势，再奔流出山，奔放而曼妙地入镇穿城，形成三百里的生态文化廊道，带来鲜活的诗画境界和文字灵感，直到与浑河交汇到海，尽是平原，再与山无缘。所以在棋盘山西南，我们可以见到蒲河的出山之野趣，那种在山石上欢快跳跃的奔流，在草树间纡曲腾挪的穿行，令人一下会想起宋代杨万里的《桂源铺》：“万山不许一溪奔，拦得溪声日夜喧。到得前头山脚尽，堂堂溪水出前村。”呵呵，蒲河出山之趣，端的奇妙。

湖泊湿地之趣。蒲河一路西行，时宽时窄，其宽处则形成大大小小的湖泊和成片的湿地。如棋盘山中有三山环抱的著名秀湖，面积5.04平方公里，平均水深6米以上，成为蒲河上游最大的湖泊。蒲河出棋盘山进入沈北区段有相连的七个湖泊，名“七星湖”，湖水相连，蒲苇相接，一片自在野趣。在新民市段，蒲河形成著名的仙子湖，一湖烟水，半湖荷花，氤氲缥缈，如梦如幻。辽中区段则有珍珠湖、日照湖，且河湾渐多，月牙湾、卧牛湾、百渚湾，湾湾聚水，形如湖泊。蒲河两岸多湿地，秀湖上游有四家子、古砬子湿地，沈北段有大望、佟古湿地，新民段有乌牛闸湿地，辽中段有杨柳青国家湿地公园、白羊甸、青牛浦等，这些湿地水草杂生，香蒲、芦苇丛丛，春夏之时，呈现不同层次的绿色，细草的淡绿、蒲梢的浅绿、苇丛的深绿、灌木的浓绿，形成了绿的湿地交响曲。秋天里，荻花瑟瑟，蒹葭苍苍，蒲棒绵绵，满河都是醉人的野趣。

河岛之趣。野趣的蒲河不时会出现颇有情致的河心岛，这些岛屿犹如一螺青黛，为蒲河平添了许多奇秘境界。如棋盘山秀湖，面积和山水形制与同样筑坝成湖的台湾日月潭很相似，湖中也有一个形似“拉鲁岛”的湖心岛，因其精巧别致，沈阳人称之为“玲珑屿”。这个小岛精巧而别致，大自然的鬼斧神工将其雕凿成犹如一件人工盆景，屿上怪石横卧，浪花轻拍，乔木挺拔，花草清幽，时有云雾缭绕，宛若仙境。再如于洪段的月亮岛、红枫岛，岛上奇石叠垒，亭台幽静，草树繁茂，登岛而观悠悠蒲水，顿时令人心旷神怡。在月亮岛与红枫岛之间，有一未命名之小岛，长长栈道相通，岛上尽植碧桃，春来红蕾照水，桃花绽放，风起处，花瓣四散，飘若红雨，我为其命名桃花岛，漫步桃林之中，仿佛进入金庸笔下的《射雕英雄传》：“郁郁葱葱，一团绿、一团红、一团黄、一团紫，端的是繁花似锦。”蒲河进入下游，尚有新民段的仙女岛、新蒲岛，辽中近海绿洲的湖心岛，都各呈天然野趣，令人向往。

花树之趣。蒲河一脉，不管是流过无人的温地，还是穿过高楼林立的

| 繁花映蒲河 刘卓摄 |

居民区，两岸都是花树繁茂。沿河两岸绿化带平均宽度150米，游人数得出的树木就有银中杨、垂柳、旱柳、垂榆、白榆、刺槐、火炬、京桃、山杏、山梨、山里红、红松、五角枫、蒙古栎、水曲柳、白桦、白蜡、榆叶梅、杞柳、丁香、连翘、国槐、金丝垂柳、长白忍冬、京桧、海棠、金叶榆等。花草则有早熟禾、玫瑰、蔷薇、景天、香蒲、芦苇、红蓼花、中华蕨、一年蓬、木贼、毛百合、水葱、藨草、马兰、鸢尾、芍药、荷花、菊花、八仙花、木槿、玉簪、萱草、绣球、矮牵牛、苍耳、狗娃花、薄荷、益母草、萝藦等。两岸遍植的乔灌木、地被、水生植物以及各种花卉，俨然一个汇聚东北地区花草树木和湿地植物的科普长廊。在这个长廊里行走，不时会遇见很有特色的花草园区，比如晚清缪润绂《陪京杂述》“莲花泊”条说：“莲花泊，即沙河子，在城西北十五里。暑月之际莲花盛开，一水涟漪饶有逸致。八景所谓‘花泊观莲’者，此也。”从方位上看，缪氏所言“莲花泊”即今天沈阳于洪区北陵街道沙河子一带。但这一景观在沙河子地区早已不见，如今在蒲河于洪段得以恢复，名为“水泊观莲”。再如辽中段有一处“红蓼滩”，大片红蓼花从暮春开到晚秋，生动诠释了《诗经·郑风》“隰有游龙”之景观。还有辽中段蒲河国家湿地公园西侧，在香蒲与筐柳丛中有处名为“蒲水人家”的老墙民居，于粼粼波光和重重柳条蒲影里，尽得野趣之乐。我见之则想，若将“蒲水人家”易一字成“蒲柳人家”，则与著名作家刘绍棠小说《蒲柳人家》相合了，或许更有意味。

水鸟之趣。充满野趣的蒲河自然是各种鸟类的天堂，叫得上名和不知名的鸟儿或成群结队，或双双伴飞，寻趣其中，总

| 水鸟之趣 刘卓摄 |

是被各种鸟鸣声所包围。尤其是各种水鸟，逐年增多。其中最常见的是白鹭、苍鹭、芦雁，有时还能见到形影相随的鸳鸯和㶉鶒，或在水中惊鸿照影，或在岸上翩翩起舞。因为水鸟，在于洪段有凭栏赏鹭广场，在辽中段有白鹭滩，都是白鹭集中觅食和活动的地方。而蒲苇丛中藏身的芦雁当是蒲河最有诗意、最可入画的水鸟。连绵成片的芦苇和香蒲是芦雁最好的家园，我几年前曾为此作《蒲河芦雁十咏》，以十首绝句写芦雁与蒲河的种种情缘，那是我最得意的一诗。

蒲河种种野趣，野得自然奔放，趣得书卷幽雅。它并不是管理缺失后的粗野，而是顺应自然，艺术保留下的疏野。野趣的蒲河，为沈阳当代审美文化的多元性增添了一道极为珍贵的文旅风景线。在这里，你尽可来去自如、俯仰自得，沿河而行，自能获得人生最如意的妙趣。

蓼花蒲岸

早年读《诗经》，读唐诗，读《红楼梦》，读纳兰词，读周作人散文，总能遇上一种很诗意的植物“红蓼”。它连缀着乡村与城市，从市井俗话到经史子集，连缀成一道摇曳多姿的自然与人文风景，总是让我期待，让

| 蒲河红蓼 刘卓摄 |

我想象。

我期待的带有书卷气的红蓼以前总以为只在南方，后来才发现，红蓼不独江南所有，中华大地除了西藏以外，到处都在生长。它就在我们身边，尤其在沈阳浑河和蒲河两岸，时见红蓼，一丛接着一丛，一片连着一片，每每行走浑、蒲岸边，都让我格外属意。其亭亭玉立的临水娇影，扶疏摇曳的粉红花朵，大俗大雅的称呼名号，随遇而安的低调生长，都让我喜欢，让我亲近。

在沈阳，蓼花最多的地方是城北那条自东向西迤逦穿城而过的蒲河。蒲河是一条充满野趣的河流，河中多蒲草与芦苇，岸边多蓼花。立春之后，汲取天地精气的蓼花即泛青芽，萌绿叶，一个劲儿地往上蹿着。未及入夏，就率先吐出串串嫩绿的花骨朵，然后粉红色的小花开始绽放，越开越旺，深深浅浅，呼啦啦地一路从暮春摇曳生姿到晚秋，直到天地飞霜、芦花飘雪的霜降时节，还能开得热热闹闹，花期近大半年。它不择环境，不竞娇媚，无涉冶艳，与国色天香更搭不上边，却本色天然，有如小家碧玉，又似邻家女孩，自呈遗世芳华，为蒲河两岸增添了一道最为动人的风致。每届此时，河中的芦苇，荻花白如飘雪；蒲草拥着赭石色的蒲棒，一支支犹如待点燃的蜡烛。在这样众卉寂寥之时，幽约朦胧如浅绛画般的背景上，依然盛开的是岸边一丛丛或浅粉或深红的红蓼花。它们在青里透红、形如竹节形的茎干上，在细长如竹叶般的叶椏间，抽出一串串或小谷穗或罗汉草一样的长穗，以密密麻麻挤在一起的极小花朵，簇成片片的娟秀与灿烂。在尽显自己凌霜而益愈红艳的同时，也更衬托出水中荻花和蒲棒的寂阑与萧疏。

然而，这种从早春到晚秋最常见最惹眼的红蓼花，却不为大多数人所识。注意此花者也多称其俗名“狗尾巴花”，其名虽形象，却多少有负此花的声名。

其实，在中国，红蓼的名气很大。别名除了狗尾巴花、狼尾巴花之外，尚有水红花子、东方蓼、大蓼子、天蓼等，多年生宿根草本植物。以其竹节般的枝干和舒朗葳蕤的柔枝细叶，点点丛丛地聚散在村边溪头、田间埂上和房前屋后。它生长迅速，有的甚至能长到两三米高。我曾在蒲河岸边一民宿院外见到数株红蓼，高及房顶，至少有三四米，茎粗枝繁，叶茂花密，本是多年生草本植物，但看上去却如小树一般，花叶遮窗，清荫匝地，许多游人竞相在其下拍照，戏称“狗尾巴树下”。

“狗尾巴树下”的现代人知道红蓼的不多，但在古代，红蓼绝对是十分时髦的词汇。因此深得历代文人喜欢，既入得诗文，又进得书画。

红蓼作为诗中意象，最早出现在《诗经·郑风·山有扶苏》一诗中，称其为游龙：“山有乔松，隰有游龙。”东汉郑玄《毛诗笺》说它“枝叶之放纳也”，意即红蓼的枝和红色花序在水边随风摇曳，有如红色游龙。所以宋人朱弁《曲洧旧闻》就说“红蓼即《诗》所谓游龙也，俗呼水红。”此后，红蓼成为古诗中最常见的一种意象，可说是俯拾皆是，随意搜求，都会得到盈箧佳句。如唐人杜牧《歙州卢中丞见惠名酝》中的所见：“犹念悲秋更分赐，夹溪红蓼映风蒲。”是罗业《雁》诗中的所思：“暮天新雁起汀洲，红蓼花开水国愁。”是宋人陆游《蓼花》中的特写：“老作渔翁犹喜事，数枝红蓼醉清秋。”是张孝祥《浣溪沙》里的一瞥：“红蓼一湾纹缬乱，白鱼双尾玉刀明。”更是清人纳兰性德《梦江南》中的所忆：“江南好，怀古意谁传。燕子矶头红蓼月，乌衣巷口绿扬烟。风景忆当年。”平常的红蓼花，在这些诗人的笔下总是摇动着最惹人情思的风景。

红蓼花在古典小说中也经常出现，如明代吴承恩《西游记》第九回写长安城外泾河岸边渔翁张稍和樵夫李定酒后对诗，其中《西江月》里就吟道：“红蓼花繁映月，黄芦叶乱摇风。”借红蓼描绘出了一幅清幽辽阔和极富动感的优美画面。再如《红楼梦》第十七回，写元妃省亲游大观园，“已而入一石港，港上一面匾灯，明现着‘蓼汀花溆’四字。”第七十九回，迎春远嫁后宝玉十分惆怅，天天到迎春住过的紫菱洲一带徘徊，只见“轩窗寂寞，屏帐翛然”，“那岸上的蓼花苇叶，池内的翠荇香菱，也都觉摇摇落落”，情不自禁吟出《紫菱洲歌》，其中有句：“蓼花菱叶不胜愁，重露繁霜压纤梗。”在这里，蓼花与菱叶一样，寄寓了一种凄清落寞之情。

蓼花入画，早在宋代就有赵佶的《红蓼白鹅图》和徐崇矩的《红蓼水禽图》，之后画蓼花者代不乏人。2000 年，我第一次去台湾，于台北故宫博物院曾有幸见到赵佶的《红蓼白鹅图》轴。画面上一只肥硕的白鹅静卧岸边红蓼花下，引颈回眸间又安闲地梳理着自己的羽毛。红蓼枝叶瘦削，翻折得势；花穗披离细长，略微下垂，一派微风拂过的初秋景象。轻柔温婉色彩中的白鹅与圆转劲健笔调下的蓼花，形成和谐浑融的审美画面。这样的情景，让我似曾相识，多像故乡辽西山村中的常见小景，又如沈阳浑河、

| 红蓼小景 |

蒲河的蓼花水岸。世间常景进入皇帝的丹青笔下，自然就成为绝世孤品。而我们身边的蓼花，因为普通，因为常见却忽略了它，稍有注意，也只觉其不过就是狗尾巴花一丛。平常者之局限，于此可见。所以我总说：别拿狗尾巴不当花。

类似之事，还如我们今天读苏轼那首很有名的《浣溪沙》：“细雨斜风作晓寒，淡烟疏柳媚晴滩，入淮清洛渐漫漫。雪沫乳花浮午盏，蓼茸蒿笋试春盘，人间有味是清欢。”大多数人最注意和喜欢的是词中最后一句，但往往忽略了铺垫“清欢”春盘春蔬，即使注意了，也多是“蒿笋”而非“蓼茸”，即红蓼的嫩芽。

红蓼嫩芽作为野蔬是可以如蒲公英、荠荠菜一样食用的。记得1960年大饥荒时，我才几岁，家中缺粮，奶奶就每天外出挖野菜，其中就有春天的蓼茸，当地人称作“狗尾巴芽”。开水焯后蘸酱吃，略有辛味，但有清香。后来年景好了，家里每有鱼吃时，还会在鱼肚子里塞上几片红蓼叶，蒸出的鱼既没有腥味，又很鲜美。所以我能体会到苏轼的“清欢”，因为知道他春盘里“蓼茸”的滋味。

春盘有红蓼，苏轼在诗中还写过“喜见春盘得蓼芽”，足见红蓼是他餐桌上的平常之物。读宋诗会发现，在宋代不只苏轼，许多诗人的春盘中都有红蓼，如司马光有“玉盘翠苣映红蓼”，赵湘有“紫兰红蓼簇香盘”，韩维有“紫兰红蓼簇春盘”，姚潼翔有“春盘次第蓼芽香”，足见红蓼是宋人春天里最喜食和最时尚的一种野蔬。

其实，红蓼可食，远在秦汉之前就有记载，《礼记》说春秋时期人们烹制鸡豚鱼鳖都要“实蓼”，即是将蓼叶填塞于肉中，还特别指出：“脍，春用葱、秋用芥；豚，春用韭、秋用蓼。”到了明代，李时珍《本草纲目》则明确说：“古人种蓼为蔬，收子入药。”有辛苦之味可为佐料的蓼叶又是一种虫子的美食，每天吃着蓼叶，也吃着它附丽于文学史上的千古之名，古人谓之“食蓼虫”，遂成为中国文化史上一个著名典故，常在诗文中见到。又有成语“蓼虫忘辛”，比喻人各有秉性，为了所好而不辞辛苦。文学中人，读书人某种程度上讲似乎就是一只“食蓼虫”，苦而快乐着。

写作此文之时，恰逢沈阳清明时节。于是我寻了一个阳光和煦的午后，再一次行走蒲河水岸，采摘了一大包红蓼芽。归来沸水焯过，加入盐和鸡精，点少许香油。儿时之味，油然而回，虽略带苦辛，但野蔬之清香不输时尚的刺嫩芽或是荠荠菜。春盘蓼茸，颇得清欢，遂成浮生自得之趣事。

水蜡烛

儿时的秋天常在故乡辽西老寨川的河道边采摘一束蒲棒拿回家，它的形状似一根棒槌，更像一支蜡烛，通体圆柱形，顶端还有灯芯状的弯曲细茎，仿佛一根火柴就能将它点燃。进了城里，尤其是在沈阳近蒲河而居，河因多

| 蒲岸蒲棒 刘卓摄 |

蒲草而得名。在这里可以从春看到秋，满河的蒲棒草，一时觉得那一片片蒲棒又如吃过的烤肠，但细看，还是觉得以蜡烛形容最恰切，不仅形似，而且还有诗意，于是带着细长的蒲叶采回插在花瓶里，一室的野趣幽香。这最平常的幽香又吸引我从缥缃的典籍中找到了儿时就赋予它的形象："水蜡烛"。

水蜡烛，多好听的名字，一个最值得入诗的意象词。然而遗憾的是，我几乎翻遍了《全唐诗》《全宋诗》《全宋词》等家中书房所藏典籍，竟然找不到一首咏水蜡烛的诗。后来发现，水蜡烛还有许多名字，如香蒲、甘蒲、蒲草、水烛、毛蜡、紫茸、蒲茸，而古人诗中则多以一个"蒲"字带过。

"蒲"字在《说文解字》《释名》《唐韵》等典籍里都有解释，但只说是可以作席的水草，从中可以见出这些典籍中的蒲指的是与石菖蒲有区别的蒲草和香蒲，而历史上那些典故中的蒲也是指这两种。如汉武帝时征召能臣，被征请者坐在安车上，并用蒲叶包裹车轮，以便车身更为安稳，从此有了"安车蒲轮"之典，表示皇帝对贤能者的优待。西汉时著名大臣路温舒少贫好学，但用不起竹简，只好割取蒲叶裁截为牒，用以写字，由此有了"蒲牒写书"之典。东汉华阴人刘宽为官温仁多恕，属下官吏有了过失，只取蒲叶制作的蒲鞭示罚，不加皮肉之苦，从而有了"蒲鞭示辱"之典，比喻以德从政。这些因蒲而成的典故，很是教育人和激励人，足见蒲的正能量。

在植物分类学里，蒲草和香蒲是同属于香蒲科香蒲属两个不同的种。蒲草的正名叫水烛，别称狭叶香蒲，又叫东方香蒲。香蒲又分为宽叶香蒲、狭叶香蒲和短穗香蒲。水烛与香蒲植株形态很相似，都是高可达两米以上，主茎不太明显，青翠的叶片抱茎而生，挺拔且柔韧，修长而直上，形同青剑，凌波列阵。入夏之后即抽莛开花，圆柱状花序，是谓蒲棒。两者用途也相同，除了用于点缀园林水池和《说文》讲的蒲叶可以编席外，其叶还可以用来编织蒲团、蒲鞋、蒲扇等实用品和工艺品，同时又是重要的造纸原料。蒲棒顶尖上的佛焰状黄色雄花序，像极了蜡烛上的线芯，七八月采摘晒干后碾轧，筛取花粉，即入药“蒲黄”，有止血、化瘀、通淋等功效。水烛和香蒲只能从外形上区别，一般来看，水烛较高大，最高者可近3米，叶片较长，最长者超过1米，在同一花序轴上的雌雄花序之间有5厘米左右的间隙，雌花序即蒲棒长近30厘米，粗壮的圆柱形像极了蜡烛。香蒲相对于水烛矮些，最高不超过2米，叶片长在50厘米左右，雌雄花序间紧密连接，雌花序长不超过15厘米。不管是水烛还是香蒲，都没有漂亮的花瓣，也不需要吸引昆虫来传粉。雄花序在蒲棒长成不久后会变成黄色的一嘟噜，这是花粉成熟并准备随风飘散了。随着授粉进程的结束，雄花序逐渐凋谢，只剩一截细细的空杆。雌花序则变成深褐色，这就是我们看上去极似蜡烛的部分，实为果序。晚秋时节，看起来平静的果序外表下，其实隐藏着一颗炸裂的内心——只需轻轻一撸，就会有大量的绒毛爆裂出来，这就是绵绵的蒲绒，可以替代棉花填充枕芯和坐垫。蒲河的蒲绒，历史上就无人采摘，都是自然绽放，如蒲公英一样带着种子随风飞舞，遍地生根，这大约也是蒲河之所以称为蒲河，而且水蜡烛越来越多的缘故。

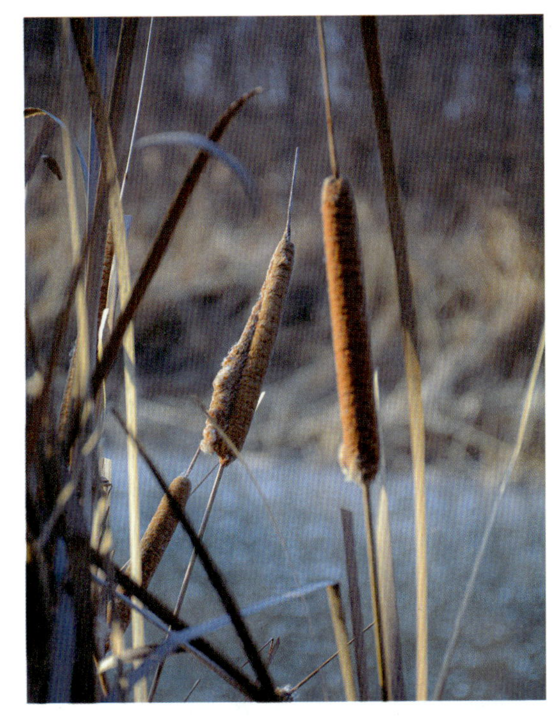

| 水蜡烛 刘卓摄 |

蒲河之“蒲”，既多香蒲，亦多水烛，应是中国北方此种植物集大成之地。对于一般人而言，我们不必刻意区分香蒲与水烛之差异，应当重视的是浑

身是宝的“蒲”所给予人类的意义，尤其是对于沈阳人来说，蒲河之“蒲”，既是品牌，也是产业，如何将此品牌价值予以提升，亟待有识之士尽快进行产业对接。对我而言，还是回到“水蜡烛”这个意象上，因为我喜欢将蒲河所有的“蒲”统称为“水蜡烛”。

水蜡烛应当是中国诗人最早关注的意象，但大都称为“蒲”。在中国第一部诗歌总集《诗经》中，有多首诗写到蒲。如《王风·扬之水》“不流束蒲”，《陈风·泽陂》“有蒲有荷”“有蒲与蕳”，《小雅·鱼藻》“依于其蒲”，《大雅·韩奕》“维笋及蒲”。其中“不流束蒲”之“蒲”古代解释多有歧义和争论，或说指的是“蒲柳”，遂成一段公案。但不管怎样说，都证明从《诗经》时代，作为水蜡烛的“蒲”就已成为诗人关注的植物，并成为一道风景，此后历朝历代，“蒲”在诗中总是吟诵不绝。如两汉乐府《孔雀东南飞》中有：“君当作磐石，妾当作蒲苇。蒲苇韧如丝，磐石无转移。”以蒲的柔软如丝不易折断来比喻女人的坚韧爱情。之后，诗人们开始注意深褐色外表茸状水蜡烛样的蒲棒，他们称其为“紫茸”。如南朝谢灵运《于南山往北山经湖中瞻眺诗》：“初篁苞绿箨，新蒲含紫茸。”无名氏《拔蒲》其一：“青蒲衔紫茸，长叶复从风。与君同舟去，拔蒲五湖中。”写乘舟采“紫茸”即水蜡烛之情形。

唐宋开始，诗人咏蒲之诗益多，许多诗句成为名句。如唐代杜甫《哀江头》：“江头宫殿锁千门，细柳新蒲为谁绿。”白居易《湖上闲望》：“藤花浪拂紫茸条，菰叶风翻绿剪刀。”宋韩元吉《剡溪道中五首》其三：“绿縠细看桑眼破，紫茸还见草心生。”陈造《次韵张守劝农二首》其一：“官堤烟树纡红缬，沙岸风蒲袅紫茸。”咏蒲诗中不仅多有“紫茸”之词，而且还出现了“蒲茸”之意象。如唐代李贺《绿词》：“东湖采莲叶，南湖折蒲茸。”宋代张耒《西湖三首》其三：“一曲清池柳岸风，长苗新稻短蒲茸。”元代陈显曾《溪山胜概楼》：“蒲茸绿浅芹芽紫，沙上轻烟湿飞雨。”

这些诗中的“蒲茸”即是单指水蜡烛，并以此来代表香蒲或是水烛。

到了清代，文献部开始有了“水蜡烛”“水烛”的称呼。康熙年间成书的屈大均《广东新语》说：“水蜡烛，草本，生野塘间，秋杪结实，宛与蜡烛相似，有咏者云：‘风摇无弄影，煤具不燃烟。’”而成书于乾隆年间的赵学敏《本草纲目拾遗》又称之为“蒲包草”，继而解释说：“以其开花结实，俨似蜡烛，故名。芦苇荡中颇多，土人采其实，以治金刃伤止血用。”又引汪连仕《采药书》中言：“蒲萼即蒲草。南人呼莎草，北人呼板枝花，结实为鬼蜡烛，其粉即蒲黄。”嘉庆年间成书的王礼《台湾县志》也有记载：“水烛，形如蜡烛。以其生于水中，故名水烛。内有絮如棉花，治刀伤甚验。”可见在台湾也有水蜡烛之称。从此，水蜡烛一名开始叫开，其形象之生动，很快为世人所熟知。

水蜡烛的诗意为蒲河平添了诸多书卷气，我初秋时节采摘回家的数枝蒲棒在案上的笔海里也自然绽放出了绵绵蒲茸，如同蜡烛的燃烧，热烈而奔放。于是我补前人之缺，作《蒲河水蜡烛三首》，以纪其最可入诗之意象。

新蒲猎猎满烟汀，花序惊波任转萍。
俏羽豆娘方款去，紫茸又立绿蜻蜓。

谁将花烛赋蒲丛，终与燃芯蜡不同。
拂岸清风无弄影，枝枝劲挺碧漪中。

蒲河蒲棒蕴蒲华，一自抽莛烛影斜。
纵使有心灰尽烬，终难垂泪只飞花。

柳河看柳

盛京多柳。城外有封边之柳，河畔有护堤之柳，园囿有造景之柳。柳条湖、万柳塘等地名更是折射着这座城市与柳的缘分。“辽东三才子”之一刘春烺的《沈城杂记》描绘了万泉河上之柳：“万泉河畔引清流，白舫蓝舆任冶游。六月莲花三月柳，醉人风月似杭州。”不过，在沈阳看柳，当推柳河。柳河之柳，品种繁多，或水或旱；柳河之柳，千姿百态，或密或疏。最令

| 柳河　谢东昊摄 |

人叫绝的是，柳河之柳因季节、地势、地貌、水文不同而气质各异：从无名氏“昔我往矣，杨柳依依；今我来兮，雨雪霏霏”的苍茫，到刘禹锡“春江一曲柳千条，二十年前旧板桥”的伤感；从唐九龄“纤纤折杨柳，持此寄情”的缱绻，到贺知章“碧玉妆成一树高，万条垂下绿丝绦”的明快，全凭观者的心情。

柳河是辽河的重要支流。辽、金、元时期称羊肠河，清代称杨柽木河、杨什穆河、养息牧河。光绪初年，河流改道，在今阜新市彰武县彰武镇北形成一条新河道，后通称柳河。柳河故道上游淤塞，下游仍保持畅通，今称养息牧河。柳河流经内蒙古奈曼旗、库伦旗、科尔沁左翼后旗与辽宁省阜新、彰武两县，在沈阳市新民市王家窝堡入辽河，与养息牧河、绕阳河水系为邻，总流域面积约 5725 平方公里，全长约 297 公里。

平日里的柳河性情温驯，舒缓清澈，水草茂盛。两岸绿树葱茏，有挺拔的白杨，婀娜的垂柳，结满桑葚的桑树，挂满榆钱的榆树，可谓风光旖旎。然而一到洪水期，那情景真是触目惊心！但见涛声轰鸣，似万马奔腾。昔日茂盛的水草不见了，河岸一片淤泥。大树被洪水冲撞得东倒西歪，小树则被连根拔起，河旁洼地里的庄稼也全淹没在泥水里。因为洪水泛滥频繁，水土流失严重，柳河成为一条多泥沙的河流，素有“小黄河”之称。据测量，柳河年平均输沙量为 1650 万吨，其中 823 万吨泥沙进入辽河下游，占辽河下游来沙量的 68%，是辽河支流中脾气最坏的一个。

历史上的柳河坡陡流急，多次迁徙改道。清光绪年间，柳河屡次成灾；宣统年间，连续三年淹入新民县城，闹得朝廷和地方官焦头烂额。

这时，刘春烺出场了。刘春烺（1849—1906），字东阁、东葛，号丹崖。奉天府承德县新民厅（今辽宁省鞍山市台安县）人。自幼好学，博览群书。同治十二年（1873）拔贡，光绪八年（1882）考中举人。年轻时，刘春烺与辽阳房毓琛、奉天荣文达齐名，并称“辽东三才子”。他精于书法、文学，而且在天文、地理、医学、兵学等方面造诣颇深。熟悉沈阳掌故的人，都知道刘春烺曾经担任过萃升书院的主讲和奉天大学堂的总教习，但恐怕很少有人知道，他还是一位治河能手。

刘春烺中举后，无心当官，但其才识深得奉军统领、总兵左宝贵赏识，并推荐其治理柳河。接任后，刘春烺率领有关人员，亲临现场勘察规划，修筑土堤，植柳停淤。今天河边那些粗壮的柳树，有不少就是那个时期栽种的。柳河也因此得名。筑堤拦水之外，刘春烺又提出从冷家口（今台安十四家子）彻底疏浚碱河（今双台子河）河道，让辽河分流，经碱河注入渤海的方案，得到盛京将军依克唐阿认可。方案实施后，辽河水患明显减少，碱河两岸也变成沃土良田。为此，刘春烺名声大振。

站在柳河岸边，看两岸杨柳依依，我不禁对这种最常见的树种油然而生敬意。作为中国原生树种，柳树适应环境的能力极强，耐寒、耐热、耐旱、耐潮湿，尤喜温暖、湿润、向阳之地，在生态条件恶劣的地方也能够生长。正因为这种随遇而安、易种易活的天性，自春秋以至近现代，我国植柳之风长盛不衰，或防风固沙，或护路卫堤，或遮阴造景，或养性修身。东晋诗人陶渊明爱柳成癖，归隐之后，在自家房前亲植柳树，自号“五柳先生”。唐代诗人柳宗元任柳州刺史时，在江岸广栽柳树，人称“柳痴”。清代名将左宗棠任陕甘总督期间，命令军队、百姓沿河西走廊种柳六百里，“左公柳”扬名后世。刘春烺植柳柳河，虽然没有留下风雅的名声，但实实在在为百姓做好事，也值得我们纪念和崇敬了。

我的柳河之旅在雁沙湖画上句号。这个在地图上找不到的水面位于新民市周坨子镇东部，距离沈阳 90 公里，由柳河水蓄积而成。1958 年，它被疏浚改造为人工湖，如今摇身一变，已经成为炙手可热的旅游度假区。景区占地面积约 32 平方公里。登高远望，东有绿意盎然的成片森林，北有错落起伏的万亩沙丘，南有一望无垠的滚滚稻浪，西有满池满塘的荷花。180

| 雁沙湖　谢东昊摄 |

公顷的湖面波光粼粼，清澈见底。湖中心有一座方形小岛，不时有大雁、白天鹅或野鸭飞起，与芦苇、荷花、水柳、稻浪共同点染出一幅充满田园风的山水画。

最妙的是沙。雁沙湖边，千余亩白沙此起彼伏，细腻滑润，让人犹如置身海滨。它们从内蒙古草原出发，被湍急的柳河水裹挟着，一路奔波，终于安静下来，享受夕阳的抚摸。抓一把白沙在手心，任它们在指缝间一点点流走，我的目光也变得惝恍迷离起来：闪亮的湖水、起伏的沙丘不见了，眼前是一条宽阔的河谷，水雾蒸腾，芳草萋萋，稻田平整，树木葱翠，一条白亮亮的大河从北向南奔流而来。在它的身边，是飘着袅袅炊烟的村落，是嘎嘎飞过的水鸟，是一望无际的柳色……没错，那就是自然的、粗犷的、野性的柳河。

鹰翔绕阳

第一次听说绕阳河，是通过一位大学同学。他出生于盘锦的一个小村落，自幼就在这条河边长大。因为交往较多，好几次，他很动情地回忆起

| 绕阳河新民段　谢东昊摄 |

自己的童年岁月，向我讲述那些在河边挖野菜、捡鸭蛋、嬉闹，在河里捉鱼、网虾、摸螃蟹，在岸边发呆、看植物疯长、听百鸟鸣唱的快乐时光。他甚至几次邀我去他的故乡，一起去看看这条神奇而美丽的河流，然而阴差阳错，始终没有成行。但这段往事却给我造成一种错觉：绕阳河是盘锦的，盘锦的绕阳河才最有味道。

直到毕业后很久，开始关注沈阳的地理、历史，我才恍然大悟：原来，绕阳河就在身边。无论是新民还是辽中，都有它迤逦奔腾的身影。

绕阳河是辽河的重要支流之一，位于医巫闾山以东，辽宁省中部平原区西侧。绕阳河有两源：南源发源于阜新蒙古族自治县扎兰营子乡海拔 592.1 米的察哈尔山，北源发源于辽宁省彰武县四堡子乡郭家堡子东北山。两源在彰武县四堡子乡谭家窝堡村汇合，沿阜蒙、彰武两县界向东南流，经新民、黑山、辽中、台安、北镇，入盘锦境，在新生农场与东郭苇场之间的万金滩扑进辽河怀抱。绕阳河总流域面积 10360 平方公里，全长 290 公里。我特意查了一下资料，在盘锦境内，绕阳河的流域面积 868 平方公里，长 71 公里，河道宽 40—700 米，西沙河、锦盘河、丰屯河左拥右抱，如一张摊开的大网，形成相对独立的绵密水系。

绕阳河的名字颇有来历。《辽史·地理志》称其为锥子河，《大明一统志》称其为珠子河，到了清代，被称作“锡勒门毕拉”（一说苏巴尔哈河）。“锡勒门毕拉”是满语，“锡勒门”即鹞鹰，“毕拉”为河，“锡勒门毕拉”的意思就是鹞鹰翔栖的河流，让人想到天高山远、马驰鹰飞的壮美景象，也给绕阳河披上了几分神秘与浪漫。也许是觉得满语拗口，总之，世世代代生活在河边的汉族居民习惯称其为鹞鹰河、耀英河，后来一音之转，叫成了今天的绕阳河。原来，这个汉韵十足的名字其实带着浓厚少数民族基因的。直到今日，在绕阳河流域，仍然多见鹞鹰在空中盘旋，尤其是暖阳升起的冬日。这些孤傲凶猛的家伙并不关心绕阳河的风景，而是用锐利的目光时刻搜索着苇丛、田野，对于它们来说，那些扑棱着膀子的野鸡和撒着欢儿的野兔正是难得的美味大餐。

历史上的绕阳河桀骜不驯，又疏于治理，因此肆意横行，与辽河的其他支流如柳河等沆瀣一气，形成著名的古“辽泽”，给东征高句丽的唐太宗造成极大麻烦。《资治通鉴》载，贞观十九年（645）五月，“庚午，车驾至辽泽，泥淖二百余里，人马不可通，将作大匠阎立德布土作桥，军不留行。壬申，渡泽东。丁丑，车驾渡辽水，撤桥以坚士卒之心，军于马首山”。马首山即今辽阳南部 7.5 公里处的首山。唐太宗先过“辽泽”后渡辽河，可见“辽泽”在当时辽河以西地区，而且范围很大，急行军三日才得以渡过。今天的北镇在隋唐时称怀远县、怀远镇，是辽泽西部的交通枢纽，隋炀帝、唐太宗都是从此地出发跨越辽泽，而且今北镇与辽中之间的距离与唐时“二百余里”大致相同，可见“辽泽”即今北镇与辽中之间的沼泽地，也正是绕阳河流经的区域。

另一个跟绕阳河有关的事件发生在宋宣和七年（1125）。这一年，宋徽宗赵佶任命许亢宗为使节长，率领 80 人的使团出使金国。许亢宗一行从汴梁（今河南开封）启程，过燕京后沿海而行，经山海关、来州、习州、锦州、显州、兔儿涡，到达梁鱼务。梁鱼务即黑山境内绕阳河畔的莲花泊，是去往“辽河大口”的必经之路，而“辽河大口”即今辽中城西的辽河渡口。许亢宗由此渡辽河，行约 70 公里到达沈州（今沈阳），再由此北上。从兔儿涡到梁鱼务一带，正是滩涂遍地、泥泞难行的“辽泽”：“离兔儿涡东行，即地势卑下，尽皆萑苻，沮洳积水。是日凡三十八次渡水，多被溺，……”不仅如此，这一带“秋夏多蚊虻，不分昼夜，无牛马能至，行以衣被包裹胸腹，人皆重裳而披衣，坐则蒿草熏烟，稍能免”，让许亢宗吃尽了苦头。直到清代，因入关和东巡需要，历代皇帝加大对绕阳河、柳河的整治力度，修成沟通北京和沈阳的盛京叠道，“辽泽”的问题才算得到解决。

也许是因为大学时代那个未实现的愿望，春夏之交，我驱车至新民市大红旗镇，顺着绕阳河，来了场一个人的旅行。两岸是密密匝匝的杨、柳、榆、槐，因为喝饱了河水，绿得十分浓烈、饱满，装点着蜿蜒的堤岸，守护着村庄、田垄，挑动着诗人的灵感，也氤氲了乡亲的梦。细看之下，榆钱、槐花正次第开放，一簇簇、一串串，热闹非凡。枝叶间，叽叽喳喳的喜鹊、燕子、麻雀忽上忽下，让我情不自禁地怀念起童年时代。与绕阳河相比，家乡那条没有名字的小河不值一提，不过，自己不是也享受过戏水、摸鱼的快乐？那带着丝丝甜味的榆钱不也曾被做成饽饽，勉强应付着咕咕叫的肚子？

听说，盘锦的绕阳河更为壮观、大气，也更加美丽灵秀。那里有古老的冬捕，有一眼望不到边际的芦苇，有数不尽的坑塘、沙洲、沟渠，有成群的鱼蟹和鹭鸟。这一切，都让我想起那位已无音讯的同学，想起他当年自豪的讲述和真诚的邀请。相比之下，眼前的绕阳河确实平淡无奇，甚至有些单调，而且，也没有我想象中的鹞鹰，但我对它依然充满热爱。因为它流淌在我生活的土地上，也让我常常想起朴素而快乐的少年时代。

秀水往事

在法库西部的巴尔虎山和马鞍山中间，有一片平坦的原野，在这片原野中，流淌着一条银带子一般的河，名曰秀水河。在比例大一点儿的地图上，你很难找到这条河流，但它的名气可是一点儿也不小。作为辽河的一级支流，它发源于内蒙古科尔沁左翼后旗的七棵树嘎查，进入辽宁后流经阜新市彰武县，沈阳市康平县、法库县、新民市，在公主屯镇关家窝堡村汇入辽河，如《清史稿·地理志》法库直隶厅条所记：“又西秀水河，南入新民。”流经沈阳境的辽河支流主要有四条，即浑河、绕阳河、柳河、秀水河，秀水河是最短的一条，全长 139 公里，仅仅是浑河的四分之一强。

关于河流的得名，在当地流传着这样一个传说。这条河的上游本来是清秀明丽的，可进入法库境内不久，突然变得颜色浑浊、腥臭难闻。河边的草木、庄稼也纷纷变黑腐烂。附近的居民不得不背井离乡，逃往上游，下游数百里都没了人烟。一天，一家父女三口从关内逃难至此，因为过于劳累，顾不得腥臭，在河边住了下来。也是巧了，他们落脚的地方正是臭味发源地。父亲是个老中医，他仔细查看河水，发现是这个地方生出的锈水渗入地下，造成了河水发臭，只有一种叫万年青的草才能使这锈水沉淀、变清。聪明美丽的女儿阿秀毅然前往科尔沁大草原深处，躲过狼虫虎豹，花了七七四十九天，采到万年青的种子。回来后，她又用了整整七天七夜，将这些神奇的种子播撒在河岸边。阿秀却因劳累而死。第二年，密密麻麻的万年青生长起来，秀水河果然变清了。逃难者纷纷返回家园。两岸又恢复了生机，年年五谷丰登，吃喝无忧。为了纪念阿秀姑娘，乡亲联名上书朝廷，追封阿秀为昭德娘娘。阿秀的坟被称为娘娘坟。这条河流则改称秀水河，成为法库境内第一大河。

既然是传说，只能姑妄听之。其实，以中国之大，名为"秀水"的河流远非一条，也不知有多少口耳相传的故事。比如今浙江嘉兴市不仅有一条秀水河，还有一个秀水县。宋代张尧同在《嘉禾百咏·秀水》中这样描写秀水的风姿："好景明于昼，长浮五色波。"与其相比，法库境内的秀水河也并不逊色：它从内蒙古大草原奔流而来，或激越，或舒缓，见识了群

| 秀水湖荡舟 牛恩坤摄 |

山合抱、峡谷幽深，领略了林木森郁、花草鲜美，习惯了鱼跃虾游、禽鸟啁啾，一路浇灌着经过的村落，哺育了一方水土，尤其为孩子们留下了欢快的记忆。

在法库县秀水河子镇与叶茂台镇之间，秀水河仿佛跑累了，放慢脚步，汪成一片浩渺的水面，这就是秀水湖，也是整条河最秀色可餐的地方。秀水湖原名獾子洞水库，始建于1958年，水面面积1532公顷，是沈阳市第一大水库。以此为中心，形成了清浅可人的獾子洞国家湿地公园。除了农田生态系统和部分村落外，这里没有进行大规模的开发，拥有沼泽、滩涂、河渠、森林等多样化的生态环境，保持了较为原始的湿地景观。公园周边有太平河、四官窝堡西沟等7条河沟分布，总集水面积近300平方公里，地下水层厚达35米。

| 冬日秀水湖　牛恩坤摄 |

从总体上看，獾子洞湿地地势平缓、水面开阔，周边森林和植被丰富，生长着高等维管植物200多种，其中芦苇、香蒲和三江薫草等水生植物群落为该区域优势群落物种。区内还分布着各种哺乳、两栖、爬行类动物以及40余种鱼类。这些都构成对鸟类的巨大吸引力。目前，湿地公园内共有鸟类160多种。其中，国家级重点保护鸟类27种，包括白鹤、东方白鹳、白头鹤、丹顶鹤、白枕鹤、灰鹤、黑鹳、大鸨等，不少是《濒危野生动植物物种国际贸易公约》中列出的濒危物种。每年春、秋两季，众多珍稀水禽飞临这里歇脚、觅食，到处是栖鸟嬉戏、苇荡起伏、水天一色的景象。

说起来，秀水河的名气，很大程度上来自在秀水河子镇发生的一场战事。当年，解放军出兵东北，和国民党军的第一次较量就是秀水河战役。那一场胜仗，拉开了东北解放的序幕，也让秀水河以及这个名不见经传的小镇在中国军史上留下了名字。秀水河子镇不大，仅有500余户人家，但它南通新民、沈阳，北接康平，东至开原，西邻彰武，为交通要冲，乃兵家必争之地。

在秀水湖东侧，秀水河烈士陵园松柏挺拔、庄严肃穆，秀水河战役纪念馆藏身其中。陵园主体工程竣工于1970年，占地面积12250平方米。四周砌有红砖围墙，正门竖有四个高大门垛，上有水泥灌筑的横额。中间是两道大门，两道门中间两侧建有七间水泥瓦房。甬路中间立着纪念碑。纪念碑高15.7米，建在18.5米高的正方形台基上，上书“革命烈士永垂不朽”八个大字，上有五角星。碑的后面，埋葬着800多名在秀水河战役中牺牲的烈士。洪学智将军亲自为纪念碑、纪念馆题写了碑文和馆名。

馆内的参观者不多，异常安静。灯光照亮了那些珍贵的文字、图片以及钢笔、佩章、手表等实物，也照亮了70多年前那段壮烈往事。

1946年2月，东北国民党军集中4个美械装备师，分三路沿北宁铁路沟帮子至新民段向两侧地区发动进攻，企图驱逐东北民主联军部队，为其后续部队开进东北和进占沈阳创造条件。国民党军北路第 13 军第 89 师，向法库方向前进，占领了秀水河村。东北民主联军在总司令林彪、政治委员彭真指挥下，利用夜暗迅速夺占北山、虎皮山等外围阵地，以优势兵力包围秀水河村。13 日傍晚，东北民主联军发起总攻。深夜，各部队相继攻入村内，与守军展开激烈巷战，并于 14 日晨全歼守军。

秀水河子战役是解放军出关后与国民党主力进行的第一次较量，也是一场以少胜多、战果辉煌的重要战役，被誉为东北解放战争的第一个春天。此役共歼灭国民党军 1000 余人，缴获各种火炮 30 余门、轻重机枪 100 余挺、步枪 800 余支、汽车 20 余辆，坚定了部队解放东北的信心。有军事史家认为，其重要性堪比平型关大捷。

青山依旧，绿水长流。如今，秀水河的一河秀水，带着对先烈的怀念，带着对自然的赞美，带着对美好生活的向往，汇入辽河，奔向大海，走向未来。

十里河文脉

沈阳城南苏家屯区有条十里河，因河而名，河之左岸有个十里河街道。历史上的十里河就一条河而言，于水系并无足轻重，但因这里走出了一个张之汉，从而让十里河迤逦的文脉清晰呈现。

十里河发源于灯塔市柳河子镇八盘岭和铧子镇芝麻岭，全长41公里，在十里河区域内形成沈阳与辽阳的界河，自东向西注入源于抚顺大顶山、斑猫岭的北沙河，再流入太子河。历史上，作为河川的十里河并没有什么名气，但作为地名，其名气却很大，因为这里是明代著名的虎皮驿，还有就是这里出了一位杰出文化名人张之汉。我非偏爱张之汉此人，而是张之汉确实当得起这一称呼。最早知道张氏之名之事，还是多年前在金毓黻《静晤室日记》中。金先生比张之汉小19岁，他对这位前辈非常敬重，称为“宿儒大师”，凡事上多有请教。以金毓黻人格学养，他所敬重之人，足令后世景仰。

十里河这地方在明代时称虎皮驿，一个“驿”字说明这里曾是当年的一个重要驿站。有明一代，为了加强中央与东北地区以及东北各少数民族的联系，明王朝在辽金元古道基础上开辟建立了多条驿道和驿站。据《寰宇通志》记载，以辽东都司所在地辽阳为中心，辟有四条陆路和两条水路，建有 35 个驿站。这些驿路和驿站将整个东北地区串联起来，形成了一个有机的整体，加强了东北各地区与中央的联系。虎皮驿就是从辽阳陆路北行直达开原中间的一个重要驿站，距辽阳和沈阳各 60 里，民国六年（1917）赵恭寅所修《沈阳县志》“古迹”条记载：“虎皮驿古城，在城南六十里，周围一里一百三十步，南一门。明熊廷弼经略辽东设防于此，以扼辽沈。清天命六年征辽阳，进师虎皮驿，抚降之。后改修南北二门，今十里河城。”作为行政区名，虎皮驿何时被十里河替代，难以确知，似是随着明王朝的覆灭，驿站功能逐渐式微，十里河之名才最终取代了虎皮驿。

在十里河的历史上，有三件事最值得书写。第一件当然是明朝于此设立驿站；第二件是努尔哈赤迁都沈阳，途中夜宿虎皮驿，时间是后金天命十年（1625）三月三，正是从这一天开始，沈阳揭开历史新纪元；第三件则是这里走出了一位大才子，既有政声，又颇具文名的著名画家、诗人、书法家张之汉。

虎皮驿城址

张之汉的时代，十里河就是沈阳城南重镇。他的诗，许多是写故乡沈阳和十里河镇的。写沈阳的有几十首，写十里河镇的多达百余首，如《春日偕同学诸子假游郊外》《小桥》《秋过溪南山家》《访西涧隐者不遇》《十里河镇六景》《镇居杂咏仿竹枝体》《寒夕村旁散步》《沿溪散步至东山最深处》《赴辽阳车中望故乡十里河镇感赋》《元夕归故乡十里河镇》《元夕再回故乡感赋》等。这些诗，可以形成一道十里河最富特色的文脉，让后人充分感受到当年十里河美丽的山光水色和人文物态。

在张之汉为十里河梳理的这条文脉里，有两组诗最为突出，一是《镇居杂咏仿竹枝体》十二首，二是《十里河镇六景》。

《镇居杂咏仿竹枝体》十二首，以略带民歌色彩的文人七绝，尽写十里河镇的世俗风物、物产人情。如第三首写当年十里河镇元宵节的繁华："六街歌管上元灯，绿女红男簇几层。更说今宵禳百病，官桥柳外踱春冰。"第五首写清明时节："踏青时节丽人行，眉画春山翠黛横。何似野田挑菜妇，乱头粗服过清明。"对故乡风土人情通俗而趣致的描写，足可与缪润绂的《沈阳百咏》相媲美。

《十里河镇六景》是张之汉所创作的重要组诗，诗为五古，每首六句。六景分别是松坛晴雪、杏坞春霞、荒城晚照、石闸涛声、盘山屏翠、古驿石铭，每题下有小序。如"松坛晴雪"写十里河镇北有玄武坛，坛前有数百年古松七株，冬日雪后，翠松覆雪，突若丘山，不亚终南荫岭，万井增寒。又如"杏坞春霞"写镇西河岸，高阜细路，别有一个环宅皆红杏的小村，每到春天，杏花怒发，香蔚成霞，隔溪望之，天然画本。而"荒城晚照"则是写十里河镇的"虎皮驿"古城，在镇中三面凭河的高地上，古城岿然踞其巅，地扼四冲，夕阳时分登临遗堞，中有古木寒鸦，益增吊古之幽情。《十里河镇六景》组诗描摹之细腻生动，意象之趣致鲜活，直到今天读来，仍能感受到百年前十里河醉人的山水风光和人文胜迹，每一景都是那般引人入胜。身处三月春风里的十里河畔，望着桃红柳绿中的岸边人家，我想象如果将百年前的"十里河六景"恢复呈现，在今天当不是难事，那样的十里河一定会成为一个新的旅游地，人们会踏着当年张之汉的足迹，饶有情致地寻访沈阳的城南旧事，抒发思古幽情，尽享山水之趣。

另外，张之汉的《石琴庐丛刊》还收有一篇《十里河镇五异人传》。此文以笔记小说文体讲述十里河五位“独特”“奇异”乡民的明德至孝、耿直善举故事。这“五异人”分别是醉翁、戆子、老女、回生、憨农，又附有陈纯儒和跛丐，实际上是“七异人”。这七位异人，每一位都是叙事写实生动，情节婉转感人，每个故事都寓意一个教化事理，引人深思。东北著名诗人、书法家成多禄在《十里河镇五异人传》弁言中称赞说：“天才跌宕，字字写生，太史之文也。而五事共为一篇，列以次第，又班书体例也。盖风世之文，虽在一乡一邑，一经史笔自与稗官小说不同，五人亦幸矣哉！读竟钦佩无似。”成多禄赞张之汉《十里河镇五异人传》有如太史公司马迁《史记》和班固《汉书》之风采，虽写里巷人物，自又与稗官小说不同，颇具史传之价值。《十里河镇五异人传》中的每篇故事前，都配有张之汉自画的插图。其人物特征明显，线条流畅，形象逼真，传神写照，尽显风貌，充分显现了作者高超的绘画成就。如果“十里河六景”得以恢复，再将十里河七异人雕之以像，立于广场，让人们口耳相传七异人的故事，张之汉的十里河在沈阳、在辽海地区将会成为一个文化新地标。

今天的十里河属沈阳市苏家屯区，称十里河街道。早在明清时期，十里河就是沟通辽沈南北的重要枢纽。张之汉曾在《十里河镇六景》组诗序中说他的家乡“镇踞辽沈中枢，当东南孔道。长河贯中，古城枕右，旧名虎皮驿”。当年，张之汉为十里河所钩沉和赋就的故乡文脉，不知今日之十里河人还有几人知晓，很希望当地用好此一文脉资源，重振十里河的经济繁荣与文化兴盛。

卧龙康桥

说沈阳是一座“水城”，可能有一点儿夸张，但沈阳的确是一座水灵灵的城市。熟悉沈阳地理的人会告诉你，这是一座三川环绕的城市，辽河拱其北，浑河、蒲河穿城而过，赋予这座城市生机和灵动。据统计，沈阳范围内有大小河流236条，大小湖泊53个，其中，规模以上的湖泊就有4个，即卧龙湖、丁香湖、秀湖、珍珠湖。除了主城区内的丁香湖，卧龙湖、秀湖、珍珠湖如三颗硕大的明珠，分别镶嵌在沈阳的北部、东部和西部。就大小和声势而论，又以卧龙湖为翘楚。

卧龙湖位于沈阳市最北面的康平县城西一公里处，紧靠素有“八百里瀚海”之称的科尔沁大草原南缘。湖区面积112平方公里，其中，水域面积64平方公里，滩涂面积48平方公里，湖岸线全长38公里，常态蓄水量为7000万立方米，平均水深1.2米，是辽宁省排名第一的淡水湖，据说也是东北三省第二大平原淡水湖。然而，与黑龙江的兴凯湖、吉林的镜泊湖相比，它的名气的确小了一点儿，我在沈阳生活了30多年都没想到要去看一看，真有些说不过去。可见，湖称“卧龙”，与其是因为“青龙护宝”的传说，不如说是因为它的内敛和低调。卧龙者，隐士之喻也。

五一假期，我开启了卧龙湖朝拜之旅。早上 8 时从长白岛出发，由南向北穿越沈阳城区，从沈北新区上高速，到达康平，全部行程用了两个多小时。康平一向是少数民族聚居之地。古属东夷，后汉时期为扶余鲜卑的势力范围，唐、宋为契丹人所居。大辽建立后，康平属东京道北境，金元以后，逐渐成为蒙古民族的游牧之地。满族崛起后，康平划为蒙古王公的旗地。清光绪六年（1880）置康平县，取富足、平安之意。这里曾经是辽东地区政治、军事和文化中心。数年前，我曾造访康平古城，在千年历史的古城墙、古城门、古建筑群中间流连、驻足，发思古之幽情，至今印象深刻。

下高速后，按指示牌直接开到卧龙湖边。但见湖水远远伸向天际，与蔚蓝色天空连在一起，正所谓天水交接、烟波浩渺、气象万千，无愧第一大湖的声誉。站在岸边，有柔风拂面而来，湖水泛起轻轻涟漪。湖中芦苇丛生，水禽成群，时有鸥鹭从芦苇间惊起，有大雁在湖面上空盘旋，一幅鸟飞鱼跃的动人画面。荷叶在水中悄悄生长，再过一些时日，就将摇曳生姿，托起粉白的荷花，装点出“接天莲叶无穷碧，映日荷花别样红”的诗意。眼前的卧龙湖是安静、内敛的，野树、蒲草围拢着如镜的湖面，栈道、木船在湖水中投下曼妙倒影，珍珠山、天龙山临水而立，犹如呵护着一位处子。

卧龙湖地区地势平坦，土地肥沃，腐殖质堆积较厚，且水面大、水层浅、水温高、水质好，非常适合动植物生长，是名副其实的“卧龙藏虎”之地。区内生长着蒲草、芦苇、三棱草、地梨子、菱角、鸡头米、水葫芦、莲藕等 70 余种植物；栖息着野鸭、大雁、灰鹤、丹顶鹤、天鹅等 140 多种鸟类；潜伏着草、鲢、鳙、鲤、黑、嘎、鲶、鲫等近 40 种鱼类，还有人工养殖的淡水河蟹、甲鱼和特种鱼。除植物、鸟类和鱼类外，卧龙湖中还有野生水陆两栖动物 8 种，水生藻类 8 门 70 属 154 类，浮游动物 38 种，湖底栖动物 28 种。地下储藏着丰富的锶矿泉水，含锶量高达 1.83 毫克 / 公升，品位之高，全国少有。锶矿泉水对于预防治疗心血管、脑血管病效果极佳，也是市面上热卖的饮料之一。

除了优美的风景和丰富的动植物资源，卧龙湖还有一大看点，那就是冬捕。说起冬捕活动，很多人首先想到吉林的查干湖，其实，在东北地区，不少上规模的水面，都组织冬捕活动，作为旅游宣传的一大招牌。这继承的是契丹文化的传统。史载，创建了大辽王朝的契丹人习惯逐水草而居，即使当上了皇帝，帝国中枢一年四季也都在车马移动中，这就是著名的四季捺钵制度。曾经出使辽国的宋朝使者苏颂有诗曰：“行营到处即为家，

| 卧龙康桥　牛恩坤摄 |

一卓穹庐数乘车。千里山川无土著，四时畋猎是生涯。”畋渔的重要内容之一就是捕鱼。

关于契丹人的捕鱼活动，宋人多有记载。天禧四年（1020）使辽的宋绶归来作《契丹风俗》，详细记录沿途里程、山川、见闻、民族分布、民俗及辽朝宫室、职官和上层人物的衣食住行等情况。其中有契丹人凿冰窟窿冬捕之事：“蕃俗喜罩鱼，设毡庐于河之上，密掩其门，凿冰为窍，举火照之，鱼尽来凑，即垂钓竿，罕有失者。”学者程大昌《演繁露》的记载更接近于今天的冬捕：“……虏中盛礼，……以毛网截鱼，令不得散逸，双从而驱之，使集冰帐。”这个“虏中盛礼”就是春捺钵中大辽皇帝亲自参加的冬捕活动。

首届“康平卧龙湖大辽文化冬捕节”始于2013年1月18日。根据相关报道，开幕式当天下午第一网出鱼过万斤，头鱼当场拍卖出16.28万元的天价。冬捕节第三天，又创造了一网出鱼26万斤的全国纪录。开幕式上，包

| 卧龙湖冬捕 刘晓放摄 |

括祭湖神和醒网仪式在内的主题表演让观看者重温契丹民族捺钵祭祀的古老风俗，豪放粗犷，场面壮观。虽然不曾作为表演现场的一员，但眼前的“大辽第一锅”还是让我震撼。据悉，这口仿照辽代风格铸成的铁锅锅口直径 4.6 米、锅底直径 3.8 米、深 1.5 米、高 2.4 米，总容量 16.8 立方米，大锅煮出的鱼汤多达 17 吨。“万人一起喝鱼汤”的壮观场景是每年冬捕节上的亮点。

带着对冬捕节的想象和向往，我信步走到一座桥上，脑中仍挥不去幡旗招展、号角齐鸣、大网出冰、鱼头攒动的场面。暮春的湖面，山峦环抱，碧水清凉，景色怡人。微风吹过，呼吸着湿润并带着一点儿甜味的空气，很是舒服。我的目光落在桥头，蓦然发现两个大字——康桥。是诗人徐志摩笔下的康桥吗？转念一想，不禁哑然失笑。康平的桥，自然可以称作“康桥”了。设计者未必在有意制造噱头，不过，如果卧龙湖真能打造一处媲美剑河的风景，岂非游客之福？

鱼梁鹤影

早春时节去法库，一路草色遥看近却无。出沈阳北郊，过辽河大桥即进入科尔沁沙漠南缘的法库县地界，一览不尽的平畴阡陌，范宽李唐的长幅横披，任料峭风吹，任翩然鹤飞，任冰消雪化溪水潺潺，任渺渺之目舒展来回。而我已记不清这是多少次来法库了，是郊游踏青，还是搜奇访胜，或是更想来观赏鱼梁鹤影。

"鱼梁"这两个字让我喜欢，就如同我喜欢总来法库一样。其实法库本身就是满语"鱼梁"的音译，多么地巧合。"鱼梁"是一种古老的拦截水流以捕鱼的设施，以土石筑堤横截水中，如桥，留水门，置竹笱或竹架于水门处，拦捕游鱼。《诗经》中有"勿逝我梁"之句，毛传解释说："梁，鱼梁。"宋代诗人陆游在《初冬从文老饮村酒有作》诗中说："山路猎归

| 法库灵山湖的"鱼梁" |

收兔网，水滨农隙架鱼梁。”“鱼梁”如何捕鱼，沈从文先生在《从文自传》中曾介绍说：“水发时，这鱼梁堪称一种奇观，因为是斜斜地横在河中心，照水流趋势，既有大量鱼群，蹦跳到鱼架上，有人用长钩钩取入小船，毫不费事。”称法库为“鱼梁”，正说明自古以来法库作为鱼米之乡的地理位置和水草丰美的自然风貌。

法库县位于沈阳市北部的辽河右岸，长白山与阴山余脉在此交汇。境内山奇水秀，河纵溪横，湖泊与湿地遍布全县。说山奇，这里有沈阳第一峰巴尔虎山和拉马山、马鞍山、五龙山、磨盘山等；说水秀，这里有辽河及其支流秀水河、拉马河、王河、小河子等。沈阳市有 50 座中小型水库，法库县境就有 23 座，几近一半。其中 10 座中型水库也有 7 座在法库。这样的地理环境和水资源当然不缺少“鱼梁”。在财湖、灵山湖和獾子洞的上游湖滨河汊里，我曾见到过细雨中的“鱼梁”美景：丝网相连的木桩或竹竿插在水中，这就成了简易的“鱼梁”。一只小船静静地停在“鱼梁”边，老渔翁叼着旱烟袋悠闲地坐在小船里，等着鱼儿撞网。“鱼梁”、小船和船上渔翁的倒影在水中映出，长长地荡漾着，细碎的涟漪与岸边的蒲苇丛连在一起，引得一只只刚出窝的小野鸭相互追逐。早春深秋时节，还能见到大群的白鹤飞起落下，鹤影翩翩，诗情碧霄，引人遐思。

当然，到法库看鹤，最好的地方还是獾子洞。獾子洞位于法库县西部秀水河子镇与叶茂台镇之间的三合成河上，由水库形成的湿地总面积近 300 平方公里。獾子洞顾名思义，谓此地多有獾子居住。如今，这里已少见獾子，獾子洞也就成了文物级的遗存。我大约和所有来獾子洞的人一样，都是到这个国家级湿地公园来看白鹤。

因为这里水清且浅，水草丰茂，所以成为 160 多种 6 万余只鸟类的栖息地，其中国家级重点保护的鸟类就有 27 种，如白鹤、白头鹤、丹顶鹤、白枕鹤、灰鹤、东方白鹳、黑鹳、大鸨等，而白鹤则又是这里最多和最珍贵的。

据说全世界现有白鹤 3500 只，而每年早春到獾子洞来停歇、栖息的白鹤，在高峰期日均就超过 2000 只，占全球白鹤种群数量的 70% 以上。这是一个何等壮观与神奇的场面。

几年前，也是早春时节，我第一次到獾子洞看白鹤，当时许多村民对此习以为常，称白鹤为“大白鸟”，还形象地指给我说：“你看，那些大白鸟在浅水洼里跟羊群一样。”也是，如果不细看，那些白鹤还真像浅水边上一群群觅草的白羊。其实来獾子洞的白鹤也是在觅草，它们觅的是藨草，那是白鹤最喜欢的食物，是獾子洞湿地里最丰富的一种水草。因为湿地，因为藨草，所以这里成为白鹤南飞北归路线上的五星级驿站。

望着起起落落的鹤影，我不由想起历史上的法库。几千年了，也就是说，水中的蒲苇已经割过了几千次，浅滩上的藨草也绿了几千回，而白鹤依然，不管春风几度，秋雨如何，鹤影年复一年，准时落脚故乡“鱼梁”。历燕国北部边陲，经秦朝辽西郡，终于到了汉唐时代的乌桓、鲜卑、契丹之地，迎来大辽的辉煌。

白鹤知道，它的故乡曾是具有 200 多年历史的辽王朝的中心腹地，萧氏后族居住区。看看这些数字，就知道古“鱼梁”的历史积淀当是多么地深厚：经过明确考证，辽代曾在这里建有宗州、渭州、原州、福州、灵山县、熊山县、安定县等 7 个州县；出过萧袍鲁、萧义、耶律隆运等 6 位宰相；留有遗址 245 处，城址 22 座，村落遗址 100 多个，发现辽墓 32 座；辽时称为熊山，如今称为“沈阳第一峰”的巴尔虎山有 99 峰，峰峰叠翠，山山流泉。当时的法库地区可谓城郭相望、街路纵横、村镇密集、市井繁荣。

从那时起，法库先民即知“鱼梁”的人杰地灵和物产丰饶，开始在这里祭圣山、建陵园、凿灵湖、养荷花，尤其是利用丰厚的瓷土资源，建窑烧瓷，由此使法库成为辽代陶瓷生产的重要基地，叶茂台窑、周地沟窑、务名屯窑、北土城子窑，大辽的窑火在古“鱼梁”彻夜不息。那点点窑火或许就

| 法库獾子洞湿地翔集的白鹤 |

是白鹤南渡北归的故乡灯塔，千年之后，终于传承和造就了“中国瓷谷”的美誉，同时还确立了城乡一体化的以弘扬辽文化为中心的文化治县理念。由此有了辽代风情小镇、辽代商业街和辽文化广场的繁华，有了圣山灵湖的开发和东木叶山白鹤楼的矗立。让汉唐时期最知名的“辽东鹤”与大辽时代最闻名的法库白鹤，在辽海大地上交相弄影，飞鸣九天。终于在古“鱼梁”之地实现了“大辽福地、宰相故里、白鹤之乡、人文法库”的品牌效应。

时间在不知不觉之间，在白鹤的南渡北归之际成为历史。在这个过程中，总有一件如唐人刘沧《看榜日》所述的情形——“飞鸣晓日莺声远，变化春风鹤影回”，让我企盼，让我怀想。我终于明白，为什么最近两年越来越喜欢来法库了。原来当位于沈阳南北两郊的浑河、蒲河早已变为城中河的时候，法库自然就成了沈阳的北郊后院。在这里，五千年的历史文化不仅满足了我搜奇访胜的兴趣，江南水乡般的自然景观更让我获得了观赏鱼梁鹤影的情致。

不是吗，你看鹤影飞处，正是早春里一行行如宋人李成笔下的春树，春树之外是淡黄复浅绿的旷阔田野，田野再远处是缈缈丘陵，是隐隐青山。丘陵是黄湛湛的起伏，青山是黛幽幽的连环。山外有山，最远的翠微淡成一袅青烟，忽焉似有，再顾若无。一行白鹤，正排云而去；鹤影尽处，鱼梁之北，都是莽莽苍苍了。

鸟瞰财湖

近来读《史记·越王勾践世家》《吴越春秋》《越绝书》，越发觉得范蠡这个人物很不简单，有大造化、大智慧。用司马迁的话说，“居家则致千金，居官则至卿相，此布衣之极也”，而且能够功成身退，不做兔死狗烹的牺牲品，让人竖大拇指。浙江德清和山东滕州都有范蠡祠，不过一直没有机会前去瞻仰，听说法库财湖风景区的财宫供奉着文财神范蠡的香火，心念一动，决定去看看。财湖风景区位于法库县南 15 公里处，距离沈阳 75 公里。从沈阳北陵公园出发，开启导航，不走高速，一个半小时左右就可以到达目的地。

财湖原名尚屯水库、塞北湖，是一处山谷型湖泊，形状颇似一只袜子，还有人说像钱袋子。以此为基础建设的景区面积 2568 公顷，群山环抱，集水体、湿地、山地于一体，虽然不是什么名山大川，倒也山光水色、鸟飞鱼跃、绿树青青、花海飘香，是人们游山玩水、拥抱自然的好去处。拦水大坝很壮观，长 954 米，高 14 米，顶宽 6 米，徜徉其上，犹如漫步古道雄关。当然，最惬意的是泛舟湖上，看水天一色、品晚霞朝晖、听啁啾鸟声，仿佛置身于仙境，像当年范蠡泛舟太湖一样，完全沉浸于天人合一的绝妙境界。

| 财湖　王宁摄 |

财湖旅游度假区内好玩的项目很多。你可以花上一个小时，乘坐帆船来一场环湖游；或者在露营地搭起一顶帐篷，找一片安静的水面静静地读书、垂钓；也可以驾车沿着漂亮的环湖公路兜上几圈，一边欣赏沿途美景，一边享受轻风拂面的骀荡之感；或者跟着感觉四处走一走，看一看水禽，享受一下森林浴，又或者走进生态农业观光园，搞一点儿采摘。不急着往回赶的，可以参加晚上的篝火晚会和烟花表演，吃上一顿财湖炖鱼、十里香鸡锅，眼睛和嘴巴都照顾到了。

既然是奔着范蠡而来，我最感兴趣的还是财宫。这座据称全国最大的专门供奉财神的宗教性庙观建在财湖西畔的财山上，占地 100 万平方米，建筑面积 6000 平方米。从环境上看，三面环水、视野开阔、松柏苍翠；从形制上看，布局严整、黄瓦盖顶、殿宇巍峨。在财宫正门，矗立着一个巨大的六边形建筑，走近一看，是道家的八卦图，不过，居中的阴阳鱼已经被偌大的“道”字代替，据说取“生财以道取、入宫而德休、道法自然、天人合一”之意。基座上书“紫气东来”四字。兴冲冲地迈上台阶，走到门前，蓦然发现大门紧闭，想入宫而不可得。询问过往游客，也都面面相觑，不得要领。

无奈之下，只好沿着朱漆大门和青灰色围墙四处转悠。此前，我曾做了一些功课，了解到财宫是由中国社会科学院道教研究专家参与策划设计，以财神文化为主题的东北亚规模最大的道教文化博览园。内设山门殿、财神使者殿、财神殿、三清殿及六栋配殿，东西还有钟楼、鼓楼和启运阁、转运阁等。财神殿是博览园的灵魂，因为其中供奉着中国传统的四位财神，即文财神比干、范蠡和武财神关羽、赵公明。比干、赵公明都是《封神演义》里的人物。根据当地人传说，比干、赵公明就是在这里惩治变成九尾狐狸精的妲己，使百姓安居乐业——比干和赵公明站过的山头被称为财山，围绕财山的水面自然被称为财湖。

司马迁讲："天下熙熙，皆为利来；天下攘攘，皆为利往。"升官发财一向是中国人念兹在兹的大事。因此，保佑大家发财的神仙不断被创造出来。不同地区有不同的财神，如北方以比干为财神，南方则供奉范蠡、沈万三、赵公明。佛教中的弥勒佛也常被奉为财神，至于关羽，是清代中期以后才被捧上神坛的。此外，学界还有文财神、武财神、正财神、偏财神、准财神之说，当然，老百姓不管这一套，见财神就拜，也不计较是哪一位。当然，这些财神也有一个共同点，就是都具备忠、孝、信、义、仁、勇等人格特征，较综合地体现了中华文化的传统价值观。

无缘一窥范蠡，多少有些遗憾，但这里毕竟不是专祠，想必陶朱公也是与其他各路神祇闹哄哄挤在一起，不看也罢。寻一个高处，望向财湖东岸，东北第一个通航机场——沈阳通用航空产业基地尽收眼底。这也是我国第一家低空空域航空试点服务站。几年前，我曾经受邀到访，近距离参观过法国欧直 EC130 七座直升机、意大利泰克南 2006T 双发四座固定翼飞机、俄罗斯别 103 六座水陆飞机等知名机型。印象比较深刻的是由我国自主研制的一款新能源小飞机：纯电动，四座，采用上单翼、低平尾、前置螺旋桨、固定起落架布局，座舱采用双排四座三开门设计，前排座椅可调节，速度每小时可达 200 公里，续航时间 1.5 小时左右，航程 300 公里。如今，沈阳

| 碧水蓝天　张庆东摄 |

通用航空产业基地已拥有来自 8 个国家的 17 款机型、60 余架轻型飞机，游客可以在这里体验空中飞行、高空跳伞、飞行模拟等精彩活动，或者坐在驾驶舱里，由飞行员带着感受俯冲、跃升、大坡度盘旋的刺激。

这也是饱览财湖美景的最独特视角。

我曾经看过无人机俯瞰财湖的画面：绿色的湖面水波不兴、游船点点，财山此刻如小岛一般，周围是生机勃勃的果园、稻田和花海。时值早春，千亩油菜花正激情开放，染黄了层层梯田，涂抹在湛蓝的天空和绿色的湖水之间，构成一幅唯美的画卷。站在大地上，此情此景已经看得人血脉偾张，倘若是坐在飞机上，像鸟儿一样从一幅铺展开来的巨大图画中飞过，感受大自然的造化之美，岂不更让人销魂？

能上九天揽月，能下大湖捉鱼，能到山顶求财——这就是财湖的魅力。当然，中国人常说：君子爱财，取之有道。各路财神固然不妨亲近、信仰，但致富最终靠的是能力和勤劳，而不是膜拜。

秀湖之秀

山不在高，有水则灵。阳刚之气是需要阴柔之美陪衬的。七百多年前，宋人吴自牧缅怀钱塘（今杭州）旧事，他在《梦粱录》中写道：“杭城湖

| 秀湖全貌　张庆东摄 |

光山色之秀，锺为人物，所以清奇特，为天下冠。”西湖风景之美，其实也正在这“湖光山色”。当然，与烟雨江南不同，要领略北方气质的“湖光山色”，沈阳秀湖是一个不错的选择：临水可观山，登山可望水，山环水绕，波动岚飞，尽显山水融合之美，有学者称其为“沈阳山水形象最杰出的代表”。

秀湖并不大，水域面积 5.04 平方公里，蓄水量 8020 万立方米，与台湾日月潭相似，系筑坝蓄水而成，是一座中型山谷水库。它 1975 年 11 月破土，1977 年 8 月竣工，东西长 3.63 公里，南北宽 1.5 公里，坝址以上河长 34.2 公里，控制流域面积 133 平方公里。在棋盘山风景区“四山一水”大生态格局中，秀湖如一块蓝色宝石，镶嵌在辉山、棋盘山、大洋山、樱桃山之间。从无人机拍摄的全景照片看，一泓碧水被众星捧月般揽入怀中，蜿蜒四出的线条犹如一个草书的“秀”字，湖名因此而来。这样的说法难免带着强烈的主观色彩，但平心而论，这面清澈的湖水也的确当得起一个“秀”字。

一是秀在空气。秀湖区域是沈阳市空气最清新的地区。监测结果显示，在这里，每立方厘米空气中，负氧离子的平均浓度达 4888 个，是城区数倍。其中，又以秀湖码头的负氧离子含量最高，达 17750 个 / 立方厘米。负氧离子一向有“空气维生素”之称，是空气清新度最主要的指标。按照世界卫生组织的标准，严格意义上的“清新空气”，其负氧离子浓度不应低于 1000 个 / 立方厘米。秀湖区域空气中负氧离子含量如此之高，是不折不扣的“天然氧吧”，足以让拥挤在高楼大厦里的市民清洗一下心肺。

二是秀在水质。得益于“绿水青山”的发展理念，近年来，秀湖乃至整个蒲河流域的水环境治理成效显著。凡是到过秀湖的人，无论是漫步水边、嬉戏滩头，抑或泛舟湖上，都对其清澈的水质印象深刻。浅处可见水草卵石，鱼虾游弋；深处则是一片如洗的蓝。湖内生息着 30 多种鱼类，以香鱼、嘎鱼、草鱼、鲫鱼为主。有一个时期，秀湖开放垂钓，大量钓鱼人蜂拥而至，我也曾经领略过秀湖鱼细嫩鲜香之美。今天，技痒难耐的钓鱼人只能望鱼兴叹，好在干净澄澈的湖水依然在那里，多少可以抚慰一下他们的心绪。

三是秀在柳色。柳是沈阳山水的一大标志性意象和符号，可以说，无柳不成景。秀湖之柳围绕 15.4 公里的滨水慢道铺排开来，袅袅婷婷，摇曳多姿，达万株之多，相当于在城区之外再造一个“万柳塘”。有了“秀湖柳”的陪伴，沿滨水慢道徒步而行便有了情致：一路走来，绿堤、浮桥、花海、银滩、湿地、古木、亭阁……自然和人文景观接踵而至，你不必重温那些咏柳的唐诗宋词，就已经走在柳暗花明、水天交融的诗意里了。

四是秀在烟雨。百里蒲河水成就了秀湖的宽阔，也塑造了它的灵动。每年七八月份，尤其是细雨绵绵之日，驻足烟雨台，望烟波浩渺，看水雾袅袅升起，与山间云霭追逐纠缠，群峰在其中若隐若现，呈现不同的轮廓、面影，这就是著名的“秀湖烟雨”景观。苏轼当年在杭州通判任上游览西湖，有感而发，写下“水光潋滟晴方好，山色空蒙雨亦奇”的名句，其实用来描绘此时的秀湖也并不唐突，只是秀湖的烟雨更多一些北方的清冽、硬朗而已。

秀湖烟雨 张庆东摄

秀湖之“秀”当然不止以上几点，其实，秀色可“餐”处还有很多，比如它的平静和深邃，它的内敛无争，它那天人合一的世外之感。所以，对于喜欢安静的人来说，在秀湖边露营野餐是一件美事。三五家人和朋友搭起花花绿绿的帐篷，或谈笑晏晏，或觥筹交错，或闭目沉思，或放眼赏景，委实惬意。还有家长陪着孩子在湖边堆沙堡、打水漂，在沙滩上踩出一串串足迹、撒下一路笑声，感受在海边才有的乐趣。

这里也是运动者的乐园。近年来，秀湖正成为天南地北马拉松爱好者的圣地，因为国内自然风光最好、生态环境最佳、配套设施最完善的山地马拉松赛道即“镶嵌”在湖区起伏的山峦中。赛道总长 42.195 公里，按照国际标准设计，几乎将整个棋盘山景区纳入其中，起点和终点都位于秀湖南岸广场。赛道如同一串项链，把棋盘神韵、射击场、金海乐园、跑马场、秀湖环路、水库大坝、奇树谷、银沙滩等景观如珍珠般穿在一起，跑在赛

临秀亭
张庆东摄

道上，犹如跑在图画里。夜幕降临，光影水幕秀、音乐节、美食节、游船夜宴等花样纷纷登场，只要你有兴致，尽可以在运动之余享受一场场风味各异的文旅大戏。

话说回来，秀湖确是一个“出戏”的地方。在秀湖公路北端，大名鼎鼎的关东影视城依水而建。它占地 28 万平方米，虽然规模不及横店，秀美不如无锡三国影视城，却是国内唯一一处以“关东文化”为主题的大型影视拍摄基地。《开国岁月》《少帅》《闯关东》《红色通道》《大掌柜》《东方》《爱情的故事》等热门影视剧都是在这里取景。当然，关东影视城不同于故宫、北陵，这里既没有历史遗迹，也没有珍贵文物，有的只是一百余栋具有代表性的仿古建筑——始于晚清，历经民国和沦陷时期，终于蒋家王朝。这是一片被精心复制的岁月风景。游走于民居、茶楼、酒肆、戏园，抚摸着城门、招牌、洋车、墙砖，你便走进了沈阳老北市的民俗日常，走进了演员们演绎过的剧情，走进了那一段段逝去的岁月。

秀湖有风景、有文化、有故事，它的怀抱始终向南来北往的客人敞开着，以一种北方山水的壮阔与大气、包容与厚重。它以博大的胸襟东拥蒲水入怀，西送蒲河赴海。经过棋盘山的积纳与蓄势，蒲河之水携着秀湖的温婉，入镇穿城，形成三百里生态文化廊道，给两岸带来鲜活的生机和诗意。

空想丁香湖

家住丁香湖附近，夏日的傍晚我会常到湖边，或是散步或是静坐。每当看到夕阳衔湖，水面霞光尽染的时候，我往往会空想一番。我会想：“天眷盛京”的沈阳钟灵毓秀，总会得到天地造化，就连好地名，也常常是得

| 形如五瓣丁香的丁香岛　刘卓摄 |

来全不费工夫，比如这“丁香湖”。世界上湖泊众多，而以“丁香”闻名的只在沈阳。但沈阳人却有些慢待了这个好名字，尽管这湖面足够宽阔，湖形足够奇妙，湖水足够清澈，然而丁香湖却没有展现出“丁香一样的芬芳”，只有“丁香般的惆怅”。进而，我还会空想：如果我是治湖者，我会如此这般……

丁香湖本没有湖。此处原是1300多年前的浑河故道，地下蕴藏大量细沙。20世纪80年代开始，因城市建筑规模扩大，此地成为沈阳最著名的采沙场，致使这里坑塘连片，垃圾成堆，千疮百孔，破烂不堪。进入21世纪，沈阳着手改造该地区，清淤疏塞，拓坑扩塘，终于建成3.1平方公里的浩荡水面，成为沈阳市内最大的湖泊，名“丁香湖”。为什么称此湖为“丁香”，原来附近有一自然村落，名“丁香屯”。是因为屯中有丁香树或丁香姑娘吗?都没有。其实这个屯最早也不叫“丁香屯”，而叫“丁线屯”，住有清初从山东闯关东过来的丁姓和线姓两户人家。“丁线屯”这个名字一直叫了300多年，到了民国年间，据说村里一位叫徐贺年的读书人觉得“丁线屯”不好听，于是改名“丁香屯”。现在丁香湖西岸的村子仍然叫“丁香屯”，村里依然住着丁姓、线姓和徐姓的后人。

按相关部门的规划，建成的丁香湖公园形成“三岛”“四景”“五区”格局。“三岛”即丁香岛、火炬岛和桃花岛，其中丁香岛在湖中心，高出湖面30多米，岛呈五瓣丁香形，是整个湖区最具创意的设计；“四景”为柳堤春晓、夏湖映日、平湖秋月、璞玉凝辉；“五区”是湖心听雨区、丁香探幽区、长桥揽月区、湖湾亲水区、碧湖泛舟区。由此，以滨水为主的大型人文生态风景区基本形成。有地方媒体报道说：如今，“南有杭州西湖，北有沈阳丁香湖”的“北方名湖梦”已经得以实现，人们进入丁香湖，面对浩渺烟波，仿佛置身于江南。

然而不管我来此湖多少次，却如何也找不到“仿佛置身于江南”的感觉，既未见到可比杭州西湖的任何元素，也未寻到“北方名湖梦”。有的，只是无奈地感叹：沈阳人真是辜负了这一湖好水！

感叹之后则是更大的空想，如果我来设计此湖，我一定不会拿她和杭州西湖比，因为不管从哪个角度哪个细节上她都比不了西子湖。我会充分发挥她的个性，全力围绕“丁香”二字做文章，做足，做细，做出美誉度与新闻效应。我会从生态丁香、人文丁香和产业丁香三个方面打造一个名副其实的丁香湖。

关于生态丁香，我要将丁香湖分区域遍植世界各种丁香花，使整个湖区成为全世界丁香花的集中地。

据植物学介绍，目前世界上共有各种丁香花近30种，在我国主要品种及变种就有28种，如白丁香、紫丁香、佛手丁香、北京丁香、云南丁香、四川丁香、关东丁香、小叶丁香、羽叶丁香、红丁香、蓝丁香等。生长地区分布在华北、东北、西北及长江流域，均适合沈阳地区栽培。

集中栽培丁香不是没有先例，乌克兰首都基辅植物园就有世界最大的丁香园，有丁香花21种，曾吸引众多国内外游客在春天里到基辅观赏丁香花。

我要将这世界上的30种，或许更多种丁香花都搜罗到，环丁香湖按丁香花品种分成30个区域，每个区域就是一种丁香花群落，30个区域连接起来，就是花环般的丁香花海，一片紫红，一片湖蓝，一片雪白。同时，我将尽量寻找能长成树的有菩提树之称的暴马丁香，移植到丁香湖里，建成一个“丁香菩提区”。

相信那时的丁香湖，每到丁香花开的时候，一定会满湖香气氤氲，“花须柳眼各无赖，紫蝶黄蜂俱有情”，赏丁香花的游人不仅来自沈阳，还会来自世界各地。他们既可尽情观赏香雪一样的丁香花海，又会像尊奉佛教诸神一样，礼敬丁香菩提，届时的丁香湖将奉献一场世界独一无二的丁香花盛会。

关于人文丁香，我有如下之想：建“丁香结”雕塑与“中国丁香文化博物馆”，举办“中国（沈阳）丁香文化节”，于湖心岛再现《雨巷》背景与“丁香姑娘”雕像。

“丁香结”和柳丝、梅花、明月一样，是中国传统文化中最著名、最常见、最有内涵的一个固定的比兴意象。古人发现，丁香的花蕾圆圆鼓鼓，敛瓣聚结，形似衣襟上的盘花扣，神似人之解不开的愁心和同心，高洁、美丽、哀婉、坚贞，因此就用“丁香结”来表示愁思和同心的一种情结。丁香湖当然不能没有丁香结，此丁香结当以雕塑形式建在丁香湖公园主要入口处，这个丁香结的大小、材质、造型都应是吉尼斯世界纪录式的独有之物。雕塑两侧立丁香结书法诗碑，由国内知名书家题写。游人进园可抚摸丁香结，从此既可释放总也解不开的愁怨，也可获得同心的幽秘与欣慰。丁香年年开，心结年年有，人生中的心结解不完，默契也结不尽，丁香湖的丁香结也将为世间有心结之人或释愁解怨，或永结同心。

中国丁香文化博物馆，这也是世界第一家独自为一种植物所建的专业博物馆。此博物馆将全面展示丁香植物的种类、生长习性、经济价值，丁香花所赋予人类的生活习俗、背景故事与文化符号，收藏并展览与丁香花相关的艺术品等等。

“中国（沈阳）丁香文化节”，将着力打造一个以丁香湖旅游为平台，以丁香花、丁香文化和丁香产业为内容的综合性丁香文化盛会。邀请海内外游人和丁香产业商家来沈阳丁香湖，赏丁香花、喝丁香茶、品丁香蜜、吃丁香酥、上丁香岛，选丁香艺术品，在雨巷里邂逅打着油纸伞的丁香姑娘。

丁香岛是丁香湖的点睛之笔，更是精华所在，岛上应有最吸引人的元素。这元素莫过于永恒的爱情题材，但它不是单纯的“情人岛”，而是有着丁香结一样内敛的文化内涵和文学意象。其具体人文景观就是在岛上建宋代词人贺铸“丁香诗碑”和再现戴望舒《雨巷》情景与“丁香姑娘”雕塑。

这样的丁香岛一定是天下有情人最好的发愿处与怀旧处，更理所当然的是青年男女游园留影的经典背景，如果幸运之神降临，或许还能在此邂逅心中那撑着油纸伞的诗人抑或丁香一样芬芳而幽怨的姑娘。

丁香湖如果要成为中国北方名湖和游览胜地，光有生态丁香和人文丁香还不够，还必须充分利用前两项的优势，发展产业丁香。产业改变世界。近代以来，如果说有一种力量，最广泛、最深刻地改变了世界面貌的话，那就是产业的力量。人类探索的推动力来源于产业，不断增长的生活来源于产业，产业的活力维系着社会的活力，产业的创新引领着社会的创新。同样，丁香产业也是维系丁香湖具有活力与魅力的重要推动因素。对于产业丁香，我空想出的产业链有丁香花提取物、丁香花饮食和丁香艺术品三个系列。

| 丁香湖落日　张庆东摄 |

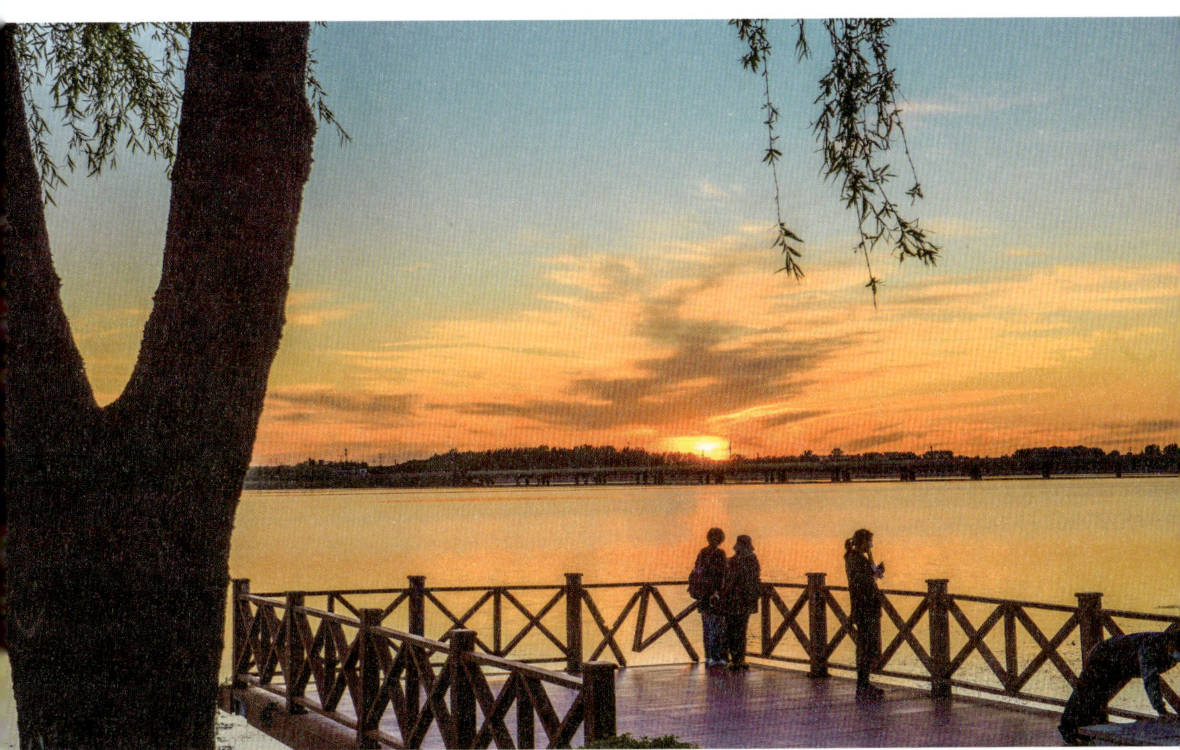

丁香花提取物主要有丁香粉和丁香油。丁香花饮食系列则以丁香湖为基地，生产和营销丁香蜂蜜、丁香酥点心、丁香糖、丁香饮料。丁香艺术品主要开发“丁香姑娘”系列形象的瓷塑、布塑、玉雕、木雕等；丁香结系列的紫水晶、玛瑙、琥珀、岫岩玉、绳结等工艺品；布艺系列的丁香花荷包、香囊等；暴马丁香木系列的笔筒、茶叶盒、文具盒、手串和丁香木柄油纸伞等。

相信只要用心来做，丁香产业都可做成沈阳的地产品牌和重要旅游商品。到了那个时候，有了生态、人文与产业的丁香湖一定会成为中国北方最具个性与知名度的游览胜地。

届时，如织的游人，春来环湖沐丁香花海，夏来雨巷访丁香姑娘，秋来泛舟看黄花红叶，冬来雾凇之下踏丁香雪。他们中不知有多少人会抚摸着紫水晶做成的丁香结雕塑，释然或绕上人生的千千结……

湖横塔影

与拉塔湖的缘分，始于对锡伯这个古老民族的兴趣和追踪。数年前，为了撰写文化专题片《锡伯之歌》，我一度跑遍沈北新区境内的石佛寺、

| 拉塔湖村　刘卓摄 |

兴隆台、黄家等乡镇，在这些锡伯族的聚居地寻找线索和灵感。七星山脚下的拉塔湖村即位于黄家锡伯族乡境内西缘，距离石佛寺水库大约有 3 公里的路程。

这个看着不起眼儿的小村落住着 180 余户居民，锡伯族人口超过一半。民国时期出版的《东北名胜古迹轶闻》专门有“拉塔湖”条：“拉塔湖村，在铁岭西南七十里。村之四周，有湖环之。其西十余里，有石佛寺。寺依山，山有塔，塔系唐代物也。每于阴雨之日，则湖中有塔影横焉。”唐塔之说系误谈，但风景之美毫无疑问。翻检当时沈阳县公署的档案卷宗，下列描述历历在目：“铁岭南石佛村有古塔，耸立山巅，高四五丈，虽劈陷三分之一，然犹不峙不欹。以山水相连，风景宜人，游赏者泛舟其临波观览，真有‘塔影遥开山雾重，笛声清澈水风凉’之感。”

沈北境内水系众多，蒲河、九龙河、辽河、左小河、长河、羊肠河、万泉河、西小河奔腾涌流，因此形成大大小小的水洼、湖泊，拉塔湖之所以让人感觉眼前一亮，很大程度是因为这“塔影”。每逢夕照，塔立山巅、塔影映河，蓝天碧水，画面绝美，于是“拉塔湖”的名声渐渐大了起来。对于这种说法，我总有一些怀疑，“拉塔入湖”固然讲得通，但未免牵强，且过于直白，有没有另外一种可能？比如“拉塔”也许是锡伯语、满语、蒙古语，或者其他什么少数民族语言，有着更美好的寓意？这恐怕得求教语言学家了。

关于拉塔湖的身世，我能够找到的资料不多。村中老人讲，拉塔湖早年是一大片天然水面，并没有固定称呼，因为开满莲花，所以俗称莲花湖。后来水面变窄，形似月牙，又被称为月牙湖。湖内鱼虾成群，周围的人便以打鱼、捞虾为生。民间传说就是从这里开始：一天，人们正在湖边拉网捕鱼，突然阴云密布、大雨倾盆，湖水暴涨，眼看就要淹没房舍。村民乱作一团，纷纷跑上七星山避难。七星山东北角有座石佛寺，住持僧人掐指一算，知道是恶龙作怪，便告诉村民：要解除水患，必须在七天内建成一座七层镇邪宝塔。大难当前，村民齐心协力，费尽千辛万苦，终于按照僧人指点在七星山上建造了一座宝塔。不出所料，莲花湖瞬间风平浪静，洪水悄然退却，湖面上清晰映出宝塔倒影。从此，莲花湖就被称为“拉塔湖”了。

我第一次见到拉塔湖，其体量就已经大大“缩水”，远非当年“沈阳北大荒”的壮观景象。据说，20 世纪 60 年代，这里还是一片面积广阔、水草丰美的湿地，没有经过任何开发，被齐腰的羊草、三棱草、牛毛草所覆盖，大大小小的水泡子点缀其间，洋溢着原始野性之美。

早年的拉塔湖方圆几十里，拉塔湖村就像一个小岛，被水包围着。湖水不深，岸边长满一人多高的蒲草、芦苇，水浅的地方生满菱角，还有一般地方见不到的“鸡头米”。所谓“鸡头米”，是睡莲科芡属一年水生草本植物，

| 拉塔湖 刘卓摄 |

学名“芡实”，在植物学上被称作狐狸坚果。它长相奇特，叶子圆圆的，像一面倒扣的锅盖，浮在水面；叶面稀疏地长着一寸多长的刺，花托形如鸡头，所以才得了这样一个诨名。去了皮的“鸡头米”有很高的营养和药用价值，是很好的滋补品，据说可与银耳相媲美，被称为“水中人参”。李时珍在《本草纲目》中对它颇为推崇。那个年代，村民想的是填饱肚子，哪有心情计较太多。不过，对于不知人间冷暖的孩子，这确是一片撒野的乐园，仅仅是在湖里洗洗澡、摸摸鱼虾，就足够开心的。

讲完湖，可以说说塔了。

矗立在七星山主峰的这座残塔，既没有《东三省古迹遗闻》记载那么古老，也并非为禳除水患所建，而是有辽一代崇佛之风的见证。考古发现表明，古塔始建于辽咸雍十年（1074），全称“辽双州双城县时家寨净居院舍利塔”，也称净居院舍利塔、石佛寺塔。“时家寨净居院”是当时的一个佛教修行场所，有僧尼40余位。这座塔就是发了愿心的僧尼募资修建的。从形制上看，古塔为六角七层实心密檐设计，砖砌而成，塔角为圆形倚柱，中有佛龛，两侧有胁侍，上有宝盖、飞天斗拱等，具有典型的辽塔特征。1982年，考古工作者对古塔地宫进行发掘，出土了内盛水晶、珍珠、玛瑙、舍利子等物的石、铁、银、金套函，以及镌刻有捐建者名字和建筑年代的石碑，至此，古塔的神秘面纱被揭开。

然而，有一些秘密注定要掩埋在岁月中了，比如古塔的内部结构，再比如古塔残破的原因。关于后者，主要有两种说法：一种说法出自《铁岭县志》，认为该塔毁于1931年的雷雨；另一说法流传甚广，认定罪魁祸首是1905年日俄战争的炮火。不过，1925年成书的《东三省古迹遗闻》间接驳斥了后一种说法，因为根据该书记述，当时的古塔仍然完整屹立在七星山顶。果真如此，这座千年古塔的命运似乎就更加让人同情：躲过了千年风雨和无情战火，却没有挺过一场雷雨。

其实，残缺自有一种悲壮的美，一如那些知名的古迹、废墟，通过一种破败的沧桑感张扬时间的伟力、映衬个人的渺小，却总激发出时不我待、努力向上的力量来。那个秋日的午后，我从石佛寺出来，沿着陡峭的台阶爬上七星山顶，面对残塔伫立良久。夕阳正好，我看到坍塌了一半的塔身染上些许血色，恍如从古战场走来的勇士，傲骨铮铮，散发着厚重的历史气息。忽然想起李仲元先生那首《七星山》诗："登览郊山号七星，凌风半塔立峥嵘。双州禅院踪无迹，边堡十方寺有名。探胜兴怀家国事，清游驰目古今情。尘嚣暂避舒天性，野鹤闲云一日清。"

站在七星山主峰，我举目四望，北面，浩荡的辽河似一条巨龙自东向西奔流；西边是新民的沃野平畴，万亩稻田闪着波光；东南方向，不远便是辽太宗时的双州古城；山脚下是马门子长城遗址。此时，一种怅然蓦地涌上心头：水减塔残，何时能重温当年塔影横陈的胜景？

西湖『坠粉红』

初秋时节与友人相约，游沈阳西湖看荷花。湖在距沈阳城西 40 公里的新民市前当堡镇，为区别杭州西湖，又称小西湖。此地为蒲河下游最知名之湖泊，水面一万多亩，有野生荷花 4000 亩，为辽海地方难得之赏荷胜地。夏日垂柳围湖，蒲苇丛生，半湖烟雨半湖荷，其境如仙如幻，故还称新民仙子湖。进入湖中，只见一眼望不到边的荷花荡里，荷叶田田，荷花点点。刚过经宵细雨，大部分荷花已渐渐开始落瓣，小部分已是莲蓬孤挺。没有

| 新民小西湖　谢东昊摄 |

赶上荷花盛开之时，同伴有些惋惜。我则劝慰道：看荷盛时易，相遇落瓣难。荷花落瓣最有诗意和韵味，古人称为“坠粉红”。

“坠粉红”这一诗中意象首次出现在杜甫《秋兴八首》其七的颈联中：“波漂菰米沉云黑，露冷莲房坠粉红。”在诗中“坠粉红”三字不难解释，意思是红白相间的粉红色荷花瓣脱离莲蓬而坠落。收词最多最权威的《汉语大词典》未收此词，就连“粉红”一词出现最早的例子也是举的宋人苏轼《戏作洄鱼一绝》。其实“粉红”一词在唐诗中已多次出现，如杜甫之前初唐刘希夷《春女行》中就有“玉楼妆粉红”句，杜甫之后晚唐吴融《买带花樱桃》则说“粉红轻浅靓妆新”。而“坠粉红”三字入诗，在唐诗中杜甫独一份，接下则是宋代的事了。宋人刘辰翁有五古《夏景莲房坠粉红》，尽情描写荷花落瓣之形态：“莲欲成房去，三三两两空。摘来中有子，坠处粉尤红。”可视作对杜甫“坠粉红”三字的诗意诠释。宋以后，“坠粉红”之意象在诗中不断出现，如明人胡俨《病中秋思》中的“池莲坠粉红”，薛雍《晚夏》中的“藕花坠粉红”，梁维栋《过西湖》中的“映日荷花坠粉红”；清代厉鹗《 题顾升山蔬果莲子》中的“销魂坠粉红”；清末民初樊增祥《更漏子》中的“莲房坠粉红”，杨圻《癸丑北游》中的“江莲坠粉红”等，都写得极为生动可人。在诸多吟到“坠粉红”的诗中，最值得一提的是清乾嘉时期沈阳著名诗人缪公恩的《粉红莲》：“亭亭独立对西风，不比凌波坠粉红。莫道莲花最高洁，清香合与晚香同。”这首诗似乎就是缪氏为故乡沈阳西湖的荷花而写，其凌波坠粉的亭亭之态，在今天初秋的西湖中可随处见到。

经过两边尽是荷花的栈桥，步入荷湖深处，四周荷叶高可及人，间或稀疏的蒲苇，一时不辨东西。秋阳明丽，湖中水雾蒸腾，雨丝风片，一阵阵在似近而远的细柳和蒲尖间舞动。柳枝经雨重，蒲色带烟深，湖渐迷蒙，荷愈静谧。凭栏远望湖心岛，似在云朵中飘浮，岛上古寺的尖顶忽明忽暗，如同仙境。似乎是在隔着帷幔的倩影，原本青葱的湖边垂柳也笼上了乳白的轻纱，黏人的风，缠人的雾，任何一位来此流连的游人都不会轻易挪开知性的脚步。那一刻，我仿佛置身于杭州西湖孤山的题襟馆下，又似乎走进了嘉兴南湖的烟雨亭里，眼前就是秦少游那婉约的山，更是晏叔那明媚的水。总企望在烟雨的江南终老，谁想到，这里也有江南的温婉与曼妙。青苔点点，香蒲葱葱，落花簌簌，只是少了些蜿蜒的小桥和古老的青石板，还有牛背上的笛声，以及欸乃曲中的柔橹棹歌。但无论如何，沈阳西湖又与烟雨江南有所不同，不同的是它的壮阔与大气，它的厚重与包容。它以博大的胸襟，东拥蒲水入怀，西送蒲河赴海。

然而壮阔或厚重的沈阳西湖又不缺“坠粉红”这样的轻倩与婉约。大自然中，我们见惯了各种花的残败和零落，桃花与杏花那细小的花瓣是风

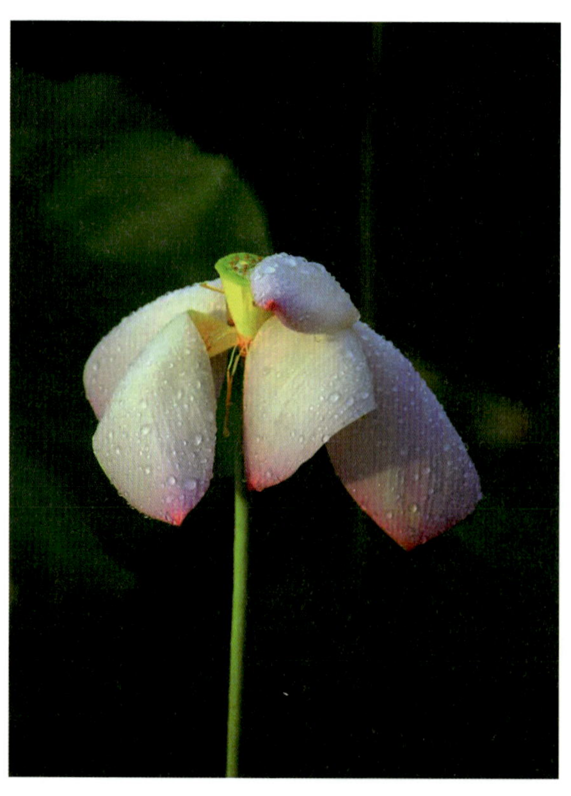

西湖“坠粉红”小景

飘万点，“一片飞花减却春”；梨花的细碎几乎如一夜飞雪，刹那间即“满地不开门”；茶花开过之后轻易不谢，任由自己枯萎在树枝上，“不是寻常儿女花”；而荷花丰硕的花瓣则是依次而落，只要落下一两瓣，花朵即残缺不全，但正是这种残缺的荷花看上去更为生动活脱。就看眼前这西湖中大半湖的粉红色落瓣荷花，即使只剩一两瓣在莲蓬之上，也犹如披着轻纱的仙女，在绿色莲房和黄色花蕊的映衬下，更显得窈窕娉婷、顾盼多姿和楚楚动人，甚至还有那么点儿机灵和天真，益愈呈现出可人的俏皮。而自然坠落的荷瓣，也不同于其他落花的残破与狼藉，每一片都保持着相对完整的弧形姿态与尊贵，翩若惊鸿般地落在荷叶或是水面上。荷花这种优雅而完美的落瓣之过程，让敏锐的诗人们发现，并送了一个生动的形象：“落红衣”。这是从北周诗人庾信开始的，他在《入彭城馆诗》中说：“槐庭垂绿穗，莲浦落红衣。”从此，“红衣”成为落瓣荷花最美的意象，纷纷汇聚到诗人的笔下。如唐人王维《山居即事》中的“红莲落故衣”，李绅《忆东湖》中的“莲脱红衣紫药摧”，元稹《夜池》中的“绿萍面上红衣落”，赵嘏《长安秋晚》中的“红衣落尽渚莲愁”；宋人释德洪《颖皋楚山堂秋景两图绝妙》中的“红衣脱尽莲蓬绿”，晏殊《采桑子》中的“荷花欲绽金莲子，半落红衣”。这些诗人均用拟人化手法，将粉红花瓣与莲蓬顾盼袅娜、欲连欲落之态形容为佳人宽衣解带之美，相较刚出水时的“小荷才露尖尖角”，灿烂时的“芙蓉向脸两边开”，更具韵致，更是亭亭的一个好。想来朱自清《荷塘月色》写荷花“又如刚出浴的美人”，也一定是从这些诗中获得的灵感。而张大千、谢稚柳、田世光等著名画家在画荷时也总要画一朵两朵落瓣之荷，红衣坠粉，那无疑是让画面更为活脱。

正是因为这些诗人的创造，“红衣”之美誉似乎成为落瓣荷花的专属，并和鸳鸯联系起来，如唐人杜牧《齐安郡后池绝句》中的“鸳鸯相对浴红衣”，宋人黄庭坚、廖世美等曾原句引入诗中，足见对这一句的激赏。对此句，几乎所有的解释都是“鸳鸯相对洗浴红色羽衣”。但我想，雌鸳鸯是没有红衣的，何来“相对浴红衣”？是否可以解释成一对鸳鸯在荷塘中沐浴着纷纷而落的荷瓣“红衣”，尽享绝美的“坠粉红”。诚如宋人刘翰《江南曲》中所说“红衣湿尽鸳鸯浴”，又如明代瞿佑《荷风》描绘的“红衣坠粉妒鸳鸯”。这一点明代大才子徐渭似乎看得明白，他在《荷》中夸张地说：“一瓣真成盖一鸳。”一瓣荷花，就可以遮住一只小鸳鸯，这才是“相对浴红衣”的本义。可惜，在西湖的落瓣荷花中没有见到鸳鸯，无由欣赏“坠粉红”下的相浴情态。

但我却看见了许多都是完整落在湖水中粉白相间的荷瓣，两角尖尖上翘，悠悠荡荡，像极了小船，这就是古人所说的“莲瓣船”。宋人杨万里《泉石轩初秋乘凉小荷池上》道：“芙蕖落片自成船，吹泊高荷伞柄边。泊了又离离又泊，看它走遍水中天。”杨氏此诗正是我在西湖荷荡里所见之景。“坠粉红”的荷瓣到了水里，也依然延续着完美的优雅，或者又如明代诗人沈翠华《游仙诗》中所说的“莲瓣相传大士舟”，已经升华为佛天花雨中的“莲瓣船”了。

离开西湖，已是夕阳时分，沿蒲河左岸驱车回沈。路两旁迤逦的蒲柳与瑟瑟河水映照在一片斜晖里，身后荷风渐远，梦淡香疏，一缕诗痕沁入心中。与同伴评点西湖看荷之体会，尽说深谙荷花风神，不虚此行。我则回道：呵呵，说到底，还是“坠粉红”。

珍珠荷香

沈阳地区水多，湿地多，荷花也多。每到盛夏，从校园到公园再到郊外，到处可见荷叶田田、荷花飘香的景象，撑起一片片清凉世界。北陵公园、东陵公园、舍利塔滩地公园、龙潭湖、浑南中央公园、苏家屯迎春公园等都是爱荷人的打卡地。赏荷、品荷已经成为沈阳人的一大乐事。然而说起规模和品质，最值得一去的赏荷之地，恐怕还是珍珠湖。正如在洛阳看牡丹，首选国花园一样，8000 亩的荷花海以及每年一度的“赏荷节”，早已让珍珠湖名闻遐迩。

珍珠湖距离沈阳市中心大约 50 公里。九曲十八弯的蒲河流经辽中区，在冷子堡镇稍作停留，形成一片 16.7 平方公里的美丽水面，据说是杭州西湖的 7 倍。珍珠湖水势浩瀚，水质清澈，平均水深 4 米，生态环境良好。湖中有绿岛 7 处，状如北斗七星，其中面积最大的有 3 平方公里，面积最小的有 0.5 平方公里。景区内建有赏荷亭、水榭长廊、观鸟台、栈桥泊渡、蒲丛林樾、曲径香荷、望渚思夫、鸟栖汀洲等景观，诗情画意，集生态、自然、秀美于一身，可谓挂在蒲河颈项上的一颗美丽明珠。

珍珠湖之得名，并非因为比喻，而是确与“珍珠”有关。一说，在清代，这里曾经是皇家渔场，水中生长着大量蚌蛤，是皇族、诸王和少数高级官员使用的东珠的重要产地。杨宾在《柳边纪略》中如数家珍一般记录了东北地区的特产，除了人参、貂、獭、鹿、狍、鲟鳇鱼之外，就提到了这种珍珠："柳条边外山野江河产珠。色微青所谓东珠也，圆而粗者，天子诸王以之饰冠，价甚贵。"一说，此处是珍珠女塔娜公主与青年渔夫阿克敦爱情故事的发生地，两位勤劳、勇敢、正直的满族青年与贪生怕死、阴险狠毒的猎人阿林泰进行斗争，正义终于战胜邪恶。获得华表奖金奖的歌舞剧《珍珠湖》表现的就是这一故事。

还是来说说珍珠湖里的荷花。

荷花别名众多，菡萏、莲花、芙蕖、水芙蓉、玉环、六月春、水宫仙子、君子花、天仙花、红蕖、溪客、鞭蕖、金芙蓉、草芙蓉、静客、翠钱、红衣等等，一个比一个美。明代李时珍有很形象生动的解释："莲茎上负荷叶，叶上负荷花，故名。"

在中国文化中，荷花首先是清雅、高洁的象征。南宋周敦颐《爱莲说》

| 辽中珍珠湖 李野摄 |

中那句“出淤泥而不染，濯清涟而不妖”，每一个中国人都耳熟能详。因为很能体现君子之风，它备受古今画家喜爱。其次，荷花象征着忠贞的爱情，所谓“并莲同心”，宋人黄庚就有“芙蕖开处傍池亭，花结双头媚晚晴。两魄骈肩如欲语，二乔并首似含情”的诗句。此外，荷花还是生命力的象征，尤其是在佛教中，莲花有再生之意。这大概是因为荷花每年夏季都绽放出美丽花朵，展示出生生不息的力量。当然，诗人的视角或有不同。唐代白居易这样写道：“荷花淀里生，秋至复凋零。飘然下红叶，静则照清镜。”通过荷花的生长和凋零，诗人感受到的是人生的变幻无常。

到珍珠湖看荷花，最好的时间是七、八两个月。如果是自驾出游，从沈阳出发，沿沈新路向西，至蒲河廊道左转向南不到10公里，你的眼前就会豁然开朗，花团锦簇的珍珠湖一下子映入眼帘。珍珠湖的荷花之美，美在气势和规模。想象一下，8000多亩水面完全被荷花覆盖，大片荷叶连绵不绝，红白荷花一望无际，何等壮观！泛舟其中，清香拂面，沁人心脾，兼具江南的婉约和北方的雄浑，不是西湖胜似西湖。即使杨万里本人光临，恐怕也会被震撼到，觉得自己那句“接天莲叶无穷碧，映日荷花别样红”已不够用。不仅如此，每逢花期，湖畔的渔家院还会以荷花、荷叶、莲蓬、莲藕为主料，为游客烹制数道美味佳肴，让大家大快朵颐。

如果说，以荷花佐餐，总有一点儿焚琴煮鹤的味道；那么，我建议你尝一尝珍珠湖里的鲫鱼。因为环境优渥、水质一流，珍珠湖内鱼类繁多，鲫鱼、青鱼、草鱼、鲢鱼、鲤鱼等应有尽有。为什么单单是鲫鱼呢？这要从清太祖努尔哈赤说起。相传，努尔哈赤定都沈阳后，由于喜食辽中产的鲫鱼，于是将其列为贡品，并把驻扎在沈阳的镶黄旗一部分调往蒲河岸边，为朝廷捕鱼，每天将新捕到的鲫鱼快马沿驿道疾驰送往盛京城，送上皇宫的餐桌。这部分镶黄旗后来定居在今天的刘二堡镇，取名“蒲河满族村”，村名一直沿用至今。

故事还没有完。清朝定鼎北京后，顺治、康熙加强了对龙兴之地的管理，增设了大量皇庄。所谓皇庄，就是由皇室直接占有经营的庄田，是皇帝私产，也是皇室经济的重要组成部分。当时，分布在盛京的皇庄数量最多。按照出产的物品不同，皇庄分为不同类别，比如粮庄、棉庄、盐庄、果园、牧群、打牲、山场、瓜菜园、豆草秸庄等。珍珠湖所在区域，就是当年的皇庄之一，岸边的黑鱼泡村则专为宫廷贡献当年努尔哈赤喜食的鲫鱼。

看过了千亩荷花，兴致不减，我们走进一个渔家小院，点了道久闻大名的“辽中鲫鱼”。根据《辽中县志》记载，辽中县境内出产的鲫鱼个体硕大，体高背厚，肉味鲜美，营养丰富，2011 年还获批国家地理标志保护产品，定名“辽中鲫鱼”。珍珠湖里的鲫鱼又是辽中鲫鱼的上品。谈笑之间，热气腾腾的鲫鱼汤已经端上来。用蒲河水炖蒲河鱼，汤汁又白又浓，鱼肉肥嫩，入口细腻绵软，还带着一点儿清荷的香气，让人久久回味。难怪郑板桥这样赞叹：“今朝尝得君家味，一勺清汤胜万钱。”

水洞寻幽

有人总结沈阳的特异风物，名曰北有怪坡、南有水洞。沈阳怪坡天下闻名，大诗人贺敬之、武侠作家金庸和诺贝尔奖获得者李政道等名流都来

| 沈阳水洞 |

看过热闹；至于水洞，我去过几次本溪水洞，沈阳也有水洞，还是第一次听说。为了一探究竟，初夏时节，我驾车由长白岛出发，沿中央大街驶上沈本大道——目的地当然不是本溪，而是“藏在深山君未识”的沈阳水洞。

沈阳水洞位于苏家屯区白清寨乡，那里有一座著名的鸡仙岭，据说是唐代名将薛仁贵当年“坐帐点将”的地方。作为金三角森林公园的重要组成部分，沈阳水洞景区面积大约 5 平方公里，有薛礼雕像、灵泉、烽火台、龙山书苑、射箭场、跑马场、水上乐园等景点。区内山石林立、溪水潺潺、草木蓊郁，内藏三个洞穴：唐王洞、白虎洞、藏军洞。唐王大概是指李世民，当年亲自领兵东征高句丽，发现薛仁贵并予以提拔；白虎洞因何得名尚不清楚；藏军洞是整个景区的主体，据说就是当年薛仁贵藏兵之地。我寻唐王洞、白虎洞而不得，据称尚未开放，藏军洞却是热闹非凡，甚至可以说是人声鼎沸，一船一船的游客在工作人员的安排下，摆弄着手机，兴冲冲向洞口驶去，准备体验一场惊喜之旅。

群山怀抱之中藏军洞显得十分隐秘。洞口不是很大，上书“藏军洞”三个红色大字，不知出自哪位大家手笔。洞口掩于草木山石之间，如果不注意，很难被发现。忽然，一艘游船从洞中钻出来，我一惊，这才知道此处是出口；倘若想进洞探险，要绕到山的那一边，购票、上船。

游船划向水洞，抬头可见洞口上方镌刻“沈阳水洞”四字。入得洞中，暑气顿消，一片清凉世界。告别了刺眼的阳光，身心舒坦了，眼睛还一时无法适应，渐渐地，五颜六色的彩灯映入眼帘——等一等，应该说光怪陆离才对。它们有的高悬洞顶，有的深藏水底，有的挂在洞壁，有的装饰雕像。变幻不定的各色灯光，给幽深的水洞增添了很多神秘色彩，让我想起电视连续剧《西游记》中的布景，以及少年时代追剧时对妖魔鬼怪又怕又恨又盼着他们出现时的矛盾心情。

藏军洞里没有什么妖魔鬼怪，有的是薛仁贵东征的故事。这些故事是通过18组雕塑依次讲述的，无非梦扰青龙、金花赠衣、薛礼投军、地穴得宝、箭定天山、刀斩众将、大败番兵、青龙显圣、大唐烽火、士贵劝酒、仁贵叹月之类。实话实说，虽然设计者和创作者苦心孤诣，力求活灵活现，但终究是虚应故事，何况，游客在仓促之间、昏昧之下，也只能走马观花而已。这凝固的历史故事，比起单田芳《说唐后传》的精彩，委实逊色得多。当然，再精彩的传说，也不如真实的历史。

薛仁贵，唐朝名将，绛州龙门（今山西河津）人，名礼，字仁贵，以字行世，生于隋大业九年（613），卒于唐永淳二年（683）。他自幼贫寒，习文练武，有臂力，长成务农，娶妻柳氏。唐贞观后期，唐太宗亲征高句丽，在军中见识到薛仁贵的英勇和将才，遂拔擢重用。唐太宗还特别对薛仁贵说："朕旧将皆老，欲擢骁勇付之外事，莫如卿者。朕不喜得辽东，喜得虎将。"薛仁贵真正建功立业是在唐高宗时期。总章元年（668），薛仁贵沿海前进，与李勣合兵攻陷平壤城，将高句丽彻底降伏。此后，唐高宗授薛仁贵为右威卫大将军，封平阳郡公兼安东都护，命他留守平壤。旧传记这样记载薛仁贵在高句丽的政绩："移理新城，抚恤孤老，有干能者，随才任使，忠孝节义，咸加旌表，高句丽士众，莫不欣然慕化。"

历史上薛仁贵确在沈阳一带活动过，至于是不是真的驻军藏军洞、点将鸡仙岭，不得而知。不过，以地方民间传说为旅游资源，也无可厚非。至少，800米水洞洞中有洞、洞洞相通，怪石嶙峋、水帘银瀑，也颇值得一看。只可惜短了一些。据悉，本溪水洞已经开发的部分就长达2800米，沈阳水洞不过是它的一个零头。当然，二者成因也不同。本溪水洞是数百万年前天然形成的充水溶洞，洞中的石柱、石笋和石钟乳形态万千；沈阳水洞原为普通山洞，规划者环绕山洞修建了一个人工湖，湖水连通山洞的进口与出口，从而形成水洞。人工难夺天工，所以才想到用薛仁贵的故事来润饰和装点。

当然，沈阳水洞景区之美，不仅仅在水洞本身。洞外山川秀美、鸟语花香，同样有好风景。爱水者，可以荡舟溢香湖上，观荷弄鱼，看蜻蜓点水，或者掬一捧灵泉水入口，滴滴甘洌，沁人心脾。喜亭榭者，可以到怡风亭享受清风送爽，在知雨亭听鸟语虫鸣，上追云亭九天揽月，坐沐月亭看近水楼台。碧波荡漾的湖面，逶迤清丽的亭榭，曲曲折折的虹桥，为水洞增色不少。

水洞周围也是寻幽的好去处，未经雕琢的山石、杂乱生长的草木、奔流欢歌的溪水、肆意开放的野花，倘若喜欢大自然的野趣，真可谓一步一景。春天，山中处处可见蕨菜、婆婆丁、山辣椒等，让人只恨没有提前准备一只背篓；夏、秋季节，苹果梨、葡萄、山里红、榛子、板栗等纷纷挂上枝头，深深吸上一口气，满满的丰收味道。尤其是景区内那条4000多米长的环山道，最适合散步了，抬眼看山、低头看水，有风声在耳畔低吟，有草香在鼻孔萦绕，宠辱皆忘，俗虑全消，尽情享受大自然赋予的宁静，岂不快哉？

后记

癸卯年的沈阳，天气热得早，刚过小满就如同炎夏，不时细雨飞花，到处黄莺紫燕，没有时间再去郊游，有的只是伏案码字。将在沈阳登过的山，涉过的水悉数变成电脑文档中的文词，一篇一篇，行文布局，开头结尾，芒种过后，终于完成了《山水形胜》这部书的初稿。

《山水形胜》是十卷本“沈阳文化丛书”中的一种。这套书从2022年9月酝酿，11月确定选题和撰写体例，12月份陆续全民新冠感染，直到2023年2月才开始坐下来写作。算起来，《山水形胜》一书的写作时间满打满算也就是四五个月的时间，其间我还做了两次白内障手术，于是只好请刘海军弟替我分担一部分写作内容。全书52篇，我写的只有30篇。现在全套丛书已进入审稿、配图和排版阶段，用不了太长时间，《山水形胜》和整套“沈阳文化丛书”就会与读者见面。

退休六年多，我的大部分时间和精力都用来关注沈阳和书写沈阳，出版了专著《沈阳陶瓷文化史》、散文集《在水之阳》、随笔集《盛京瓷话》，主编了《沈阳十大文化名片》《乡关何处——寻访沈阳名人故居》《辽海散文大系·沈阳卷》《露浥婵娟——冰天诗社首届赏月诗会作品集》《余芳剩人瓢——函可与盛京慈恩寺》《沈阳历史文化典籍丛书》第十辑，撰写了七集人文纪录片《盛京》等。我想，这是我对这座城市最好的回报，与历史相比，虽然不足道也，但之于我个人，也颇可慰藉。

《山水形胜》是第一次以散文形式专注于沈阳的山山水水，书中的52篇文章，大部分以小角度切入，注重亮点、细节与意象，将沈阳的山水作了一次集中的巡礼。因为时间关系，此书还有许多未尽如人意之处，希望读者给予批评指正，期待有机会对沈阳的山水文化做更深入全面的整理与写作。

在此感谢海军弟在繁忙的工作之余，挤出时间为我救场，合作完成此书；感谢沈阳市政协领导对本套丛书的指导、组织与推动；感谢沈阳出版社领导与责任编辑的大量付出。还要感谢沈阳市热情而颇具人文情怀的摄影家尹素媛、张文魁、张鹏、刘卓、张庆东、谢东昊等人为本书所拍摄的精美图片。尤其在两次新冠感染期间，又逢史上最热的夏季来完成全套书的撰写与编辑，实属不易，功列千秋。

行文至此，沈阳已是夏至初候，今天大雨滂沱，暑热顿消，夜凉如水，有如初秋。这样的清凉只是短暂的几天，因为明日即是入伏。已闻窗外蝉声高唱，真正的夏天来了，眼前所感正如我在《月令沈阳七十二候咏》“夏至二候蜩始鸣”中所写：“门对桐荫午梦惊，隔窗清响渐分明。老观坨度伏羊节，听得新蝉第一声。”我将带着写作《山水形胜》的余兴，在沈阳的山水间再做一次夏季漫游，东部青山、西郊巨流，马耳山槲叶、卧龙湖芦雁，蒲河“水蜡烛”、西湖“坠粉红”，都是我的兴致所在。因为沈阳的山水，不仅有着世间最美丽的风景，同时也寄寓着我们永远也拂不去的乡愁。